es 1106
edition suhrkamp
Neue Folge Band 106

Über das Verhältnis des letzten Kapitels des *Ulysses* – den Monolog von Molly Bloom – zum Gesamtwerk kommt eine Interpretation zu folgendem Urteil: »Die interpunktionslose Momentaufnahme von Molly Blooms dahinströmenden, unlogisch verknüpften Bewußtseinsinhalten (...) hat wie keine andere stilistische und inhaltliche Besonderheit das Bild vom *Ulysses* geprägt.« Um anhand dieses Kapitels einen Zugang zu Kompositionstechnik und Schreibweise des *Ulysses* zu ermöglichen, werden in dem vorliegenden Band drei »Fassungen« dieses Kapitels vorgelegt: der englische Originaltext des »Penelope«-Kapitels, die 1927 erschienene Übersetzung dieses Kapitels von Georg Goyert und die Neuübertragung durch Hans Wollschläger. Diese erstmalige Präsentation des englischen Originals zusammen mit den beiden Übersetzungen erlaubt es gleichzeitig, einen Einblick in unterschiedliche Interpretationen des *Ulysses* zu erhalten, wie sie durch die zwei unterschiedlichen Übertragungen gegeben sind.

James Joyce
Penelope
Das letzte Kapitel
des ›Ulysses‹

Englisch und Deutsch

Suhrkamp

Editorische Notiz

Da es bisher keine zuverlässige englische Ausgabe des *Ulysses* gibt, folgt der Text des in diesem Band wiedergegebenen »Penelope«-Kapitels der besten zur Zeit verfügbaren Ausgabe, der von Random House; berücksichtigt wurden zusätzlich die von James Van Card bisher festgestellten Korruptionen dieser Fassung. Für die Übertragung von Hans Wollschläger bildete der hier vorgelegte Text die Grundlage.

2. Auflage 2015

Erste Auflage 1982
edition suhrkamp 1106
Neue Folge Band 106
© Suhrkamp Verlag Frankfurt am Main 1975
Originalausgabe: Copyright, 1914, 1918, by Margaret Caroline Anderson.
Copyright renewed, 1942, 1946, by Nora Joseph Joyce.
Copyright, 1934, by Modern Library, Inc. Copyright renewed,
1961, by Lucia and George Joyce.
Suhrkamp Taschenbuch Verlag
Alle Rechte vorbehalten, insbesondere das der Übersetzung,
des öffentlichen Vortrags sowie der Übertragung
durch Rundfunk und Fernsehen, auch einzelner Teile.
Kein Teil des Werkes darf in irgendeiner Form
(durch Fotografie, Mikrofilm oder andere Verfahren)
ohne schriftliche Genehmigung des Verlages
reproduziert oder unter Verwendung elektronischer Systeme
verarbeitet, vervielfältigt oder verbreitet werden.
Printed in Germany
Umschlag gestaltet nach einem Konzept
von Willy Fleckhaus: Rolf Staudt
ISBN 978-3-518-11106-2

Das letzte Kapitel

Englisch

Yes because he never did a thing like that before as ask to get his breakfast in bed with a couple of eggs since the City Arms hotel when he used to be pretending to be laid up with a sick voice doing his highness to make himself interesting to that old faggot Mrs Riordan that he thought he had a great leg of and she never left us a farthing all for masses for herself and her soul greatest miser ever was actually afraid to lay out 4d for her methylated spirit telling me all her ailments she had too much old chat in her about politics and earthquakes and the end of the world let us have a bit of fun first God help the world if all the women were her sort down on bathingsuits and lownecks of course nobody wanted her to wear them I suppose she was pious because no man would look at her twice I hope Ill never be like her a wonder she didnt want us to cover our faces but she was a welleducated woman certainly and her gabby talk about Mr Riordan here and Mr Riordan there I suppose he was glad to get shut of her and her dog smelling my fur and always edging to get up under my petticoats especially then still I like that in him polite to old women like that and waiters and beggars too hes not proud out of nothing but not always if ever he got anything really serious the matter with him its much better for them go into a hospital where everything is clean but I suppose Id have to dring it into him for a month yes and then wed have a hospital nurse next thing on the carpet have him staying there till they throw him out or a nun maybe like the smutty photo he has shes as much a nun as Im not yes because theyre so weak and puling when theyre sick they want a woman to get well if his nose bleeds youd think it was O tragic and that dyinglooking one off the south circular when he sprained his foot at the choir party at the sugarloaf Mountain the day I wore that dress Miss Stack bringing him flowers the worst old ones she could find at the bottom of the basket anything at all to get into a mans bedroom with her old maids voice trying to imagine he was dying on account of her to never see thy face again though he looked more like a man with his beard a bit grown in the bed father was the same besides I hate bandaging and dosing when he cut his toe with the razor paring his corns afraid hed get blood poisoning but if it was a thing I was sick then wed see what attention only of course the woman hides it not to give all the trouble they do yes he came somewhere Im sure by his appetite anyway love its not or hed be off his feed thinking of her so either it was one of those night women if it was down there he was really and the hotel story he made up a pack of lies to hide it planning it Hynes kept me who did I meet ah yes I met do you remember Menton and who else who let me see that big babbyface I saw him and he not long married flirting with a young girl at Pooles Myriorama and turned my back on him when he slinked out looking quite conscious what harm but he had the impudence to make up to me one time well done to him mouth almighty and his boiled eyes of all the big stupoes I ever met and thats called a solicitor only for I hate having a long wrangle in bed or else if its not that its some little bitch or other he got in with somewhere or picked up on the sly if they only knew him as well as I do yes because the day before yesterday he was scribbling something a letter when I came into the front room for the matches to show him Dignams death in the paper as if something told me and he covered it up with the blottingpaper pretending to be thinking about business so very probably that was it to somebody who thinks she has a softy in him because all men get a bit like that at his age especially getting on to forty he is now so as to wheedle any money she can out of him no fool like an old fool and then the usual kissing my bottom was to hide it not that I care two straws who he does it with or knew before that way though Id like to find out so long as I dont have the two of them under my nose all the time like that slut that Mary we had in Ontario Terrace padding out her false bottom to excite him bad enough to get the smell of those painted women off him once or twice I had a suspicion by getting him to come near me when I found the long hair on his coat without that one when I went into the kitchen pretending he was drinking water 1 woman is not enough for them it was all his fault of course ruining servants then proposing that she could eat at our table on Christmas day if you please O no thank you not in my house stealing my potatoes and the oysters 2/6 per doz going out to see her aunt if you please common robbery so it was but I was sure he had something on with that one it takes me to find out a thing like that he said you have no proof it was her proof O yes her aunt was very fond of oysters but I told her what I thought of her suggesting me to go out to bealone with her I wouldnt lower myself to spy on them the garters I found in her room the Friday she was out that was enough for me a little bit too much I saw to that her face swelled up on her with temper when I gave her her weeks notice better do without them altogether do out the rooms myself quicker only for the damn cooking and throwing out the dirt I gave it to him anyhow either she or me leaves the house I couldnt even touch him if I thought he was with a dirty barefaced liar and sloven like that one denying it up to my face and singing about the place in the W C too because she knew she was too well off yes because he couldnt possibly do without it that long so he must do it somewhere and the last time he came on my bottom when was it the night Boylan gave my hand a great squeeze going along by the Tolka in my hand there steals another I just pressed the back of his like that with my thumb to squeeze back singing the young May Moon shes beaming love because he has an idea about him and me hes not such a fool he said Im dining out and going to the Gaiety though Im not going to give him the satisfaction in any case God knows hes a change in a way not to be always and ever wearing the same old hat unless I paid some nicelooking boy to do it since I cant do it myself a young boy would like me Id confuse him a little alone with him if we were Id let him see my garters the new ones and make him turn red looking at him seduce him I know what boys feel with that down on their cheek doing that frigging drawing out the thing by the hour question and answer would you do this that and the other with the coalman yes with a bishop yes I would because I told him about some Dean or Bishop was sitting beside me in the jews Temples gardens when I was knitting that woollen thing a stranger to Dublin what place was it and so on about the monuments and he tired me out with statues encouraging him making him worse than he is who is in your mind now tell me who are you thinking of who is it tell me his name who tell me who the German Emperor is it yes imagine Im him think of him can you feel him trying to make a whore of me what he never will he ought to give it up now at this age of his life simply ruination for any woman and no satisfaction in it pretending to like it till he comes and then finish it off myself anyway and it makes your lips pale anyhow its done now once and for all with all the talk of the world about it people make its only the first time after that its just the ordinary do it and think no more about it why cant you kiss a man without going and marrying him first you sometimes love too wildly when you feel that way so nice all over you you cant help yourself I wish some man or other would take me sometime when hes there and kiss me in his arms theres nothing like a kiss long and hot down to your soul almost paralyses you then I hate that confession when I used to go to Father Corrigan he touched me father and what harm if he did where and I said on the canal bank like a fool but whereabouts on your person my child on the leg behind high up was it yes rather high up was it where you sit down yes O Lord couldnt he say bottom right out and have done with it what has that got to do with it and did you whatever way he put it I forget no father and I always think of the real father what did he want to know for when I already confessed it to God he had a nice fat hand the palm moist always I wouldn't mind feeling it neither would he Id say by the bullneck in his horsecollar I wonder did he know me in the box I could see his face he couldnt see mine of course hed never turn or let on still his eyes were red when his father died theyre lost for a woman of course must be terrible when a man cries let alone them Id like to be embraced by one in his vestments and the smell of incense off him like the pope besides theres no danger with a Priest if youre married hes too careful about himself then give something to H H the pope for a penance I wonder was he satisfied with me one thing I didn't like his slapping me behind going away so familiarly in the hall though I laughed Im not a horse or an ass am I I suppose he was thinking of his father I wonder is he awake thinking of me or dreaming am I in it who gave him that flower he said he bought he smelt of some kind of drink not whisky or stout or perhaps the sweety kind of paste they stick their bills up with some liquor Id like to sip those richlooking green and yellow expensive drinks those stagedoor johnnies drink with the opera hats I tasted one with my finger dipped out of that American that had the squirrel talking stamps with father he had all he could do to keep himself from falling asleep after the last time after we took the port and potted meat it had a fine salty taste yes because I felt lovely and tired myself and fell asleep as sound as a top the moment I popped straight into bed till that thunder woke me up as if the world was coming to an end God be merciful to us I thought the heavens were coming down about us to punish us when I blessed myself and said a Hail Mary like those awful thunderbolts in Gibraltar and then they come and tell you theres no God what could you do if it was running and rushing about nothing only make an act of contrition the candle I lit that evening in Whitefriars street chapel for the month of May see it brought its luck though hed scoff if he heard because he never goes to church mass or meeting he says your soul you have no soul inside only grey matter because he doesnt know what it is to have one yes when I lit the lamp yes because he must have come 3 or 4 times with that tremendous big red brute of a thing he has I thought the vein or whatever the dickens they call it was going to burst though his nose is not so big after I took off all my things with the blinds down after my hours dressing and perfuming and combing it like iron or some kind of a thick crowbar standing all the time he must have eaten oysters I think a few dozen he was in great singing voice no I never in all my life felt anyone had one the size of that to make you feel full up he must have eaten a whole sheep after whats the idea making us like that with a big hole in the middle of us like a Stallion driving it up into you because thats all they want out of you with that determined vicious look in his eye I had to halfshut my eyes still he hasn't such a tremendous amount of spunk in him when I made him pull it out and do it on me considering how big it is so much the better in case any of it wasnt washed out properly the last time I let him finish it in me nice invention they made for women for him to get all the pleasure but if someone gave them a touch of it themselves theyd know what I went through with Milly nobody would believe cutting her teeth too and Mina Purefoys husband give us a swing out of your whiskers filling her up with a child or twins once a year as regular as the clock always with a smell of children off her the one they called budgers or something like a nigger with a shock of hair on it Jesusjack the child is a black the last time I was there a squad of them falling over one another and bawling you couldnt hear your ears supposed to be healthy not satisfied till they have us swollen out like elephants or I dont know what supposing I risked having another not off him though still if he was married Im sure hed have a fine strong child but I dont know Poldy has more spunk in him yes thatd be awfully jolly I suppose it was meeting Josie Powell and the funeral and thinking about me and Boylan set him off well he can think what he likes now if thatll do him any good I know they were spooning a bit when I came on the scene he was dancing and sitting out with her the night of Georgina Simpsons housewarming and then he wanted to ram it down my neck it was on account of not liking to see her a wallflower that was why we had the standup row over politics he began it not me when he said about Our Lord being a carpenter at last he made me cry of course a woman is so sensitive about everything I was fuming with myself after for giving in only for I knew he was gone on me and the first socialist he said He was he annoyed me so much I couldnt put him into a temper still he knows a lot of mixed up things especially about the body and the insides I often wanted to study up that myself what we have inside us in that family physician I could always hear his voice talking when the room was crowded and watch him after that I pretended I had on a coolness with her over him because he used to be a bit on the jealous side whenever he asked who are you going to and I said over to Floey and he made me the present of lord Byrons poems and the three pairs of gloves so that finished that I could quite easily get him to make it up any time I know how Id even supposing he got in with her again and was going out to see her somewhere Id know if he refused to eat the onions I know plenty of ways ask him to tuck down the collar of my blouse or touch him with my veil and gloves on going out 1 kiss then would send them all spinning however alright well see then let him go to her she of course would only be too delighted to pretend shes mad in love with him that I wouldnt so much mind Id just go to her and ask her do you love him and look her square in the eyes she couldnt fool me but he might imagine he was and make a declaration to her with his plabbery kind of a manner to her like he did to me though I had the devils own job to get it out of him though I liked him for that it showed he could hold in and wasnt to be got for the asking he was on the pop of asking me too the night in the kitchen I was rolling the potato cake theres something I want to say to you only for I put him off letting on I was in a temper with my hands and arms full of pasty flour in any case I let out too much the night before talking of dreams so I didnt want to let him know more than was good for him she used

to be always embracing me Josie whenever he was there
meaning him of course glauming me over and when I said I
washed up and down as far as possible asking me and did
you wash possible the women are always egging on to that
putting it on thick when hes there they know by his sly eye
blinking a bit putting on the indifferent when they come out
with something the kind he is what spoils him I dont wonder
in the least because he was very handsome at that time trying
to look like lord Byron I said I liked though he was too beautiful for a man and he was a little before we got engaged
afterwards though she didnt like it so much the day I was in
fits of laughing with the giggles I couldnt stop about all my
hairpins falling one after another with the mass of hair I had
youre always in great humour she said yes because it grigged
her because she knew what it meant because I used to tell her
a good bit of what went on between us not all but just enough
to make her mouth water but that wasnt my fault she didnt
darken the door much after we were married I wonder what
shes got like now after living with that dotty husband of hers
she had her face beginning to look drawn and run down the
last time I saw her she must have been just after a row with
him because I saw on the moment she was edging to draw
down a conversation about husbands and talk about him to
run him down what was it she told me O yes that sometimes
he used to go to bed with his muddy boots on when the mag-
got takes him just imagine having to get into bed with a thing
like that that might murder you any moment what a man
well its not the one way everyone goes mad Poldy anyway
whatever he does always wipes his feet on the mat when he
comes in wet or shine and always blacks his own boots too
and he always takes off his hat when he comes up in the street
like that and now hes going about in his slippers to look for
£ 10000 for a postcard up up O Sweetheart May wouldnt a
thing like that simply bore you stiff to extinction actually too
stupid even to take his boots off now what could you make of
a man like that Id rather die 20 times over than marry another

of their sex of course hed never find another woman like me
to put up with him the way I do know me come sleep with
me yes and he knows that too at the bottom of his heart take
that Mrs Maybrick that poisoned her husband for what I
wonder in love with some other man yes it was found out on
her wasnt she the downright villain to go and do a thing like
that of course some men can be dreadfully aggravating drive
you mad and always the worst word in the world what do
they ask us to marry them for if were so bad as all that comes
to yes because they cant get on without us white Arsenic she
put in his tea off flypaper wasnt it I wonder why they call it
that if I asked him hed say its from the Greek leave us as wise
as we were before she must have been madly in love with the
other fellow to run the chance of being hanged O she didnt
care if that was her nature what could she do besides theyre
not brutes enough to go and hang a woman surely are they

theyre all so different Boylan talking about the shape of my
foot he noticed at once even before he was introduced when I
was in the D B C with Poldy laughing and trying to listen I
was waggling my foot we both ordered 2 teas and plain bread
and butter I saw him looking with his two old maids of sis-
ters when I stood up and asked the girl where it was what do
I care with it dropping out of me and that black closed brech-
es he made me buy takes you half an hour to let them down
wetting all myself always with some brandnew fad every
other week such a long one I did I forgot my suede gloves
on the seat behind that I never got after some robber of a
woman and he wanted me to put it in the Irish Times lost in
the ladies lavatory D B C Dame street finder return to Mrs
Marion Bloom and I saw his eyes on my feet going out through
the turning door he was looking when I looked back and I
went there for tea 2 days after in the hope but he wasnt now
how did that excite him because I was crossing them when
we were in the other room first he meant the shoes that are
too tight to walk in my hand is nice like that if I only had a
ring with the stone for my month a nice aquamarine Ill stick

him for one and a gold bracelet I dont like my foot so much
still I made him spend once with my foot the night after
Goodwins botchup of a concert so cold and windy it was well
we had that rum in the house to mull and the fire wasnt black
out when he asked to take off my stockings lying on the
hearthrug in Lombard street well and another time it was my
muddy boots hed like me to walk in all the horses dung I
could find but of course hes not natural like the rest of the
world that I what did he say I could give 9 points in 10 to
Katty Lanner and beat her what does that mean I asked him
I forget what he said because the stoppress edition just passed
and the man with the curly hair in the Lucan dairy thats so
polite I think I saw his face before somewhere I noticed him
when I was tasting the butter so I took my time Bartell dArcy
too that he used to make fun of when he commenced kissing
me on the choir stairs after I sang Gounods Ave Maria what
are we waiting for O my heart kiss me straight on the brow
and part which is my brown part he was pretty hot for all his
tinny voice too my low notes he was always raving about if
you can believe him I liked the way he used his mouth singing
then he said wasnt it terrible to do that there in a place like
that I dont see anything so terrible about it Ill tell him about
that some day not now and surprise him ay and I'll take him
there and show him the very place too we did it so now there
you are like it or lump it he thinks nothing can happen without him knowing he hadnt an idea about my mother till we
were engaged otherwise hed never have got me so cheap as he
did he was 10 times worse himself anyhow begging me to give
him a tiny bit cut off my drawers that was the evening coming along Kenilworth square he kissed me in the eye of my
glove and I had to take it off asking me questions is it per-
mitted to inquire the shape of my bedroom so I let him keep
it as if I forgot it to think of me when I saw him slip it into
his pocket of course hes mad on the subject of drawers thats
plain to be seen always skeezing at those brazenfaced things
on the bicycles with their skirts blowing up to their navels

18

even when Milly and I were out with him at the open air fete
that one in the cream muslin standing right against the sun
so he could see every atom she had on when he saw me from
behind following in the rain I saw him before he saw me however standing at the corner of the Harolds cross road with a
new raincoat on him with the muffler in the Zingari colours
to show off his complexion and the brown hat looking slyboots
as usual what was he doing there where hed no business they
can go and get whatever they like from anything at all with
a skirt on it and were not to ask any questions but they want
to know where were you where are you going I could feel him
coming along skulking after me his eyes on my neck he had
been keeping away from the house he felt it was getting too
warm for him so I half turned and stopped then he pestered
me to say yes till I took off my glove slowly watching him he
said my openwork sleeves were too cold for the rain anything
for an excuse to put his hand anear me drawers drawers the
whole blessed time till I promised to give him the pair off my
doll to carry about in his waistcoat pocket O Maria Santissima he did look a big fool dreeping in the rain splendid set of
teeth he had made me hungry to look at them and beseeched
of me to lift the orange petticoat I had on with the sunray
pleats that there was nobody he said hed kneel down in the
wet if I didnt so persevering he would too and ruin his new
raincoat you never know what freak theyd take alone with
you theyre so savage for it if anyone was passing so I lifted
them a bit and touched his trousers outside the way I used to
Gardner after with my ring hand to keep him from doing
worse where it was too public I was dying to find out was he
circumcised he was shaking like a jelly all over they want to
do everything too quick take all the pleasure out if it and
father waiting all the time for his dinner he told me to say I
left my purse in the butchers and had to go back for it what a
Deceiver then he wrote me that letter with all those words
in it how could he have the face to any woman after his company manners making it so awkward after when we met

asking me have I offended you with my eyelids down of
course he saw I wasnt he had a few brains not like that other
fool Henny Doyle he was always breaking or tearing something in the charades I hate an unlucky man and if I knew
what it meant of course I had to say no for form sake dont
understand you I said and wasnt it natural so it is of course
it used to be written up with a picture of a womans on that
wall in Gibraltar with that word I couldnt find anywhere
only for children seeing it too young then writing a letter
every morning sometimes twice a day I liked the way he
made love then he knew the way to take a woman when he
sent me the 8 big poppies because mine was the 8th then I
wrote the night he kissed my heart at Dolphins barn I couldnt
describe it simply it makes you feel like nothing on earth but
he never knew how to embrace well like Gardner I hope hell
come on Monday as he said at the same time four I hate people who come at all hours answer the door you think its the
vegetables then its somebody and you all undressed or the
door of the filthy sloppy kitchen blows open the day old
frostyface Goodwin called about the concert in Lombard
street and I just after dinner all flushed and tossed with boiling
old stew dont look at me professor I had to say Im a fright
yes but he was a real old gent in his way it was impossible to
be more respectful nobody to say youre out you have to peep
out through the blind like the messengerboy today I thought
it was a putoff first him sending the port and the peaches first
and I was just beginning to yawn with nerves thinking he
was trying to make a fool of me when I knew his tattarrattat
at the door he must have been a bit late because it was 1/4 after
3 when I saw the 2 Dedalus girls coming from school I never
know the time even that watch he gave me never seems to
go properly Id want to get it looked after when I threw the
penny to that lame sailor for England home and beauty when
I was whistling there is a charming girl I love and I hadnt
even put on my clean shift or powdered myself or a thing
then this day week were to go to Belfast just as well he has

to go to Ennis his fathers anniversary the 27th it wouldnt be pleasant if he did suppose our rooms at the hotel were beside each other and any fooling went on in the new bed I couldnt tell him to stop and not bother me with him in the next room or perhaps some protestant clergyman with a cough knocking on the wall then he wouldnt believe the next day we didnt do something its all very well a husband but you cant fool a lover after me telling him we never did anything of course he didnt believe me no its better hes going where he is besides something always happens with him the time going to the Mallow Concert at Maryborough ordering boiling soup for the two of us then the bell rang out he walks down the platform with the soup splashing about taking spoonfuls of it hadnt he the nerve and the waiter after him making a holy show of us screeching and confusion for the engine to start but he wouldnt pay till he finished it the two gentlemen in the 3rd class carriage said he was quite right so he was too hes so pigheaded sometimes when he gets a thing into his head a good job he was able to open the carriage door with his knife or theyd have taken us on to Cork I suppose that was done out of revenge on him O I love jaunting in a train or a car with lovely soft cushions I wonder will he take a 1st class for me he might want to do it in the train by tipping the guard well O I suppose therell be the usual idiots of men gaping at us with their eyes as stupid as ever they can possibly be that was an exceptional man that common workman that left us alone in the carriage that day going to Howth Id like to find out something about him 1 or 2 tunnels perhaps then you have to look out of the window all the nicer then coming back suppose I never came back what would they say eloped with him that gets you on on the stage the last concert I sang at where its over a year ago when was it St Teresas hall Clarendon St little chits of missies they have now singing Kathleen Kearney and her like on account of father being in the army and my singing the absentminded beggar and wearing a brooch for lord Roberts when I had the map of it all and

Poldy not Irish enough was it him managed it this time I wouldnt put it past him like he got me on to sing in the Stabat Mater by going around saying he was putting Lead Kindly Light to music I put him up to that till the jesuits found out he was a freemason thumping the piano lead Thou me on copied from some old opera yes and he was going about with some of them Sinner Fein lately or whatever they call themselves talking his usual trash and nonsense he says that little man he showed me without the neck is very intelligent the coming man Griffiths is he well he doesnt look it thats all I can say still it must have been him he knew there was a boycott I hate the mention of their politics after the war that Pretoria and Ladysmith and Bloemfontein where Gardner Lieut Stanley G 8th Bn 2nd East Lancs Rgt of enteric fever he was a lovely fellow in khaki and just the right height over me Im sure he was brave too he said I was lovely the evening we kissed goodbye at the canal lock my Irish beauty he was pale with excitement about going away or wed be seen from the road he couldnt stand properly and I so hot as I never felt they could have made their peace in the beginning or old oom Paul and the rest of the old Krugers go and fight it out between them instead of dragging on for years killing any finelooking men there were with their fever if he was even decently shot it wouldnt have been so bad I love to see a regiment pass in review the first time I saw the Spanish cavalry at La Roque it was lovely after looking across the bay from Algeciras all the lights of the rock like fireflies or those sham battles on the 15 acres the Black Watch with their kilts in time at the march past the 10th hussars the prince of Wales own or the lancers O the lancers theyre grand or the Dublins that won Tugela his father made his money over selling the horses for the cavalry well he could buy me a nice present up in Belfast after what I gave him theyve lovely linen up there or one of those nice kimono things I must buy a mothball like I had before to keep in the drawer with them it would be exciting going around with him shopping buying those things in a new city better leave this ring behind want to keep turning and turning to get it over the knuckle there or they might bell it round the town in their papers or tell the police on me but theyd think were married O let them all go and smother themselves for the fat lot I care he has plenty of money and hes not a marrying man so somebody better get it out of him if I could find out whether he likes me I looked a bit washy of course when I looked close in the handglass powdering a mirror never gives you the expression besides scrooching down on me like that all the time with his big hipbones hes heavy too with his hairy chest for this heat always having to lie down for them better for him put it into me from behind the way Mrs Mastiansky told me her husband made her like the dogs do it and stick out her tongue as far as ever she could and he so quiet and mild with his tingating cither can you ever be up to men the way it takes them lovely stuff in that blue suit he had on and stylish tie and silk socks with the skyblue silk things on them hes certainly welloff I know by the cut his clothes have and his heavy watch but he was like a perfect devil for a few minutes after he came back with the stop press tearing up the tickets and swearing blazes because he lost 20 quid he said he lost over that outsider that won and half he put on for me on account of Lenehans tip cursing him to the lowest pits that sponger he was making free with me after the Glencree dinner coming back that long joult over the featherbed mountain after the lord Mayor looking at me with his dirty eyes Val Dillon that big heathen I first noticed him at dessert when I was cracking the nuts with my teeth I wished I could have picked every morsel of that chicken out of my fingers it was so tasty and browned and as tender as anything only for I didn't want to eat everything on my plate those forks and fishslicers were hallmarked silver too I wish I had some I could easily have slipped a couple into my muff when I was playing with them then always hanging out of them for money in a restaurant for the bit you put down your throat we have to be thankful for our mangy cup of tea itself even as a great compliment to be noticed the way the world is divided in any case if its going to go on I want at least two other good chemises for one thing and but I dont know what kind of drawers he likes none at all I think didnt he say yes and half the girls in Gibraltar never wore them either naked as God made them that Andalusian singing her Manola she didnt make much secret of what she hadnt yes and then the second pair of silkette stockings is laddered after one days wear I could have brought them back to Lewers this morning and kick up a row and made that one change them only not to upset myself and run the risk of walking into him and ruining the whole thing and one of those kidfitting corsets Id want advertised cheap in the Gentlewoman with elastic gores on the hips he saved the one I have but thats no good what did they say they give a delightful figure line 11/6 obviating that unsightly broad appearance across the lower back to reduce flesh my belly is a bit too big Ill have to knock off the stout at dinner or am I getting too fond of it the last they sent from ORourkes was as flat as a pancake he makes his money easy Larry they call him the old mangy parcel he sent at Xmas a cottage cake and a bottle of hogwash he tried to palm off as claret that he couldnt get anyone to drink God spare his spit for fear hed die of the drouth or I must do a few breathing exercises I wonder is that antifat any good might overdo it the thin ones are not so much the fashion now garters that much I have the violet pair I wore today thats all he bought me out of the cheque he got on the first O no there was the face lotion I finished the last of yesterday that made my skin like new I told him over and over again get that made up in the same place and dont forget it God only knows whether he did after all I said to him Ill know by the bottle anyway if not I suppose Ill only have to wash in my piss like beeftea or chickensoup with some of that opoponax and violet I thought it was beginning to look coarse or old a bit the skin underneath is much finer where it peeled off there on my finger after the burn its a pity it isnt all like that and the four paltry handkerchiefs about 6/-in all sure you cant get on in this world without style all going in food and rent when I get it Ill lash it around I tell you in fine style I always want to throw a handful of tea into the pot measuring and mincing if I buy a pair of old brogues itself do you like those new shoes yes how much were they Ive no clothes at all the brown costume and the skirt and jacket and the one at the cleaners 3 whats that for any woman cutting up this old hat and patching up the other the men wont look at you and women try to walk on you because they know youve no man then with all the things getting dearer every day for the 4 years more I have of life up to 35 no Im what am I at all Ill be 33 in September will I what O well look at that Mrs Galbraith shes much older than me I saw her when I was out last week her beautys on the wane she was a lovely woman magnificent head of hair on her down to her waist tossing it back like that like Kitty OShea in Grantham street 1st thing I did every morning to look across see her combing it as if she loved it and was full of it pity I only got to know her the day before we left and that Mrs Langtry the Jersey Lily the prince of Wales was in love with I suppose hes like the first man going the roads only for the name of a king theyre all made the one way only a black mans Id like to try a beauty up to what was she 45 there was some funny story about the jealous old husband what was it at all and an oyster knife he went no he made her wear a kind of a tin thing around her and the prince of Wales yes he had the oyster knife cant be true a thing like that like some of those books he brings me the works of Master François somebody supposed to be a priest about a child born out of her ear because her bumgut fell out a nice word for any priest to write and her a–e as if any fool wouldnt know what that meant I hate that pretending of all things with the old blackguards face on him anybody can see its not true and that Ruby and Fair Tyrants he brought me that twice I remember when I came to page 50 the part about where she hangs him up out of a hook with a cord flagellate sure theres nothing for a woman in that all invention made up about he drinking the champagne out of her slipper after the ball was over like the infant Jesus in the crib at Inchicore in the Blessed Virgins arms sure no woman could have a child that big taken out of her and I thought first it came out of her side because how could she go to the chamber when she wanted to and she a rich lady of course she felt honoured H R H he was in Gibraltar the year I was born I bet he found lilies there too where he planted the tree he planted more than that in his time he might have planted me too if hed come a bit sooner then I wouldnt be here as I am he ought to chuck that Freeman with the paltry few shillings he knocks out of it and go into an office or something where hed get regular pay or a bank where they could put him up on a throne to count the money all the day of course he prefers plottering about the house so you cant stir with him any side whats your programme today I wish hed even smoke a pipe like father to get the smell of a man or pretending to be mooching about for advertisements when he could have been in Mr Cuffes still only for what he did then sending me to try and patch it up I could have got him promoted there to be the manager he gave me a great mirada once or twice first he was as stiff as the mischief really and truly Mrs Bloom only I felt rotten simply with the old rubbishy dress that I lost the leads out of the tails with no cut in it but theyre coming into fashion again I bought it simply to please him I knew it was no good by the finish pity I changed my mind of going to Todd and Burns as I said and not Lees it was just like the shop itself rummage sale a lot of trash I hate those rich shops get on your nerves nothing kills me altogether only he thinks he knows a great lot about a womans dress and cooking mathering everything he can scour off the shelves into it if I went by his advices every blessed hat I put on does that suit me yes take that thats alright the one like a wedding cake standing up miles off my head he said suited me or the dishcover one coming down on my backside on pins and needles about the shop girl in that place in Grafton street I had the misfortune to bring him into and she as insolent as ever she could be with her smirk saying Im afraid were giving you too much trouble whats she there for but I stared it out of her yes he was awfully stiff and no wonder but he changed the second time he looked Poldy pigheaded as usual like the soup but I could see him looking very hard at my chest when he stood up to open the door for me it was nice of him to show me out in any case Im extremely sorry Mrs Bloom believe me without making it too marked the first time after him being insulted and me being supposed to be his wife I just half smiled I know my chest was out that way at the door when he said Im extremely sorry and Im sure you were

yes I think he made them a bit firmer sucking them like that so long he made me thirsty titties he calls them I had to laugh yes this one anyhow stiff the nipple gets for the least hing Ill get him to keep that up and Ill take those eggs beaten up with marsala fatten them out for him what are all those veins and things curious the way its made 2 the same in case of twins theyre supposed to represent beauty placed up there like those statues in the museum one of them pretending to hide it with her hand are they so beautiful of course compared with what a man looks like with his two bags full and his other thing hanging down out of him or sticking up at you like a hatrack no wonder they hide it with a cabbageleaf the woman is beauty of course thats admitted when he said I could pose for a picture naked to some rich fellow in Holles street when he lost the job in Helys and I was selling the clothes and strumming in the coffee palace would I be like that bath of the nymph with my hair down yes only shes younger or Im a little like that dirty bitch in that Spanish photo he has the nymphs used they go about like that I asked him about her that disgusting Cameron highlander behind the meat market or that other wretch with the red head behind the tree where the statue of the fish used to be when I was passing pretending he was pissing standing out for me to see it with his baby-

clothes up to one side the Queens own they were a nice lot its
well the Surreys relieved them theyre always trying to show
it to you every time nearly I passed outside the mens green-
house near the Harcourt street station just to try some fellow
or other trying to catch my eye as if it was 1 of the 7 wonders
of the world O and the stink of those rotten places the night
coming home with Poldy after the Comerfords party oranges
and lemonade to make you feel nice and watery I went into 1
of them it was so biting cold I couldnt keep it when was that
93 the canal was frozen yes it was a few months after a pity
a couple of the Camerons werent there to see me squatting in
the mens place meadero I tried to draw a picture of it before
I tore it up like a sausage or something I wonder theyre not
afraid going about of getting a kick or a bang or something
there and that word met something with hoses in it and he
came out with some jawbreakers about the incarnation he
never can explain a thing simply the way a body can understand then he goes and burns the bottom out of the pan all
for his Kidney this one not so much theres the mark of his
teeth still where he tried to bite the nipple I had to scream
out arent they fearful trying to hurt you I had a great breast
of milk with Milly enough for two what was the reason of
that he said I could have got a pound a week as a wet nurse
all swelled out the morning that delicate looking student that
stopped in no 28 with the Citrons Penrose nearly caught me
washing through the window only for I snapped up the towel
to my face that was his studenting hurt me they used to wean-
ing her till he got doctor Brady to give me the Belladonna
prescription I had to get him to suck them they were so hard
he said it was sweeter and thicker than cows then he wanted
to milk me into the tea well hes beyond everything I declare
somebody ought to put him in the budget if I only could
remember the one half of the things and write a book out of
it the works of Master Poldy yes and its so much smoother the
skin much an hour he was at them Im sure by the clock like
some kind of a big infant I had a me they want everything in

their mouth all the pleasure those men get out of a woman I can feel his mouth O Lord I must stretch myself I wished he was here or somebody to let myself go with and come again like that I feel all fire inside me or if I could dream it when he made me spend the 2nd time tickling me behind with his finger I was coming for about 5 minutes with my legs round him I had to hug him after O Lord I wanted to shout out all sorts of things fuck or shit or anything at all only not to look ugly or those lines from the strain who knows the way hed take it you want to feel your way with a man theyre not all like him thank God some of them want you to be so nice about it I noticed the contrast he does it and doesnt talk I gave my eyes that look with my hair a bit loose from the tumbling and my tongue between my lips up to him the savage brute Thursday Friday one Saturday two Sunday three O Lord I cant wait till Monday

frseeeeeeeefronnnng train somewhere whistling the strength those engines have in them like big giants and the water rolling all over and out of them all sides like the end of Loves old sweet sonnnng the poor men that have to be out all the night from their wives and families in those roasting engines stifling it was today Im glad I burned the half of those old Freemans and Photo bits leaving things like that lying around hes getting very careless and threw the rest of them up in the W C Ill get him to cut them tomorrow for me instead of having them there for the next year to get a few pence for them have him asking wheres last Januarys paper and all those old overcoats I bundled out of the hall making the place hotter than it is the rain was lovely and refreshing just after my beauty sleep I thought it was going to get like Gibraltar my goodness the heat there before the levanter came on black as night and the glare of the rock standing up in it like a big giant compared with their 3 Rock mountain they think is so great with the red sentries here and there the poplars and they all whitehot and the smell of the rainwater in those tanks watching the sun all the time weltering down on you faded all that

lovely frock fathers friend Mrs Stanhope sent me from the
B Marche Paris what a shame my dearest Doggerina she wrote
on it she was very nice whats this her other name was just a
P C to tell you I sent the little present have just had a jolly
warm bath and feel a very clean dog now enjoyed it wogger
she called him wogger wd give anything to be back in Gib
and hear you sing in old Madrid or Waiting Concone is the
name of those exercises he bought me one of those new some
word I couldn't make out shawls amusing things but tear for
the least thing still theyre lovely I think dont you will always
think of the lovely teas we had together scrumptious currant
scones and raspberry wafers I adore well now dearest Doggerina be sure and write soon kind she left out regards to your
father also Captain Grove with love yrs affly x x x x x she
didnt look a bit married just like a girl he was years older
than her wogger he was awfully fond of me when he held
down the wire with his foot for me to step over at the bull-
fight at La Linea when that matador Gomez was given the
bulls ear these clothes we have to wear whoever invented
them expecting you to walk up Killiney hill then for example
at that picnic all staysed up you cant do a blessed thing in
them in a crowd run or jump out of the way thats why I was
afraid when that other ferocious old Bull began to charge the
banderilleros with the sashes and the 2 things in their hats
and the brutes of men shouting bravo toro sure the women
were as bad in their nice white mantillas ripping all the whole
insides out of those poor horses I never heard of such a thing
in all my life yes he used to break his heart at me taking off
the dog barking in bell lane poor brute and it sick what be-
came of them ever I suppose theyre dead long ago the 2 of
them its like all through a mist makes you feel so old I made
the scones of course I had everything all to myself then a girl
Hester we used to compare our hair mine was thicker than
hers she showed me how to settle it at the back when I put it
up and whats this else how to make a knot on a thread with
the one hand we were like cousins what age was I then the

night of the storm I slept in her bed she had her arms round me then we were fighting in the morning with the pillow what fun he was watching me whenever he got an opportunity at the band on the Alameda esplanade when I was with father and Captain Grove I looked up at the church first and then at the windows then down and our eyes met I felt something go through me like all needles my eyes were dancing I remember after when I looked at myself in the glass hardly recognised myself the change he was attractive to a girl in spite of his being a little bald intelligent looking disappointed and gay at the same time he was like Thomas in the shadow of Ashlydyat I had a splendid skin from the sun and the excitement like a rose I didnt get a wink of sleep it wouldnt have been nice on account of her but I could have stopped it in time she gave me the Moonstone to read that was the first I read of Wilkie Collins East Lynne I read and the shadow of Ashlydyat Mrs Henry Wood Henry Dunbar by that other woman I lent him afterwards with Mulveys photo in it so as he see I wasnt without and Lord Lytton Eugene Aram Molly bawn she gave me by Mrs Hungerford on account of the name I dont like books with a Molly in them like that one he brought me about the one from Flanders a whore always shoplifting anything she could cloth and stuff and yards of it O this blanket is too heavy on me thats better I havent even one decent nightdress this thing gets all rolled up under me besides him and his fooling thats better I used to be weltering then in the heat my shift drenched with the sweat stuck in the cheeks of my bottom on the chair when I stood up they were so fattish and firm when I got up on the sofa cushions to see with my clothes up and the bugs tons of them at night and the mosquito nets I couldnt read a line Lord how long ago it seems centuries of course they never came back and she didnt put her address right on it either she may have noticed her wogger people were always going away and we never I remember that day with the waves and the boats with their high heads rocking and the swell of the ship those Officers uniforms on shore leave made me seasick he didnt say anything he was very serious I had the high buttoned boots on and my skirt was blowing she kissed me six or seven times didnt I cry yes I believe I did or near it my lips were taittering when I said goodbye she had a Gorgeous wrap of some special kind of blue colour on her for the voyage made very peculiarly to one side like and it was extremely pretty it got as dull as the devil after they went I was almost planning to run away mad out of it somewhere were never easy where we are father or aunt or marriage waiting always waiting to guiiiide him toooo me waiting nor speeeed his flying feet their damn guns bursting and booming all over the shop especially the Queens birthday and throwing everything down in all directions if you didnt open the windows when general Ulysses Grant whoever he was or did supposed to be some great fellow landed off the ship and old Sprague the consul that was there from before the flood dressed up poor man and he in mourning for the son then the same old reveille in the morning and drums rolling and the unfortunate poor devils of soldiers walking about with messtins smelling the place more than the old longbearded jews in their jellibees and levites assembly and sound clear and gunfire for the men to cross the lines and the warden marching with his keys to lock the gates and the bagpipes and only Captain Groves and father talking about Rorkes drift and Plevna and sir Garnet Wolseley and Gordon at Khartoum lighting their pipes for them everytime they went out drunken old devil with his grog on the windowsill catch him leaving any of it picking his nose trying to think of some other dirty story to tell up in a corner but he never forgot himself when I was there sending me out of the room on some blind excuse paying his compliments the Bushmills whisky talking of course but hed do the same to the next woman that came along I supposed he died of galloping drink ages ago the days like years not a letter from a living soul except the odd few I posted to myself with bits of paper in them so bored sometimes I could fight with my nails listening to that old Arab with the one eye and his heass of an instrument singing his heah heah aheah all my compriments on your hotchapotch of your heass as bad as now with the hands hanging off me looking out of the window if there was a nice fellow even in the opposite house that medical in Holles street the nurse was after when I put on my gloves and hat at the window to show I was going out not a notion what I meant arent they thick never understand what you say even youd want to print it up on a big poster for them not even if you shake hands twice with the left he didnt recognise me either when I half frowned at him outside Westland row chapel where does their great intelligence come in Id like to know grey matter they have it all in their tail if you ask me those country gougers up in the City Arms intelligence they had a damn sight less than the bulls and cows they were selling the meat and the coalmans bell that noisy bugger trying to swindle me with the wrong bill he took out of his hat what a pair of paws and pots and pans and kettles to mend any broken bottles for a poor man today and no visitors or post ever except his cheques or some advertisement like that wonderworker they sent him addressed dear Madam only his letter and the card from Milly this morning see she wrote a letter to him who did I get the last letter from O Mrs Dwenn now whatever possessed her to write from Canada after so many years to know the recipe I had for pisto madrileno Floey Dillon since she wrote to say she was married to a very rich architect if Im to believe all I hear with a villa and eight rooms her father was an awfully nice man he was near seventy always good humour well now Miss Tweedy or Miss Gillespie theres the pyannyer that was a solid silver coffee service he had too on the mahogany sideboard then dying so far away I hate people that have always their poor story to tell everybody has their own troubles that poor Nancy Blake died a month ago of acute pneumonia well I didnt know her so well as all that she was Floeys friend more than mine poor Nancy its a bother having to answer he always tells me the wrong things and no stops to say like making a speech your sad bereavement symphathy I always make that mistake and newphew with 2 double yous in I hope hell write me a longer letter the next time if its a thing he really likes me O thanks be to the great God I got somebody to give me what I badly wanted to put some heart up into me youve no chances at all in this place like you used long ago I wish somebody would write me a loveletter his wasnt much and I told him he could write what he liked yours ever Hugh Boylan in Old Madrid silly stuff women believe love is sighing I am dying still if he wrote it I suppose thered be some truth in it true or no it fills up your whole day and life always something to think about every moment and see it all around you like a new world I could write the answer in bed to let him imagine me short just a few words not those long crossed letters Atty Dillon used to write to the fellow that was something in the four courts that jilted her after out of the ladies letterwriter when I told her to say a few simple words he could twist how he liked not acting with precipit precipitancy with equal candour the greatest earthly happiness answer to a gentlemans proposal affirmatively my goodness theres nothing else its all very fine for them but as for being a woman as soon as youre old they might as well throw you out in the bottom of the ash pit.

Mulveys was the first when I was in bed that morning and Mrs Rubio brought it in with the coffee she stood there standing when I asked her to hand me and I pointing at them I couldnt think of the word a hairpin to open it with ah horquilla disobliging old thing and it staring her in the face with her switch of false hair on her and vain about her appearance ugly as she was near 80 or a 100 her face a mass of wrinkles with all her religion domineering because she never could get over the Atlantic fleet coming in half the ships of the world and the Union Jack flying with all her carabineros because 4 drunken English sailors took all the rock from them and because I didnt run into mass often enough in Santa Maria to please her with her shawl up on her except when there was a

marriage on with all her miracles of the saints and her black
blessed virgin with the silver dress and the sun dancing 3 times
on Easter Sunday morning and when the priest was going by
with the bell bringing the vatican to the dying blessing herself
for his Majestad an admirer he signed it I near jumped out of
my skin I wanted to pick him up when I saw him following
me along the Calle Real in the shop window then he tipped
me just in passing but I never thought hed write making an
appointment I had it inside my petticoat bodice all day read-
ing it up in every hole and corner while father was up at the
drill instructing to find out by the handwriting or the language
of stamps singing I remember shall I wear a white rose and I
wanted to put on the old stupid clock to near the time he was
the first man kissed me under the Moorish wall my sweetheart
when a boy it never entered my head what kissing meant till
he put his tongue in my mouth his mouth was sweetlike young
I put my knee up to him a few times to learn the way what
did I tell him I was engaged for fun to the son of a Spanish
nobleman named Don Miguel de la Flora and he believed me
that I was to be married to him in 3 years time theres many
a true word spoken in jest there is a flower that bloometh a
few things I told him true about myself just for him to be
imagining the Spanish girls he didnt like I suppose one of
them wouldnt have him I got him excited he crushed all the
flowers on my bosom he brought me he couldnt count the
pesetas and the perragordas till I taught him Cappoquin he
came from he said on the Blackwater but it was too short then
the day before he left May yes it was May when the infant
king of Spain was born Im always like that in the spring Id
like a new fellow every year up on the tiptop under the rockgun near OHaras tower I told him it was struck by lightning
and all about the old Barbary apes they sent to Clapham
without a tail careering all over the show on each others back
Mrs Rubio said she was a regular old rock scorpion robbing
the chickens out of Inces farm and throw stones at you if you
went anear he was looking at me I had that white blouse on

open at the front to encourage him as much as I could without too openly they were just beginning to be plump I said I was tired we lay over the firtree cove a wild place I suppose it must be the highest rock in existence the galleries and casemates and those frightful rocks and Saint Michaels cave with the icicles or whatever they call them hanging down and ladders all the mud plotching my boots Im sure thats the way down the monkeys go under the sea to Africa when they die the ships out far like chips that was the Malta boat passing yes the sea and the sky you could do what you liked lie there for ever he caressed them outside they love doing that its the roundness there I was leaning over him with my white ricestraw hat to take the newness out of it the left side of my face the best my blouse open for his last day transparent kind of shirt he had I could see his chest pink he wanted to touch mine with his for a moment but I wouldn't let him he was awfully put out first for fear you never know consumption or leave me with a child embarazada that old servant Ines told me that one drop even if it got into you at all after I tried with the Banana but I was afraid it might break and get lost up in me somewhere yes because they once took something down out of a woman that was up there for years covered with limesalts theyre all mad to get in there where they come out of youd think they could never get far enough up and then theyre done with you in a way till the next time yes because theres a wonderful feeling there all the time so tender how did we finish it off yes O yes I pulled him off into my handkerchief pretending not to be excited but I opened my legs I wouldnt let him touch me inside my petticoat I had a skirt opening up the side I tortured the life out of him first tickling him I loved rousing that dog in the hotel rrrsssst awokwokawok his eyes shut and a bird flying below us he was shy all the same I liked him like that morning I made him blush a little when I got over him that way when I unbuttoned him and took his out and drew back the skin it had a kind of eye in it theyre all Buttons men down the middle on

the wrong side of them Molly darling he called me what was
his name Jack Joe Harry Mulvey was it yes I think a lieuten-
ant he was rather fair he had a laughing kind of a voice so I
went around to the whatyoucallit everything was whatyoucallit moustache had he he said hed come back Lord its just
like yesterday to me and if I was married hed do it to me and
I promised him yes faithfully Id let him block me now flying
perhaps hes dead or killed or a Captain or admiral its nearly
20 years if I said firtree cove he would if he came up behind
me and put his hands over my eyes to guess who I might
recognise him hes young still about 40 perhaps hes married
some girl on the black water and is quite changed they all do
they havent half the character a woman has she little knows
what I did with her beloved husband before he ever dreamt
of her in broad daylight too in the sight of the whole world
you might say they could have put an article about it in the
Chronicle I was a bit wild after when I blew out the old bag
the biscuits were in from Benady Bros and exploded it Lord
what a bang all the woodcocks and pigeons screaming coming
back the same way that we went over middle hill round by
the old guardhouse and the jews burial place pretending to
read out the Hebrew on them I wanted to fire his pistol he
said he hadnt one he didnt know what to make of me with
his peaked cap on that he always wore crooked as often as I
settled it straight H M S Calypso swinging my hat that old
Bishop that spoke off the altar his long preach about womans
higher functions about girls now riding the bicycle and wearing peak caps and the new woman bloomers God send him
sense and me more money I suppose theyre called after him I
never thought that would be my name Bloom when I used to
write it in print to see how it looked on a visiting card or
practising for the butcher and oblige M Bloom youre looking
blooming Josie used to say after I married him well its better
than Breen or Briggs does brig or those awful names with
bottom in them Mrs Ramsbottom or some other kind of a
bottom Mulvey I wouldnt go mad about either or suppose I

divorced him Mrs Boylan my mother whoever she was might have given me a nicer name the Lord knows after the lovely one she had Lunita Laredo the fun we had running along Willis road to Europa point twisting in and out all round the other side of Jersey they were shaking and dancing about in my blouse like Millys little ones now when she runs up the stairs I loved looking down at them I was jumping up at the pepper trees and the white poplars pulling the leaves off and throwing them at him he went to India he was to write the voyages those men have to make to the ends of the world and back its the least they might get a squeeze or two at a woman while they can going out to be drowned or blown up somewhere I went up windmill hill to the flats that Sunday morning with Captain Rubios that was dead spyglass like the sentry had he said hed have one or two from on board I wore that frock from the B Marche Paris and the coral necklace the straits shining I could see over to Morocco almost the bay of Tangier white and the Atlas mountain with snow on it and the straits like a river so clear Harry Molly Darling I was thinking of him on the sea all the time after at mass when my petticoat began to slip down at the elevation weeks and weeks I kept the handkerchief under my pillow for the smell of him there was no decent perfume to be got in that Gibraltar only that cheap peau despagne that faded and left a stink on you more than anything else I wanted to give him a memento he gave me that clumsy Claddagh ring for luck that I gave Gardner going to South Africa where those Boers killed him with their war and fever but they were well beaten all the same as if it brought its bad luck with it like an opal or pearl still it must have been pure 16 carat gold because it was very heavy but what could you get in a place like that the sandfrog shower from Africa and that derelict ship that came up to the harbour Marie the Marie whatyoucallit no he hadnt a moustache that was Gardner yes I can see his face clean shaven Frseeeeeeeeeeeeeeeeeeeeeefrong that train again weeping tone once in the dear deaead days beyond recall close my eyes breath my lips forward kiss sad look eyes open piano ere oer the world the mists began I hate that istsbeg comes loves sweet ssooooooong Ill let that out full when I get in front of the footlights again Kathleen Kearney and her lot of squealers Miss This Miss That Miss Theother lot of sparrowfarts skitting around talking about politics they know as much about as my backside anything in the world to make themselves someway interesting Irish homemade beauties soldiers daughter am I ay and whose are you bootmakers and publicans I beg your pardon coach I thought you were a wheelbarrow theyd die down dead off their feet if ever they got a chance of walking down the Alameda on an officers arm like me on the bandnight my eyes flash my bust that they havent passion God help their poor head I knew more about men and life when I was 15 than theyll all know at 50 they dont know how to sing a song like that Gardner said no man could look at my mouth and teeth smiling like that and not think of it I was afraid he mightnt like my accent first he so English all father left me in spite of his stamps Ive my mothers eyes and figure anyhow he always said theyre so snotty about themselves some of those cads he wasnt a bit like that he was dead gone on my lips let them get a husband first thats fit to be looked at and a daughter like mine or see if they can excite a swell with money that can pick and choose whoever he wants like Boylan to do it 4 or 5 times locked in each others arms or the voice either I could have been a prima donna only I married him comes looooves old deep down chin back not too much make it double My Ladys Bower is too long for an encore about the moated grange at twilight and vaulted rooms yes Ill sing Winds that blow from the south that he gave after the choirstairs performance Ill change that lace on my black dress to show off my bubs and Ill yes by God Ill get that big fan mended make them burst with envy my hole is itching me always when I think of him I feel I want to I feel some wind in me better go easy not wake him have him at it again slobbering after washing every bit of myself back belly and sides

39

if we had even a bath itself or my own room anyway I wish
hed sleep in some bed by himself with his cold feet on me give
us room even to let a fart God or do the least thing better yes
hold them like that a bit on my side piano quietly sweeeece
theres that train far away pianissimo eeeeeeee one more tsong

that was a relief wherever you be let your wind go free who
knows if that pork chop I took with my cup of tea after was
quite good with the heat I couldnt smell anything off it Im
sure that queerlooking man in the porkbutchers is a great
rogue I hope that lamp is not smoking fill my nose up with
smuts better than having him leaving the gas on all night I
couldnt rest easy in my bed in Gibraltar even getting up to
see why am I so damned nervous about that though I like it in
the winter its more company O Lord it was rotten cold too
that winter when I was only about ten was I yes I had the big
doll with all the funny clothes dressing her up and undressing
that icy wind skeeting across from those mountains the something Nevada sierra nevada standing at the fire with the little
bit of a short shift I had up to heat myself I loved dancing
about in it then make a race back into bed Im sure that fellow
opposite used to be there the whole time watching with the
lights out in the summer and I in my skin hopping around I
used to love myself then stripped at the washstand dabbing
and creaming only when it came to the chamber performance
I put out the light too so then there were 2 of us goodbye
to my sleep for this night anyhow I hope hes not going to get
in with those medicals leading him astray to imagine hes young
again coming in at 4 in the morning it must be if not more
still he had the manners not to wake me what do they find to
grabber about all night squandering money and getting drunker and drunker couldnt they drink water then he starts giving
us his orders for eggs and tea and Findon haddy and hot buttered toast I suppose well have him sitting up like the king of
the country pumping the wrong end of the spoon up and
down in his egg wherever he learned that from and I love to
hear him falling up the stairs of a morning with the cups rattl-

ing on the tray and then play with the cat she rubs up against you for her own sake I wonder has she fleas shes as bad as a woman always licking and lecking but I hate their claws I wonder do they see anything that we cant staring like that when she sits at the top of the stairs so long and listening as I wait always what a robber too that lovely fresh plaice I bought I think Ill get a bit of fish tomorrow or today is it Friday yes I will with some blancmange with black currant jam like long ago not those 2 lb pots of mixed plum and apple from the London and Newcastle Williams and Woods goes twice as far only for the bones I hate those eels cod yes Ill get a nice piece of cod Im always getting enough for 3 forgetting anyway Im sick of that everlasting butchers meat from Buckleys loin chops and leg beef and rib steak and scrag of mutton and calfs pluck the very name is enough or a picnic suppose we all gave 5/- each and or let him pay and invite some other woman for him who Mrs Fleming and drive out to the furry glen or the strawberry beds wed have him examining all the horses toenails first like he does with the letters no not with Boylan there yes with some cold veal and ham mixed sandwiches there are little houses down at the bottom of the banks there on purpose but its as hot as blazes he says not a bank holiday anyhow I hate those ruck of Mary Ann coalboxes out for the day Whit Monday is a cursed day too no wonder that bee bit him better the seaside but Id never again in this life get into a boat with him after him at Bray telling the boatmen he knew how to row if anyone asked could he ride the steeplechase for the gold cup hed say yes then it came on to get rough the old thing crookeding about and the weight all down my side telling me to pull the right reins now pull the left and the tide all swamping in floods in through through the bottom and his oar slapping out of the stirrup its a mercy we werent all drowned he can swim of course me no theres no danger whatsoever keep yourself calm in his flannel trousers Id like to have tattered them down off him before all the people and give him what that one calls flagellate till he was black and blue do him all the good in the world only for that longnosed chap I dont know who he is with that other beauty Burke out of the City Arms hotel was there spying around as usual on the slip always where he wasnt wanted if there was a row on youd vomit a better face there was no love lost between us thats 1 consolation I wonder what kind is thak book he brought me Sweets of Sin by a gentleman of fashion some other Mr de Kock I suppose the people gave him that nickname going about with his tube from one woman to another I couldnt even change my new white shoes all ruined with the saltwater and the hat I had with that feather all blowy and tossed on me how annoying and provoking because the smell of the sea excited me of course the sardines and the bream in Catalan bay round the back of the rock they were fine all siver in the fishermens baskets old Luigi near a hundred they said came from Genoa and the tall old chap with the earrings I dont like a man you have to climb up to to get at I suppose theyre all dead and rotten long ago besides I dont like being alone in this big barracks of a place at night I suppose Ill have to put up with it I never brought a bit of salt in even when we moved in the confusion musical academy he was going to make on the first floor drawingroom with a brassplate or Blooms private hotel he suggested go and ruin himself altogether the way his father did down in Ennis like all the things he told father he was going to do and me but I saw through him telling me all the lovely places we could go for the honeymoon Venice by moonlight with the gondolas and the lake of Como he had a picture cut out of some paper of and mandolines and lanterns O how nice I said whatever I liked he was going to do immediately if not sooner will you be my man will you carry my can he ought to get a leather medal with a putty rim for all the plans he invents then leaving us here all day you never know what old beggar at the door for a crust with his long story might be a tramp and put his foot in the way to prevent me shutting it like that picture of that hardened criminal he was called in Lloyds Weekly News 20 years

in jail then he comes out and murders an old woman for her
money imagine his poor wife or mother or whoever she is such
a face youd run miles away from I couldnt rest easy till I
bolted all the doors and windows to make sure but its worse
again being locked up like in a prison or a madhouse they
ought to be all shot or the cat of nine tails a big brute like
that that would attack a poor old woman to murder her in her
bed Id cut them off him so I would not that hed be much use
still better than nothing the night I was sure I heard burglars
in the kitchen and he went down in his shirt with a candle
and a poker as if he was looking for a mouse as white as a
sheet frightened out of his wits making as much noise as he
possibly could for the burglars benefit there isnt much to steal
indeed the Lord knows still its the feeling especially now with
Milly away such an idea for him to send the girl down there
to learn to take photographs on account of his grandfather instead of sending her to Skerrys academy where shed have to
learn not like me getting all 1s at school only hed do a thing
like that all the same on account of me and Boylan thats why
he did it Im certain the way he plots and plans everything
out I couldnt turn round with her in the place lately unless I
bolted the door first gave me the fidgets coming in without
knocking first when I put the chair against the door just as I
was washing myself there below with the glove get on your
nerves then doing the loglady all day put her in a glasscase
with two at a time to look at her if he knew she broke off the
hand off that little gimcrack statue with her roughness and
carelessness before she left that I got that little Italian boy to
mend so that you cant see the join for 2 shillings wouldnt
even teem the potatoes for you of course shes right not to
ruin her hands I noticed he was always talking to her lately
at the table explaining things in the paper and she pretending
to understand sly of course that comes from his side of the
house and helping her into her coat but if there was anything
wrong with her its me shed tell not him he cant say I pretend
things can he Im too honest as a matter of fact I suppose he

43

thinks Im finished out and laid on the shelf well Im not no
nor anything like it well see well see now shes well on for
flirting too with Tom Devans two sons imitating me whistling
with those romps of Murray girls calling for her can Milly
come out please shes in great demand to pick what they can
out of her round in Nelson street riding Harry Devans bicycle
at night its as well he sent her where she is she was just getting
out of bounds wanting to go on the skatingrink and smoking
their cigarettes through their nose I smelt it off her dress when
I was biting off the thread of the button I sewed on to the
bottom of her jacket she couldnt hide much from me I tell you
only I oughtnt to have stitched it and it on her it brings a
parting and the last plumpudding too split in 2 halves see it
comes out no matter what they say her tongue is a bit too
long for my taste your blouse is open too low she says to me
the pan calling the kettle blackbottom and I had to tell her
not to cock her legs up like that on show on the windowsill
before all the people passing they all look at her like me when
I was her age of course any old rag looks well on you then a
great touchmenot too in her own way at the Only Way in the
Theatre royal take your foot away out of that I hate people
touching me afraid of her life Id crush her skirt with the pleats
a lot of that touching must go on in theatres in the crush in
the dark theyre always trying to wiggle up to you that fellow
in the pit at the pit at the Gaiety for Beerbohm Tree in Trilby
the last time Ill ever go there to be squashed like that for any
Trilby or her barebum every two minutes tipping me there
and looking away hes a bit daft I think I saw him after trying
to get near two stylish dressed ladies outside Switzers window
at the same little game I recognised him on the moment the
face and everything but he didn't remember me yes and she
didnt even want me to kiss her at the Broadstone going away
well I hope shell get someone to dance attendance on her the
way I did when she was down with the mumps and her glands
swollen wheres this and wheres that of course she cant feel
anything deep yet I never came properly till I was what 22 or

so it went into the wrong place always only the usual girls nonsense and giggling that Conny Connolly writing to her in white ink on black paper sealed with sealingwax though she clapped when the curtain came down because he looked so handsome then we had Martin Harvey for breakfast dinner and supper I thought to myself afterwards it must be real love if a man gives up his life for her that way for nothing I suppose there are a few men like that left its hard to believe in it though unless it really happened to me the majority of them with not a particle of love in their natures to find two people like that nowadays full up of each other that would feel the same way as you do theyre usually a bit foolish in the head his father must have been a bit queer to go and poison himself after her still poor old man I suppose he felt lost shes always making love to my things too the few old rags I have wanting to put her hair up at 15 my powder too only ruin her skin on her shes time enough for that all her life after of course shes restless knowing shes pretty with her lips so red a pity they wont stay that way I was too but theres no use going to the fair with the thing answering me like a fishwoman when I asked to go for a half a stone of potatoes the day we met Mrs Joe Gallaher at the trottingmatches and she pretended not to see us in her trap with Friery the solicitor we werent grand enough till I gave her 2 damn fine cracks across the ear for herself take that now for answering me like that and that for your impudence she had me that exasperated of course contradicting I was badtempered too because how was it there was a weed in the tea or I didnt sleep the night before cheese I ate was it and I told her over and over again not to leave knives crossed like that because she has nobody to command her as she said herself well if he doesnt correct her faith I will that was the last time she turned on the teartap I was just like that myself they darent order me about the place its his fault of course having the two of us slaving here instead of getting in a woman long ago am I ever going to have a proper servant again of course then shed see him coming Id have to let her know or shed revenge it arent they a nuisance that old Mrs Fleming you have to be walking round after her putting the things into her hands sneezing and farting into the pots well of course shes old she cant help it a good job I found that rotten old smelly dishcloth that got lost behind the dresser I knew there was something and opened the area window to let out the smell bringing in his friends to entertain them like the night he walked home with a dog if you please that might have been mad especially Simon Dedalus son his father such a criticiser with his glasses up with his tall hat on him at the cricket match and a great big hole in his sock one thing laughing at the other and his son that got all those prizes for whatever he won them in the intermediate imagine climbing over the railings if anybody saw him that knew us I wonder he didnt tear a big hole in his grand funeral trousers as if the one nature gave wasnt enough for anybody hawking him down into the dirty old kitchen now is he right in his head I ask pity it wasn't washing day my old pair of drawers might have been hanging up too on the line on exhibition for all hed ever care with the ironmould mark the stupid old bundle burned on them he might think was something else and she never even rendered down the fat I told her and now shes going such as she was on account of her paralysed husband getting worse theres always something wrong with them disease or they have to go under an operation or if its not that its drink and he beats her Ill have to hunt around again for someone every day I get up theres some new thing on sweet God sweet God well when Im stretched out dead in my grave I suppose Ill have some peace I want to get up a minute if Im let wait O Jesus wait yes that thing has come on me yes now wouldnt that afflict you of course all the poking and rooting and ploughing he had up in me now what am I to do Friday Saturday Sunday wouldnt that pester the soul out of a body unless he likes it some men do God knows theres always something wrong with us 5 days every 3 or 4 weeks usual monthly auction isnt it simply sickening that night it came on me like that the one and only time we were in a box that Michael Gunn gave him to see Mrs Kendal and her husband at the Gaiety something he did about insurance for him in Drimmies I was fit to be tied though I wouldnt give in with that gentleman of fashion staring down at me with his glasses and him the other side of me talking about Spinoza and his soul thats dead I suppose millions of years ago I smiled the best I could all in a swamp leaning forward as if I was interested having to sit it out then to the last tag I wont forget that wife of Scarli in a hurry supposed to be a fast play about adultery that idiot in the gallery hissing the woman adulteress he shouted I suppose he went and had a woman in the next lane running round all the back ways after to make up for it I wish he had what I had then hed boo I bet the cat itself is better off than us have we too much blood up in us or what O patience above its pouring out of me like the sea anyhow he didnt make me pregnant as big as he is I dont want to ruin the clean sheets just put on the clean linen I wore brought it on too damn it damn it and they always want to see a stain on the bed to know youre a virgin for them all thats troubling them theyre such fools too you could be a widow or divorced 40 times over a daub of red ink would do or blackberry juice no thats too purbly O Jamesy let me up out of this pooh sweets of sin whoever suggested that business for women what between clothes and cooking and children this damned old bed too jingling like the dickens I suppose they could hear us away over the other side of the park till I suggested to put the quilt on the floor with the pillow under my bottom I wonder is it nicer in the day I think it is easy I think Ill cut all this hair off me there scalding me I might look like a young girl wouldnt he get the great suckin the next time he turned up my clothes on me Id give anything to see his face wheres the chamber gone easy Ive a holy horror of its breaking under me after that old commode I wonder was I too heavy sitting on his knee I made him sit on the easychair purposely when I took off only my blouse and skirt first in the other room he was so busy where he oughtnt to be he never felt me I hope my breath was sweet after those kissing comfits easy God I remember one time I could scout it out straight whistling like a man almost easy O Lord how noisy I hope theyre bubbles on it for a wad of money from some fellow Ill have to perfume it in the morning dont forget I bet he never saw a better pair of thighs than that look how white they are the smoothest place is right there between this bit here how soft like a peach easy God I wouldnt mind being a man and get up on a lovely woman O Lord what a row youre making like the jersey lily easy O how the waters come down at Lahore

who knows is there anything the matter with my insides or have I something growing in me getting that thing like that every week when was it last I Whit Monday yes its only about 3 weeks I ought to go to the doctor only it would be like before I married him when I had that white thing coming from me and Floey made me go to that dry old stick Dr Collins for womens diseases on Pembroke road your vagina he called it I suppose thats how he got all the gilt mirrors and carpets getting round those rich ones off Stephens green running up to him for every little fiddlefaddle her vagina and her cochinchina theyve money of course so theyre all right I wouldnt marry him not if he was the last man in the world besides there something queer about their children always smelling around those filthy bitches all sides asking me if what I did had an offensive odour what did he want me to do but the one thing gold maybe what a question if I smathered it all over his wrinkly old face for him with all my compriment I suppose hed know then and could you pass it easily pass what I thought he was talking about the rock of Gibraltar the way he puts it thats a very nice invention too by the way only I like letting myself down after in the hole as far as I can squeeze and pull the chain then to flush it nice cool pins and needles still theres something in it I suppose I always used to know by Millys when she was a child whether she had worms

or not still all the same paying him for that how much is that
doctor one guinea please and asking me had I frequent omissions where do those old fellows get all the words they have
omissions with his shortsighted eyes on me cocked sideways I
wouldnt trust him too far to give me chloroform or God
knows what else still I liked him when he sat down to write
the thing out frowning so severe his nose intelligent like that
you be damned you lying strap O anything no matter who
except an idiot he was clever enough to spot that of course
that was all thinking of him and his mad crazy letters my
Precious one everything connected with your glorious Body
everything underlined that comes from it is a thing of beauty
and of joy for ever something he got out of some nonsensical
book that he had me always at myself 4 or 5 times a day
sometimes and I said I hadnt are you sure O yes I said I am
quite sure in a way that shut him up I knew what was coming
next only natural weakness it was he excited me I dont know
how the first night ever we met when I was living in Rehoboth terrace we stood staring at one another for about 10 minutes as if we met somewhere I suppose on account of my being
jewess looking after my mother he used to amuse me the
things he said with the half sloothering smile on him and all
the Doyles said he was going to stand for a member of Par-
liament O wasnt I the born fool to believe all his blather
about home rule and the land league sending me that long
strool of a song out of the Huguenots to sing in French to be
more classy O beau pays de la Touraine that I never even
sang once explaining and rigmaroling about religion and
persecution he wont let you enjoy anything naturally then
might he as a great favour the very 1st opportunity he got
a chance in Brighton square running into my bedroom pretending the ink got on his hands to wash it off with the Albion
milk and sulphur soap I used to use and the gelatine still
round it O I laughed myself sick at him that day Id better
not make an all night sitting on this affair they ought to make
chambers a natural size so that a woman could sit on it pro-

49

perly he kneels down to do it I suppose there isnt in all creation another man with the habits he has look at the way hes sleeping at the foot of the bed how can he without a hard bolster its well he doesnt kick or he might knock out all my teeth breathing with his hand on his nose like that Indian god he took me to show one wet Sunday in the museum in Kildare street all yellow in a pinafore lying on his side on his hand with his ten toes sticking out that he said was a bigger religion than the jews and Our Lords both put together all over Asia imitating him as hes always imitating everybody I suppose he used to sleep at the foot of the bed too with his big square feet up in his wifes mouth damn this stinking thing anyway wheres this those napkins are ah yes I know I hope the old press doesnt creak ah I knew it would hes sleeping hard had a good time somewhere still she must have given him great value for his money of course he has to pay for it from her O this nuisance of a thing I hope theyll have something better for us in the other world tying ourselves up God help us thats all right for tonight now the lumpy old jingly bed always reminds me of old Cohen I suppose he scratched himself in it often enough and he thinks father bought it from Lord Napier that I used to admire when I was a little girl because I told him easy piano O I like my bed God here we are as bad as ever after 16 years how many houses were we in at all Raymond Terrace and Ontario terrace and Lombard street and Holles street and he goes about whistling every time were on the run again his huguenots or the frogs march pretending to help the men with our 4 sticks of furniture and then the City Arms hotel worse and worse says Warden Daly that charming place on the landing always somebody inside praying then leaving all their stinks after them always know who was in there last every time were just getting on right something happens or he puts his big foot in it Thoms and Helys and Mr Cuffes and Drimmies either hes going to be run into prison over his old lottery tickets that was to be all our salvations or he goes and gives impudence well have him coming home with the sack soon out of the Freeman too like the rest on account of those Sinner Fein or the freemasons then well see if the little man he showed me dribbling along in the wet all by himself round by Coadys lane will give him much consolation that he says is so capable and sincerely Irish he is indeed judging by the sincerity of the trousers I saw on him wait theres Georges church bells wait 3 quarters the hour wait 1 2 oclock well thats a nice hour of the night for him to be coming home at to anybody climbing down into the area if anybody saw him Ill knock him off that little habit tomorrow first Ill look at his shirt to see or Ill see if he has that French letter still in his pocketbook I suppose he thinks I dont know deceitful men al their 20 pockets arent enough for their lies then why should we tell them even if its the truth they dont believe you then tucked up in bed like those babies in the Aristocrats Masterpiece he brought me another time as if we hadnt enough of that in real life without some old Aristocrat or whatever his name is disgusting you more with those rotten pictures children with two heads and no legs thats the kind of villainy theyre always dreaming about with not another thing in their empty heads they ought to get slow poison the half of them then tea and toast for him buttered on both sides and newlaid eggs I suppose Im nothing any more when I wouldnt let him lick me in Holles street one night man man tyrant as ever for the one thing he slept on the floor half the night naked the way the jews used when somebody dies belonged to them and wouldnt eat any breakfast or speak a word wanting to be petted so I thought I stood out enough for one time and let him he does it all wrong too thinking only of his own pleasure his tongue is too flat or I dont know what he forgets that we then I dont Ill make him do it again if he doesnt mind himself and lock him down to sleep in the coalcellar with the blackbeetles I wonder was it her Josie off her head with my castoffs hes such a born liar too no hed never have the courage with a married woman thats why he wants me and Boylan though as for her Denis as she calls him that forlornlooking spectacle you couldn't call him a husband yes its some little bitch hes got in with even when I was with him with Milly at the College races that Hornblower with the childs bonnet on the top on his nob let us into by the back way he was throwing his sheeps eyes at those two doing skirt duty up and down I tried to wink at him first no use of course and thats the way his money goes this is the fruits of Mr Paddy Dignam yes they were all in great style at the grand funeral in the paper Boylan brought in if they saw a real officers funeral thatd be something reversed arms muffled drums the poor horse walking behind in black L Boom and Tom Kernan that drunken little barrelly man that bit his tongue off falling down the mens W C drunk in some place or other and Martin Cunningham and the two Dedaluses and Fanny MCoys husband white head of cabbage skinny thing with a turn in her eye trying to sing my songs shed want to be born all over again and her old green dress with the lowneck as she cant attract them any other way like dabbling on a rainy day I see it all now plainly and they call that friendship killing and then burying one another and they all with their wives and families at home more especially Jack Power keeping that barmaid he does of course his wife is always sick or going to be sick or just getting better of it and hes a goodlooking man still though hes getting a bit grey over the ears theyre a nice lot all of them well theyre not going to get my husband again into their clutches if I can help it making fun of him then behind his back I know well when he goes on with his idiotics because he has sense enough not to squander every penny piece he earns down their gullets and looks after his wife and family goodfornothings poor Paddy Dignam all the same Im sorry in a way for him what are his wife and 5 children going to do unless he was insured comical little teetotum always stuck up in some pub corner and her or her son waiting Bill Bailey wont you please come home her widows weeds wont improve her appearance theyre awfully becoming though if youre goodlooking what men wasn't he yes he was at the Glencree dinner and Ben Dollard base barreltone the night he borrowed the swallowtail to sing out of in Holles street squeezed and squashed into them and grinning all over his big Dolly face like a wellwhipped childs botty didnt he look a balmy ballocks sure enough that must have been a spectacle on the stage imagine paying 5/- in the preserved seats for that to see him and Simon Dedalus too he was always turning up half screwed singing the second verse first the old love is the new was one of his so sweetly sang the maiden on the hawthorn bough he was always on for flirtyfying too when I sang Maritana with him at Freddy Mayers private opera he had a delicious glorious voice Phœbe dearest goodbye sweetheart *sweet* heart he always sang it not like Bartell dArcy sweet *tart* goodbye of course he had the gift of the voice so there was no art in it all over you like a warm showerbath O Maritana wildwood flower we sang splendidly though it was a bit too high for my register even transposed and he was married at the time to May Goulding but then hed say or do something to knock the good out of it hes a widower now I wonder what sort is his son he says hes an author and going to be a university professor of Italian and Im to take lessons what is he driving at now showing him my photo its not good of me I ought to have got it taken in drapery that never looks out of fashion still I look young in it I wonder he didnt make him a present of it altogether and me too after all why not I saw him driving down to the Kingsbridge station with his father and mother I was in mourning thats 11 years ago now yes hed be 11 though what was the good in going into mourning for what was neither one thing nor the other of course he insisted hed go into mourning for the cat the first cry was enough for me I heard the death watch too ticking in the wall I suppose hes a man now by this time he was an innocent boy then and a darling little fellow in his lord Fauntleroy suit and curly hair like a prince on the stage when I saw him at Mat Dillons he liked me too I remember they all do wait by

God yes wait yes hold on he was on the cards this morning when I laid out the deck union with a young stranger neither dark nor fair you met before I thought it meant him but hes no chicken nor a stranger either besides my face was turned the other way what was the 7th card after that the 10 of spades for a Journey by land then there was a letter on its way and scandals too the 3 queens and the 8 of diamonds for a rise in society yes wait it all came out and 2 red 8s for new garments look at that and didnt I dream something too yes there was something about poetry in it I hope he hasnt long greasy hair hanging into his eyes or standing up like a red Indian what do they go about like that for only getting themselves and their poetry laughed at I always liked poetry when I was a girl first I thought he was a poet like lord Byron and not an ounce of it in his composition I thought he was quite different I wonder is he too young hes about wait 88 I was married 88 Milly is 15 yesterday 89 what age was he then at Dillons 5 or 6 about 88 I suppose hes 20 or more Im not too old for him if hes 23 or 24 I hope hes not that stuck up university student sort no otherwise he wouldnt go sitting down in the old kitchen with him taking Eppss cocoa and talking of course he pretended to understand it all probably he told him he was out of Trinity college hes very young to be a professor I hope hes not a professor like Goodwin was he was a patent professor of John Jameson they all write about some woman in their poetry well I suppose he wont find many like me where softly sighs of love the light guitar where poetry is in the air the blue sea and the moon shining so beautifully coming back on the nightboat from Tarifa the lighthouse at Europa point the guitar that fellow played was so expressive will I never go back there again all new faces two glancing eyes a lattice hid Ill sing that for him theyre my eyes if hes anything of a poet two eyes as darkly bright as loves own star arent those beautiful words as loves young star itll be a change the Lord knows to have an intelligent person to talk to about yourself not always listening to him and Billy Prescotts ad and Keyess ad and Tom the Devils ad then if anything goes wrong in their business we have to suffer Im sure hes very distinguished Id like to meet a man like that God not those other ruck besides hes young those fine young men I could see down in Margate strand bathing place from the side of the rock standing up in the sun naked like o God or something and then plunging into the sea with them why arent all men like that thered be some consolation for a woman like that lovely little statue he bought I could look at him all day long curly head and his shoulders his finger up for you to listen theres real beauty and poetry for you I often felt I wanted to kiss him all over also his lovely young cock there so simple I wouldnt mind taking him in my mouth if nobody was looking as if it was asking you to suck it so clean and white he looked with his boyish face I would too in $^1/_2$ a minute even if some of it went down what its only like gruel or the dew theres no danger besides hed be so clean compared with those pigs of men I suppose never dream of washing it from 1 years end to the other the most of them only thats what gives the women the moustaches Im sure itll be grand if I can only get in with a handsome young poet at my age Ill throw them the 1st thing in the morning till I see if the wishcard comes out or Ill try pairing the lady herself and see if he comes out Ill read and study all I can find or learn a bit off by heart if I knew who he likes so he wont think me stupid if he thinks all women are the same and I can teach him the other part Ill make him feel all over him till he half faints under me then hell write about me lover and mistress publicly too with our 2 photographs in all the papers when he becomes famous O but then what am I going to do about him though

no thats no way for him has he no manners nor no refinement nor no nothing in his nature slapping us behind like that on my bottom because I didn't call him Hugh the ignoramus that doesnt know poetry from a cabbage thats what you get for not keeping them in their proper place pulling off his shoes and trousers there on the chair before me so barefaced without even asking permission and standing out that vulgar way in the half of a shirt they wear to be admired like a priest or a butcher or those old hypocrites in the time of Julius Caesar of course hes right enough in his way to pass the time as a joke sure you might as well be in bed with what with a lion God Im sure hed have something better to say for himself an old Lion would O well I suppose its because they were so plump and tempting in my short petticoat he couldnt resist they excite myself sometimes its well for men all the amount of pleasure they get off a womans body were so round and white for them always I wished I was one myself for a change just to try with that thing they have swelling upon you so hard and at the same time so soft when you touch it my uncle John has a thing long I heard those cornerboys saying passing the corner of Marrowbone lane my aunt Mary has a thing hairy because it was dark and they knew a girl was passing it didnt make me blush why should it either its only nature and he puts his thing long into my aunt Marys hairy etcetera and turns out to be you put the handle in a sweepingbrush men again all over they can pick and choose what they please a married woman or a fast widow or a girl for their different tastes like those houses round behind Irish street no but were to be always chained up theyre not going to be chaining me up no damm fear once I start I tell you for their stupid husbands jealousy why cant we all remain friends over it instead of quarrelling her husband found it out what they did together well naturally and if he did can he undo it hes coronado anyway whatever he does and then he going to the other mad extreme about the wife in Fair Tyrants of course the man never even casts a 2nd thought on the husband or wife either its the woman he wants and he gets her what else were we given all those desires for Id like to know I cant help it if Im young still can I its a wonder Im not an old shrivelled hag before my time living with him so cold never embracing me except sometimes when hes asleep the wrong end of me not knowing I suppose who he has any man thatd kiss a womans

bottom Id throw my hat at him after that hed kiss anything
unnatural where we havent 1 atom of any kind of expression
in us all of us the same 2 lumps of lard before ever Id do that
to a man pfooh the dirty brutes the mere thought is enough I
kiss the feet of you señorita theres some sense in that didnt he
kiss our halldoor yes he did what a madman nobody under-
stands his cracked ideas but me still of course a woman wants
to be embraced 20 times a day almost to make her look young
no matter by who so long as to be in love or loved by somebody if the fellow you want isnt there sometimes by the Lord
God I was thinking would I go around by the quays there
some dark evening where nobodyd know me and pick up a
sailor off the sea thatd be hot on for it and not care a pin
whose I was only to do it off up in a gate somewhere or one
of those wildlooking gipsies in Rathfarnham had their camp
pitched near the Bloomfield laundry to try and steal our things
if they could I only sent mine there a few times for the name
model laundry sending me back over and over some old ones
odd stockings that blackguardlooking fellow with the fine
eyes peeling a switch attack me in the dark and ride me up
against the wall without a word or a murderer anybody what
they do themselves the fine gentlemen in their silk hats that
K C lives up somewhere this way coming out of Hardwicke
lane the night he gave us the fish supper on account of winn-
ing over the boxing match of course it was for me he gave it
I knew him by his gaiters and the walk and when I turned
round a minute after just to see there was a woman after coming out of it too some filthy prostitute then he goes home to
his wife after that only I suppose the half of those sailors are
rotten again with disease O move over your big carcass out
of that for the love of Mike listen to him the winds that waft
my sighs to thee so well he may sleep and sigh the great Sug-
gester Don Poldo de la Flora if he knew how he came out on
the cards this morning hed have something to sigh for a dark
man in some perplexity between 2 7s too in prison for Lord
knows what he does that I dont know and Im to be slooching

around down in the kitchen to get his lordship his breakfast while hes rolled up like a mummy will I indeed did you ever see me running Id just like to see myself at it show them attention and they treat you like dirt I dont care what anybody says itd be much better for the world to be governed by the women in it you wouldnt see women going and killing one another and slaughtering when do you ever see women rolling around drunk like they do or gambling every penny they have and losing it on horses yes because a woman whatever she does she knows where to stop sure they wouldn't be in the world at all only for us they dont know what it is to be a woman and a mother how could they where would they all of them be if they hadnt all a mother to look after them what I never had thats why I suppose hes running wild now out at night away from his books and studies and not living at home on account of the usual rowy hause I suppose well its a poor case that those that have a fine son like that theyre not satisfied and I none was he not able to make one it wasnt my fault we came together when I was watching the two dogs up in her behind in the middle of the naked street that disheartened me altogehter I suppose I oughtnt to have buried him in that little woolly jacket I knitted crying as I was but give it to some poor child but I knew well Id never have another our 1st death too it was we were never the same since O Im not going to think myself into the glooms about that any more I wonder why he wouldnt stay the night I felt all the time it was somebody strange he brought in instead of roving around the city meeting God knows who nightwalkers and pickpockets his poor mother wouldnt like that if she was alive ruining himself for life perhaps still its a lovely hour so silent I used to love coming home after dances the air of the night they have friends they can talk to weve none either he wants what he wont get or its some woman ready to stick her knife in you I hate that in women no wonder they treat us the way they do we are a dreadful lot of bitches I suppose its all the troubles we have makes us so snappy Im not like that he could easy have slept in there on the sofa in the other room I suppose he was as shy as a boy he being so young hardly 20 of me in the next room hed have heard me on the chamber arrah what harm Dedalus I wonder its like those names in Gibraltar Delapaz Delagracia they had the devils queer names there father Vilaplana of Santa Maria that gave me the rosary Rosales y OReilly in the Calle las Siete Revueltas and Pisimbo and Mrs Opisso in Governor street O what a name Id go and drown myself in the first river if I had a name like her O my and all the bits of streets Paradise ramp and Bedlam ramp and Rodgers ramp and Crutchetts ramp and the devils gap steps well small blame to me if I am a harumscarum I know I am a bit I declare to God I dont feel a day older than then I wonder could I get my tongue round any of the Spanish como esta usted muy bien gracias y usted see I havent forgotten it all I thought I had only for the grammar a noun is the name of any person place or thing pity I never tried to read that novel cantankerous Mrs Rubio lent me by Valera with the questions in it all upside down the two ways I always knew wed go away in the end I can tell him the Spanish and he tell me the Italian then hell see Im not so ignorant what a pity he didnt stay Im sure the poor fellow was dead tired and wanted a good sleep badly I could have brought him in his breakfast in bed with a bit of toast so long as I didnt do it on the knife for bad luck or if the woman was going her rounds with the watercress and something nice and tasty there are a few olives in the kitchen he might like I never could bear the look of them in Abrines I could do the criada the room looks all right since I changed it the other way you see something was telling me all the time Id have to introduce myself not knowing me from Adam very funny wouldnt it Im his wife or pretend we were in Spain with him half awake without a Gods notion where he is dos huevos estrellados señor Lord the cracked things come into my head sometimes itd be great fun supposing he stayed with us why not theres the room upstairs empty and Millys bed in the back room he could do his writing and studies at the table in there for all the scribbling he does at it and if he wants to read in bed in the morning like me as hes making the breakfast for 1 he can make it for 2 Im sure Im not going to take in lodgers off the street for him if he takes a gesabo of a house like this Id love to have a long talk with an intelligent welleducated person Id have to get a nice pair of red slippers like those Turks with the fez used to sell or yellow and a nice semitransparent morning gown that I badly want or a peachblossom dressing jacket like the one long ago in Walpoles only 8/6 or 18/6 Ill just give him one more chance Ill get up early in the morning Im sick of Cohens old bed in any case I might go over to the markets to see all the vegetables and cabbages and tomatoes and carrots and all kinds of splendid fruits all coming in lovely and fresh who knows whod be the 1st man Id meet theyre out looking for it in the morning Mamy Dillon used to say they are and the night too that was her massgoing Id love a big juicy pear now to melt in your mouth like when I used to be in the longing way then Ill throw him up his eggs and tea in the moustachecup she gave him to make his mouth bigger I suppose hed like my nice cream too I know what Ill do Ill go about rather gay not too much singing a bit now and then mi fa pietà Masetto then Ill start dressing myself to go out presto non son più forte Ill put on my best shift and drawers let him have a good eyeful out of that to make his micky stand for him Ill let him know if thats what he wanted that his wife is fucked yes and damn well fucked too up to my neck nearly not by him 5 or 6 times handrunning theres the mark of his spunk on the clean sheet I wouldnt bother to even iron it out that ought to satisfy him if you dont believe me feel my belly unless I made him stand there and put him into me Ive a mind to tell him every scrap and make him do it out in front of me serve him right its all his own fault if I am an adulteress as the thing in the gallery said O much about it if thats all the harm ever we did in this vale of tears God knows its not much doesnt everybody only they hide it

I suppose thats what a woman is supposed to be there for or
He wouldnt have made us the way He did so attractive to
men then if he wants to kiss my bottom Ill drag open my
drawers and bulge it right out in his face as large as life he
can stick his tongue 7 miles up my hole as hes there my brown
part then Ill tell him I want £ 1 or perhaps 30/- Ill tell him
I want to buy underclothes then if he gives me that well he
wont be too bad I dont want to soak it all out of him like
other women do I could often have written out a fine cheque
for myself and write his name on it for a couple of pounds a
few times he forgot to lock it up besides he wont spend it Ill
let him do it off on me behind provided he doesnt smear all
my good drawers O I suppose that cant be helped Ill do the
indifferent 1 or 2 questions Ill know by the answers when
hes like that he cant keep a thing back I know every turn in
him Ill tighten my bottom well and let out a few smutty words
smellrump or lick my shit or the first mad thing comes into
my head then Ill suggest about yes O wait now sonny my
turn is coming Ill be quite gay and friendly over it O but I
was forgetting this bloody pest of a thing pfooh you wouldn't
know which to laugh or cry were such a mixture of plum and
apple no Ill have to wear the old things so much the better
itll be more pointed hell never know whether he did it nor
not there thats good enough for you any old thing at all then
Ill wipe him off me just like a business his omission then Ill
go out Ill have him eyeing up at the ceiling where is she gone
now make him want me thats the only way a quarter after
what an unearthly hour I suppose theyre just getting up in
China now combing out their pigtails for the day well soon
have the nuns ringing the angelus theyve nobody coming in
to spoil their sleep except an odd priest or two for his night
office the alarmclock next door at cockshout clattering the
brains out of itself let me see if I can doze off 1 2 3 4 5 what
kind of flowers are those they invented like the stars the wall-
paper in Lombard street was much nicer the apron he gave
me was like that something only I only wore it twice better

lower this lamp and try again so as I can get up early Ill go to Lambes there beside Findlaters and get them to send us some flowers to put about the place in case he brings him home tomorrow today I mean no no Fridays an unlucky day first I want to do the place up someway the dust grows in it I think while Im asleep then we can have music and cigarettes I can accompany him first I must clean the keys of the piano with milk whatll I wear shall I wear a white rose or those fairy cakes in Liptons I love the smell of a rich big shop at $7^1/_2$d a lb or the other ones with the cherries in them and the pinky sugar 11d a couple of lbs of course a nice plant for the middle of the table Id get that cheaper in wait wheres this I saw them not long ago I love flowers Id love to have the whole place swimming in roses God of heaven theres nothing like nature the wild mountains then the sea and the waves rushing then the beautiful country with the fields of oats and wheat and all kinds of things and all the fine cattle going about that would do your heart good to see rivers and lakes and flowers all sorts of shapes and smells and colours springing up even out of the ditches primroses and violets nature it is as for them saying theres no God I wouldnt give a snap of my two fingers for all their learning why dont they go and create something I often asked him atheists or whatever they call themselves go and wash the cobbles off themselves first then they go howling for the priest and they dying and why why because theyre afraid of hell on account of their bad conscience ah yes I know them well who was the first person in the universe before there was anybody that made it all who ah that they dont know neither do I so there you are they might as well try to stop the sun from rising tomorrow the sun shines for you he said the day we were lying among the rhododendrons on Howth head in the grey tweed suit and his straw hat the day I got him to propose to me yes first I gave him the bit of seedcake out of my mouth and it was leapyear like now yes 16 years ago my God after that long kiss I near lost my breath yes he said I was a flower of the mountain yes so we are flowers all a womans body yes that was one true thing he said in his life and the sun shines for you today yes that was why I liked him because I saw he understood or felt what a woman is and I knew I could always get round him and I gave him all the pleasure I could leading him on till he asked me to say yes and I wouldnt answer first only looked out over the sea and the sky I was thinking of so many things he didnt know of Mulvey and Mr Stanhope and Hester and father and old captain Groves and the sailors playing all birds fly and I say stoop and washing up dishes they called it on the pier and the sentry in front of the governors house with the thing round his white helmet poor devil half roasted and the Spanish girls laughing in their shawls and their tall combs and the auctions in the morning the Greeks and the jews and the Arabs and the devil knows who else from all the ends of Europe and Duke street and the fowl market all clucking outside Larby Sharons and the poor donkeys slipping half asleep and the vague fellows in the cloaks asleep in the shade on the steps and the big wheels of the carts of the bulls and the old castle thousands of years old yes and those handsome Moors all in white and turbans like kings asking you to sit down in their little bit of a shop and Ronda with the old windows of the posadas two glancing eyes a lattice hid for her lover to kiss the iron and the wineshops half open at night and the castanets and the night we missed the boat at Algeciras the watchman going about serene with his lamp and O that awful deepdown torrent O and the sea the sea crimson sometimes like fire and the glorious sunsets and the figtrees in the Alameda gardens yes and all the queer little streets and pink and blue and yellow houses and the rosegardens and the jessamine and geraniums and cactuses and Gibraltar as a girl where I was a Flower of the mountain yes when I put the rose in my hair like the Andalusian girls used or shall I wear a red yes and how he kissed me under the Moorish wall and I thought well as well him as another and then I asked him with my eyes to ask again yes and then he asked me would I yes to say yes my mountain flower and first I put my arms around him yes and drew him down to me so he could feel my breasts all perfume yes and his heart was going like mad and yes I said yes I will Yes.

Trieste-Zürich-Paris, 1914-1921

Das letzte Kapitel

Übersetzt von Georg Goyert

(Zuerst erschienen im Jahre 1927 mit dem Vermerk
»Vom Verfasser autorisierte Übersetzung«.)

Ja weil er so was noch nie verlangt hatte ihm sein Frühstück ans Bett zu bringen mit ein paar Eiern seit dem City Arm Hotel wo er öfters liegen blieb und jammerte und den Vornehmen spielte um sich nur bei der alten Ziege der Frau Riordan interessant zu machen von der er was zu erben dachte und sie vererbte uns keinen Heller alles für Messen für sich selbst und ihre Seele war der grösste Geizhals der je lebte hatte wirklich Angst 4d für ihren Brennspiritus auszugeben erzählte mir all ihre Krankheiten quatschte auch dauernd über Politik und Erdbeben und das Ende der Welt erstmal ein bisschen Spass lieber Gott wenn alle Frauen so wären wie sie und über Badeanzüge und tiefausgeschnittene Kleider schimpften niemand verlangte natürlich von ihr dass sie so was trug ich glaube sie war fromm weil kein Mann sie zweimal ansehen würde hoffentlich werde ich nicht mal so wundere mich nur dass sie nicht von uns verlangte wir sollten uns das Gesicht verschleiern aber sie war sicher eine wohlerzogene Frau immer redete sie von Herrn Riordan hier Herrn Riordan da ich glaube er war froh dass er sie los wurde und ihr Hund roch immer an meinem Pelz und wollte mir immer unter die Röcke besonders dann aber ich mag das gerne an ihm immer höflich zu so alten Frauen und auch zu Kellnern und Bettlern er ist nicht stolz von unten rauf aber nicht immer sollte er mal ernstlich krank werden gehen sie am besten in ein Spital wo alles so sauber ist aber ich glaube ich müsste ihn einen Monat bearbeiten ja und dann wäre gleich der Rummel mit der Krankenschwester und er bleibt so lange da bis sie ihn rauswerfen oder vielleicht auch eine Nonne wie auf der gemeinen Photo die er hat sie ist ebenso sehr Nonne wie ich es nicht bin ja weil sie so schwach und wimmerig sind wenn sie krank sind muss gleich eine Frau kommen und helfen wenn er Nasenbluten hat sollte man meinen O wie furchtbar und das Jammergesicht als er den south circular runterkam als er sich den Fuss vertrat auf dem Chorausflug nach dem Sugarloaf Mountain als ich das Kleid an hatte Fräulein Stack brachte ihm Blumen die schlechtesten und ältesten die sie auftreiben konnte alles mögliche täte die um in das Schlafzimmer eines Mannes zu kommen mit ihrer Altjungfernstimme und versuchte sich einzubilden er stürbe ihretwegen nie wieder dein Gesicht sehen und dabei sah er vielmehr aus wie ein Mann der seinen Bart im Bett ein wenig wachsen liess Vater war genau so ausserdem kann ich Verbinden und Medizingeben nicht leiden als er sich beim Hühneraugenschneiden mit dem Rasiermesser schnitt hatte er Angst er bekäme Blutvergiftung wenn ich aber mal krank würde dann möchte ich nur mal sehen wie aufmerksam er natürlich nimmt sich die Frau zusammen will keine Unruhe ins Haus bringen wie sie ja er hats sicher irgendwo getan wegen seines Appetits aber Liebe ists nicht würde dann nicht essen nur an sie denken vielleicht war es eins jener Nachtweiber wenn er wirklich da unten war und die Hotelgeschichte ein Haufen Lügen es zu verbergen nur Ausrede überlegte er Hynes hielt mich auf wen traf ich ach ja ich traf doch weisst du Menton und wen sonst noch warte mal das dicke Babygesicht ich sah ihn und er der noch gar nicht lange verheiratet ist flirtete mit einem jungen Mädchen bei Pooles Myriorama und ich wandte ihm den Rükken zu als er ganz bedröppelt abzog was ist dabei aber er hatte die Schamlosigkeit sich mir einmal zu nähern was fürne Klappe und die Knickelaugen von allen Schafsköpfen die mir je begegneten und das nennt sich nun Anwalt mag nicht langen Krach im Bett oder wenn das nicht ist es vielleicht irgendein kleines Luder mit der er irgendwohin loszog oder die er sich heimlich auftat wenn sie ihn nur so genau kennten wie ich ja weil er vorgestern was schrieb einen Brief als ich wegen der Streichhölzer in das Wohnzimmer kam um ihm Dignams Tod in der Zeitung zu zeigen als hätte ichs geahnt und er deckte es schnell mit dem Löschblatt zu und tat so als dächte er über geschäftliche Sachen nach und das wars sicher an eine die glaubt sie hätte den richtigen Dusel in ihm gefunden weil doch alle Männer in seinem Alter ein bisschen so werden besonders wenn sie auf die vierzig gehen und das tut er jetzt sie könnte ihm die Deuser nur so aus der Nase ziehen je älter desto verrückter und dann der gewöhnliche Kuss auf den Hintern wollte es damit nur verbergen ist mir auch ganz einerlei mit wem ers tut und wen er vorher hatte möchte es aber doch gern wissen bis ich die beiden erwische wie mit der alten Schlumpe Mary die wir in Ontario terrace hatten die sich den Hintern ausstopfte ihn zu reizen ist schon grade genug dass er nach den angemalten Weibern stinkt ein oder zweimal hatte ich einen Verdacht als ich ihm sagte er solle mal näher kommen als ich das lange Haar auf seinem Rocke fand und dann noch als ich in die Küche kam und er behauptete er wolle mal Wasser trinken 1 Frau genügt ihnen nicht es war natürlich seine Schuld hat die Dienstmädchen verdorben und dann schlägt er vor sie könnte Weihnachten mit an unserm Tisch essen bitte o nein danke nicht in meinem Haus stahl meine Kartoffeln und Austern 2/6 das Dutzend besucht dann ihre Tante bitte ganz gemeiner Diebstahl war das aber ich wusste genau dass er mit der was hatte so was rauskriegen darauf verstehe ich mich er sagte du hast keine Beweise dass sie es getan hat Beweise O ja ihre Tante ass sehr gerne Austern hab ihr gründlich gesagt was ich über sie dachte wollte mich aus dem Zimmer raus haben um mit ihr allein zu sein ich wollte mich nicht so erniedrigen sie auszuspionieren die Strumpfbänder die ich am Freitag in ihrem Zimmer fand als sie aus war das genügte mir grade war schon ein bisschen zu viel sah auch wie ihr Gesicht vor Wut sich verzerrte als ich ihr kündigte sollte lieber alles allein tun Zimmer aufräumen kann ich schneller wäre nur nicht das verdammte Kochen und Dreckfegen auf alle Fälle hab ichs ihm deutlich gesagt entweder sie oder ich verlässt das Haus ich konnte ihn nicht mal anrühren wenn ich daran dachte dass er mit einer frechen Lügnerin und Schlumpe wie der losing die es mir ins Gesicht abstritt und auf dem WC in der Wohnung sang sie weil sie wusste dass ihr so leicht nichts passierte ja weil ers solange ohne das nicht aushalten kann musste er es irgendwo anders tun und das letztemal als er auf meinem Hintern wann war das an dem Abend als Boylan mir die Hand so drückte als wir leg deine Hand in meine Hand die Tolka entlang gingen ich drückte ihm nur den Handrücken so mit dem Daumen den Druck zu erwidern sang dabei der junge Maimond strahlt Liebe weil er uns beide im Verdacht hat so dumm ist er ja nicht er sagte ich esse draussen und gehe ins Gaiety aber den Gefallen tue ich ihm nicht auf jeden Fall lieber Gott ist er eine Abwechslung nicht immer denselben alten Hut tragen oder ich müsste mir einen netten Kerl leisten der mirs besorgt da ichs allein nicht kann ein junger Kerl würde mich schon gern haben würde ihn schon wenn ich allein mit ihm bin in Verwirrung bringen wenn wir das wären würde ich ihm mal meine Strumpfbänder zeigen die neuen und würde ihn ansehen dass er rot wird ihn verführen ich weiss was Burschen mit Flaum auf den Wangen fühlen können nicht ruhig sitzen immer raus mit dem Ding Frage und Antwort würdest du dies das und das andere mit dem Kohlenmann tun ja mit einem Bischof ja das würde ich weil ich ihm von einem Dekan oder Bischof erzählte der neben mir im jüdischen Tempelgarten sass als ich das wollene Ding strickte ein Fremder in Dublin was das für ein Platz wäre und so weiter nach den Denkmälern und er langweilte mich mit Statuen ihn ermutigen ihn schlechter machen als er ist an wen denkst du sags mir jetzt an wen denkst du wer ist es sag mir den Namen wer sag mir wer der Deutsche Kaiser ist es ja denke ich wäre er denke an ihn merkst du wohl dass er eine Fose aus mir machen will was er nie fertig bringt er sollte das jetzt in diesem Alter sein lassen macht jede Frau einfach kaputt und keine Befriedigung dabei behauptet täte es gerne bis es kommt und zum Schluss muss ich es mir irgendwie noch selbst tun und die Lippen werden blass davon doch einerlei jetzt ist es ein für alle mal vorbei was so die Leute alles drüber reden es ist ja nur das erstemal dann ists das gewöhnliche na mal los und man denkt nicht mehr dran warum kann man denn keinen Mann küssen ohne ihn erst zu heiraten manchmal liebt man zu wild wenns einem so angenehm durch den Kör-

per geht dass man gar nicht anders kann ich möchte der oder
jener Mann nähm mich mal wenn er da ist in seine Arme und
küsste mich nichts ist so schön wie ein heisser langer Kuss der
einem bis ins Mark geht lähmt einen fast und dann kann ich
die Beichte nicht leiden als ich zu Pater Corrigan ging er fasste
mich an Pater und was ist dabei wenn ers tat wo und ich sagte
auf der Kanalböschung wie ne Blöde aber wo an dir mein
Kind am Bein von hinten ganz oben ja ziemlich oben worauf
man sich setzt ja lieber Gott konnte er nicht ganz einfach Hintern sagen und damit Schluss was hat denn alles das damit zu
tun und tatest du alles wie er das fragte hab ich vergessen
nein Vater und dabei denke ich andauernd an den richtigen
Vater was brauchte er das denn alles zu wissen wenn ich es
doch dem lieben Gott schon beichtete er hatte eine nette fette
Hand die Handfläche immer feucht ich möchte die wirklich
mal fühlen er sicher auch glaube ich wegen seines Stiernackens
in dem steifen Kragen möchte nur gern wissen ob er mich
im Beichtstuhl erkannte ich konnte sein Gesicht sehen meins
konnte er nicht sehen natürlich wollte er sich nicht umdrehen
oder sich was merken lassen seine Augen waren rot als sein
Vater starb sind für die Weiber natürlich verloren muss
furchtbar sein wenn ein Mann weint und sie mal erst möchte
mich mal von einem im Messgewand umarmen lassen und der
Weihrauchduft der von ihm kommt genau wie der Papst
ausserdem ists mit einem Priester ganz ungefährlich wenn man
verheiratet ist er ist zu vorsichtig dann geben sie SH dem
Papst etwas als Busse möchte nur wissen ob er mit mir zufrieden war nur eins konnte ich nicht leiden dass er mich als er
wegging im Flur so vertraulich auf den Hintern klappte wenn
ich auch lachte ich bin doch schliesslich kein Pferd oder Esel ich
glaube er dachte an seinen Vater möchte gerne wissen ob er
wenn er wach wird an mich denkt oder ob er von mir träumt
wer gab ihm die Blume die er gekauft haben will er roch auch
als wenn er was getrunken hätte Whisky oder Stout war es
nicht vielleicht der süssliche Kleister womit sie ihre Zettel ankleben irgendein Likör möchte gerne mal die reich aussehen-

den gelben und grünen Schnäpse die die feinen Kulissenkerls
mit Zylindern trinken schlecken hab mal einen probiert steckte
den Finger in das Glas des Amerikaners der das Eichhörnchen
hatte und sich mit Vater über Briefmarken unterhielt er
konnte nach dem letztenmal die Augen kaum noch offen halten als wir den Port getrunken und Fleischkonserven gegessen
haben es schmeckte so schön salzig ja und ich fühlte mich auch
so behaglich und war so nett müde und dann schlief ich ein
als ich kaum im Bett war und schlief bis der Donner mich auf-
weckte als wäre das Ende der Welt da Gott sei uns gnädig ich
dachte der Himmel stürze zusammen um uns zu bestrafen und
ich schlug das Kreuz und sagte ein Ave Maria genau so wie die
grässlichen Donnerschläge in Gibraltar und dann kommen sie
daher und sagen einem es gäbe keinen Gott und was kann
man anders tun wenn alles um einen her zusammenbricht
nichts als Reue und Busse die Kerze die ich an dem Abend in
der Kapelle der Whitefriars street für die Maiandacht anzün-
dete und sie brachte uns Glück wenn er auch drüber spottete
wenn er es wüsste weil er ja nie in die Kirche die Messe oder
Versammlung geht er sagt deine Seele du hast keine Seele in-
wendig nur graue Materie weil er gar nicht weiss was es heisst
eine zu haben ja als ich die Lampe ansteckte ja weil es ihm
sicher drei bis viermal kam mit seinem grässlichen roten gemeinen Ding ich dachte die Vene oder wie zum Teufel sie das
Ding nennen platzte und dabei ist doch seine Nase gar nicht
so dick musste die Blenden runterlassen und mich ganz ausziehen nachdem ich mich vorher stundenlang angezogen und
parfümiert und gekämmt hatte ist wie Eisen oder wie so ein
dickes Brecheisen stand die ganze Zeit hatte sicher Austern gegessen sicher ein paar Dutzend er war gut bei Stimme nein nie
in meinem Leben ist mir einer dazwischen gewesen der so
einen dicken hatte fühlt sich dabei voll bis oben hat sicher hinterher ein ganzes Schaf gefressen wozu uns auch so auf die
Welt kommen lassen mit einem grossen Loch in der Mitte
stossen einem das Ding in den Leib wie ein Hengst weiter
wollen sie ja doch nichts von einem und dabei dieser entschlos-

sene böse Blick in seinen Augen ich musste die Augen halb zumachen hat aber doch nicht son Haufen Saft in sich als ich ihn ihn rausziehen liess und er den Schluss auf mir machte weil er doch so dick ist ist auch viel besser so sonst bleibt mal was zurück kanns nicht immer sauber auswaschen das letztemal liess ich ihn ruhig zu Ende machen mitten rein nette Erfindung für Frauen er hat dabei das ganze Vergnügen sollten das nur alles selbst mal durchmachen dann hätten sie bald die Nase voll was ich mit Milly durchgemacht habe das glaubt so leicht keiner und als sie zahnte und Mina Purefoys Mann mit den Schaukelkoteletts jedes Jahr pünktlich zur Sekunde macht er ihr ein Kind oder Zwillinge riecht immer nach kleinen Kindern das eine nannten sie Krusel oder so ähnlich wie ein Neger mit ganz kruseligem Haar du lieber Gott mir wird ganz heiss das Kind ist schwarz und ist nicht weiss das letztemal als ich da war balgten sie sich ganz gewaltig und brüllten dass man sein eigen Wort nicht verstehen konnte soll gesund sein nicht eher zufrieden als bis sie uns dick gemacht haben wie Elefanten oder sonst so was wenn ich nun mal eins kriegte nicht von ihm ja wenn er verheiratet wäre würde er sicher ein gutes starkes Kind zeugen aber ich weiss doch nicht Poldy hat mehr Saft ja das wäre doch verdammt nett ich glaube die Begegnung mit Josie Powell und die Beerdigung und die Gedanken an mich und Boylan das alles hat ihn aufgeregt nun er kann denken was er will wenns ihm Spass macht ich weiss dass die beiden ein bisschen poussierten als ich auf der Bildfläche erschien er tanzte und sass dann neben ihr als Georgine Simpson ihren Einzugsschmaus gab und dann wollte er mir weis machen er täte das damit sie nicht schimmelte deshalb hatten wir regelrecht Krach über die Politik er fing an ich nicht als er sagte Unser Herr wäre ein Zimmermann zuletzt hatte er mich natürlich so weit dass ich heulte eine Frau ist ja auch immer so empfindlich ich war nachher so wütend auf mich dass ich nachgab aber das war ja nur weil ich fühlte dass er in mich verliebt war und Er wäre der erste Sozialist sagte er dann weiter er ärgerte mich grässlich ich konnte ihn nicht

aus der Fassung bringen aber er weiss wirklich einen ganzen
Haufen Sachen besonders über den Körper und das Innere ich
wollte das schon so oft selbst mal lernen was wir in uns haben
in dem Hausarzt ich konnte seine Stimme immer erkennen
wenn das Zimmer voll war und ihn beobachten dann behauptete ich ich wäre mit ihr seinetwegen auseinander weil er doch
immer ein bisschen eifersüchtig war denn immer fragte er zu
wem gehst du und ich sagte zu Floey und er schenkte mir
Byrons Gedichte und die drei Paar Handschuhe und damit
war das zu Ende ich könnte ihn ganz leicht jederzeit so weit
bringen sich wieder zu vertragen ich weiss schon wie selbst angenommen er finge wieder mit ihr an und träfe sie irgendwo
ich wüsste es gleich denn dann würde er keine Zwiebeln essen
kenne mancherlei Wege bitte ihn den Kragen meiner Bluse
zurechtzuziehen oder berühre ihn mit meinem Schleier und
meinen Handschuhen wenn ich ausgehe und 1 Kuss und alle
andern wären vergessen wollen aber mal sehen er soll nur
zu ihr gehen sie würde sich natürlich nur zu sehr freuen und
so tun als ob sie ihn wie verrückt liebt aber das wäre mir gar
nicht so schlimm ich ginge einfach zu ihr und fragte sie liebst
du ihn und würde ihr dabei grad ins Gesicht sehen mich könnte
sie nicht reinlegen aber er könnte auf den Gedanken kommen
er wäre es und ihr eine Liebeserklärung machen so eine quat-
schige wie er mir machte und es war verflixt nicht so leicht ihn
dazu zu kriegen und deshalb mochte ich ihn ganz gerne es
zeigte mir dass er sich beherrschen konnte und nicht so leicht
dazu zu kriegen war schon damals abends in der Küche hätte
er mich beinahe gefragt als ich den Kartoffelkuchen rollte ich
muss dir mal was sagen aber ich brachte ihn davon ab tat als
ob ich schlecht gelaunt wäre hatte beide Hände und Arme voll
Teig und Mehl auf jeden Fall hatte ich ihn am Abend vorher
zu viel merken lassen als wir über Träume sprachen so wollte
ich ihn nicht mehr wissen lassen als für ihn gut war sie küsste
mich immer die Josie jedesmal wenn er dabei war meinte damit natürlich ihn während sie mich abknutschte und als ich
sagte ich wüsch mich gründlich von oben bis unten so weit

irgendmöglich fragte sie mich ob ich die Irgendmögliche auch
wüsche dahin drehens die Frauen immer machen dicke Andeu-
tungen wenn er dabei ist wissen gleich Bescheid wenn er ein
bisschen schlau blinzelt und den Gleichgültigen spielt wenn sie
mit so was rauskommen wie er einer ist verdirbt ihn das und
es wundert mich weiter gar nicht weil er zu der Zeit sehr
hübsch war wollte immer aussehen wie Lord Byron ich sagte
ich möchte das wenn er auch zu hübsch war für einen Mann
und das tat er auch ein bisschen bevor wir uns dann verlobten
wenn sie es auch nicht so gerne mochte an dem Tage musste ich
immer lachen ich konnte gar nicht mehr aufhören weil mir die
Haarnadeln eine nach der andern aus dem vielen Haar fielen
das ich hatte bist immer guter Laune sagte sie ja weil es sie
fuchste weil sie wusste was es bedeutete weil ich ihr immer
allerhand von dem erzählte was zwischen uns passierte nicht
alles aber grade genug dass ihr das Wasser im Munde zusam-
menlief aber es war nicht meine Schuld sie kam nicht oft zu
uns nachdem wir verheiratet waren ich möchte doch gerne wissen wie sie geworden ist seit sie mit dem verrückten Mann zusammen lebt als ich sie das letztemal sah war ihr Gesicht ganz
traurig und erschöpft sie hatte sicher grade mit ihm Krach gehabt weil ich gleich merkte dass sie loslegen wollte über Männer und ihn dabei gründlich runtermachen wollte was erzählte
sie mir doch noch ja dass er manchmal mit den dreckigen Stie-
feln an den Beinen zu Bett ging wenn der Fimmel über ihn
kommt man stelle sich das nur mal vor mit so einem sich ins
Bett legen könnte einen ja jeden Augenblick abmurksen was
für ein Mann nun alle brauchen ja nicht so zu sein aber weg
haben sie alle einen Poldy auch was er auch tut immer putzt
er sich die Füsse auf der Matte ab wenn er reinkommt ob es
nun regnet oder die Sonne scheint und wichst sich auch immer
die Stiefel und nimmt immer den Hut ab wenn er einem auf
der Strasse begegnet und jetzt läuft er rum in seinen Schluffen
und will einen auf £ 10 000 verklagen wegen einer Postkarte
auf der plem steht ach du lieber Gott bei so nem Kerl kann
man ja den Schlag kriegen tatsächlich zu blöde sich die Stiefel

75

auszuziehen was soll man nur mit so einem Mann anfangen lieber will ich 20mal sterben als noch einen von ihrer Sorte heiraten natürlich würde er nie eine zweite Frau wie mich finden die alles so mitmacht wie ich wer mich liebt schläft auch bei mir ja und das weiss er auch ganz genau z. B. die Frau Maybrick die ihren Mann vergiftete warum nur liebte einen andern Mann ja das hat man später rausgekriegt war sie nicht ein ausgemachter Bösewicht dass sie so was tun konnte natürlich können manche Männer einen zu Äusserstem treiben und ganz verrückt machen und immer nur das Allerschlechteste warum wollen sie dann dass wir sie heiraten wenn alle so schlecht wären ja einfach weil sie ohne uns nicht sein können weisses Arsen vom Fliegenpapier tat sie ihm in den Tee nicht wahr möchte nur wissen warum man das so nennt wenn ich ihn fragte würde er sagen es käme aus dem Griechischen machen uns auch nicht klüger wie wir vorher waren sie muss den andern wie verrückt geliebt haben dass sie es riskierte an den Galgen zu kommen das war ihr ganz einerlei wenn das ihre Natur war was sollte sie da machen ausserdem sind sie auch nicht so gemein eine Frau aufzuhängen gewiss sind sie
sie sind alle so verschieden Boylan redete über die Form meines Fusses die er sofort bemerkte noch ehe er vorgestellt war als ich im D B C mit Poldy war lachte und versuchte zuzuhören ich wippte mit dem Fuss wir bestellten beide Tee mit Butter und Brot ich sah wie er mir nachguckte mit seinen beiden alten Jungfern von Schwestern als ich aufstand und das Mädchen fragte wo es wäre ist mir doch ganz einerlei wenns mir schon fast rausträpfelt und die schwarze geschlossene Hose die ich kaufen musste eine halbe Stunde braucht man ehe man die runter hat mache mich jedesmal dabei nass hat jede Woche was Neues und wenig wars nicht hinten auf dem Sitz liess ich die schwedischen Handschuhe liegen und die kriegte ich nie wieder hat sicher so ein Weib geklaut und ich sollte es absolut in die Irish Times einrücken lassen verloren auf der Damentoilette im D B C Dame street Finder wird gebeten abzugeben bei Frau Marion Bloom und ich sah wie er mir nach den

Füssen guckte als ich durch die Drehtür ging er guckte auch als ich mich umsah und zwei Tage später ging ich wieder hin zum Tee weil ich hoffte aber er war nicht da wie konnte ihn das nur reizen weil ich sie übereinanderschlug als wir in dem andern Zimmer waren zuerst meinte er die Schuhe wären zu eng ich könnte nicht drin gehen auch meine Hand ist so schön wenn ich nur einen Ring mit einem schönen Monatsstein hätte einen netten Aquamarin ich will ihm einen abluchsen und auch ein goldenes Armband ich mag meinen Fuss nicht so gerne aber ich liess ihn mal mit meinem Fuss spielen am Abend nach Goodwins verkorxtem Konzert war so kalt und windig aber wir hatten zu Hause den guten süssen Punsch und das Feuer war auch noch nicht aus er bat mich die Strümpfe auszuziehen ich lag auf dem Herdteppich in der Lombard street ja und ein anderes Mal waren es meine schmutzigen Stiefel es wäre ihm schon recht wenn ich durch allen Pferdedreck ging er ist sicher nicht natürlich wie die andern dass ich was sagte er doch noch daß ich Katty Lanner bei 10 Punkten 9 vorgeben könnte und würde sie doch noch schlagen ich fragte ihn was das bedeutete ich habe vergessen was er sagte weil grade die Abendausgabe vorbeikam und der Mann mit dem krausen Haar in der Lucan Molkerei der so höflich ist ich meine immer ich hätte das Gesicht schon mal irgendwo gesehen ich bemerkte ihn als ich die Butter schmeckte so nahm ich mir Zeit auch Bartell d'Arcy über den er gerne ödete er fing an mich auf der Treppe zum Chor zu küssen nachdem ich Gounods *Ave Maria* gesungen hatte worauf warten wir noch Ah liebes Herz küsse mich auf die Stirn ja so meint natürlich mein anderswo er war auch ziemlich scharf trotz seiner Blechstimme meine tiefen Töne hattens ihm besonders angetan wenn man ihm glauben kann ich mochte seinen Mund gerne wenn er sang und dann sagte er war es nicht schrecklich so was an einem solchen Ort zu tun ich finde nichts so Schreckliches dabei ich will ihm das auch mal sagen jetzt nicht und ihn überraschen und ich will ihn dahin mitnehmen und ihm mal die richtige Stelle zeigen wo wir es taten so da hast du es wenns dir nicht passt lass es bleiben er glaubt es könne nichts passieren ohne dass er es wüsste er wusste nichts über meine Mutter bis wir verlobt waren sonst hätte er mich so billig nicht gekriegt er war selbst mindestens 10mal schlimmer bat mich ich sollte ein kleines Stück von meiner Hose abschneiden und es ihm dann geben das war an dem Abend als wir über den Kenilworth Square kamen er küsste mich in die Öffnung des Handschuhs und ich musste ihn ausziehen und fragte mich dann allerhand ist es gestattet sich nach der Form meines Schlafzimmers zu erkundigen so liess ich ihn ihn mitnehmen als wenn ich ihn vergass damit er an mich dächte und ich sah wie er ihn in die Tasche steckte natürlich ist er ganz verrückt auf Hosen das ist doch ganz klar sieht immer nach den frechen Weibern auf den Fahrrädern denen die Röcke hochfliegen bis an den Nabel sogar als Milly und ich mit ihm waren bei dem Fest im Freien besonders die in dem crèmefarbenen Muslin die gegen die Sonne stand so dass er jedes Atom sehen konnte das sie anhatte als er mich von weitem sah folgte er im Regen ich sah ihn ehe er mich sah stand an der Ecke des Harolds cross road mit seinem neuen Regenmantel und dem bunten Halstuch um seine Gesichtsfarbe besser zu zeigen und dem braunen Hut und dazu das schlaue Gesicht wie gewöhnlich was tat er da wo er nichts zu tun hatte sie können natürlich hingehen wohin sie wollen und von einer die einen Rock trägt verlangen was sie wollen und darf sie nicht fragen sie aber wollen unbedingt wissen wo warst du wo willst du hin ich konnte fühlen wie er herankam wie er hinter mir herschlich wie er mir auf den Rücken sah er war nicht mehr ins Haus gekommen er fühlte dass die Sache brenzlich wurde so drehte ich mich halb um und blieb stehen dann quälte er mich bis ich ja sagte und den Handschuh langsam auszog und beobachtete ihn und er sagte meine durchbrochenen Ärmel wären zu kalt bei dem Regen alles nur faule Ausrede mich anzufassen Hosen Hosen die ganze Zeit über bis ich ihm versprach ihm die meiner Puppe zu geben die er in der Jackentasche mit sich rumtragen könnte O *Maria Santissima* er sah zu blöde aus quatschnass im Regen herrliche Zähne wurde ganz hungrig als ich sie ansah und wollte ich sollte den orangefarbenen Unterrock mit dem Strahlenplissee hochheben und er sagte es wäre niemand da er würde in der Pfütze vor mir auf die Knie fallen wenn ich es nicht täte so starrköpfig hätte es getan und der neue Regenmantel wäre verdorben man weiss nie auf was für Einfälle die kommen wenn man mit ihnen allein ist sie sind ja wie besoffen drauf wenn nun mal jemand vorbei käme so hob ich ihn denn ein bisschen und berührte die Aussenseite seiner Hose wie ich das später bei Gardner machte mit der Ringhand dass er nur nicht Schlimmeres tat wo es doch auf offener Strasse war und ich hätte so schrecklich gerne gewusst ob er beschnitten war er zitterte am ganzen Leibe wie ein Quabbelpudding wollen ja immer alles zu schnell machen haben immer allein den Spass dabei und Vater wartete die ganze Zeit auf das Essen er sagte mir ich sollte einfach sagen ich hätte mein Geld beim Metzger liegen lassen und wäre noch mal zurückgegangen so ein Gauner und dann schrieb er mir den Brief mit all den Ausdrücken drin wie konnte er nur die Stirn haben einer Frau gegenüber wo er sich doch erst so fein benahm und es nachher so genant machte als wir uns wieder trafen er fragte mich habe ich dich beleidigt natürlich schlug ich die Augen nieder er sah dass ich nicht böse war er war nicht so dumm wie der andere alberne Kerl der Henny Doyer der machte bei den Scharaden immer was kaputt ungeschickte Männer kann ich nicht leiden und ob ich wüsste was es zu bedeuten hätte natürlich musste ich nein sagen der Form halber und sagte ich verstehe dich nicht und das war doch ganz natürlich ganz gewiss es stand ja immer neben der Zeichnung der einer Frau an der Mauer in Gibraltar mit dem Wort drunter das ich nirgendwo finden konnte wenn Kinder das nur nicht zu jung sehen schrieb dann jeden Morgen einen Brief manchmal zwei am Tage ich mochte damals ganz gerne wie er mir den Hof machte er wusste wie man eine Frau nimmt als er mir die 8 grossen Mohnblumen schickte weil meiner doch am achten ist ich schrieb dann am Abend als er mein Herz in Dolphins barn küsste ich konnte es nicht beschreiben man fühlt sich so gar nicht mehr auf der Erde aber so gut küssen wie Gardner konnte er doch nicht hoffentlich kommt er Montag wie er sagte zur selben Zeit vier ich hasse Leute die zu jeder Tageszeit kommen man macht die Tür auf und denkt es ist das Gemüse und dann steht da jemand und man ist nicht angezogen oder die Tür der dreckigen schmierigen Küche fliegt auf wie damals als der alte knurrige Goodwin wegen des Konzerts in die Lombard street kam hatte grade gegessen war rot und kaputt hatte den alten Stew gekocht gucken Sie nicht Professor musste ich sagen ich sehe furchtbar aus aber er war auf seine Weise ein richtiger Gent respektvoller konnte so leicht niemand sein und niemand ist da der sagen könnte man wäre nicht zu Hause muss immer durch die Blende gucken wie bei dem Boten heute morgen dachte zuerst es wäre eine Ausrede dass er erst den Portwein und die Pfirsiche schickte und ich wollte schon wütend werden denn ich dachte er wolle sich über mich lustig machen als ich dann sein pochpochpoch an der Tür erkannte er muss sich ein bisschen verspätet haben weil es ¼ nach 3 war als ich die beiden Dädalus Mädchen sah die aus der Schule kamen ich weiss nie wieviel Uhr es ist auch die Uhr die er mir schenkte scheint nie richtig zu gehen muss sie doch mal nachsehen lassen als ich dem einbeinigen Seemann für England Heimat und schöne Frauen den Penny runterwarf als ich flötete ein reizendes Mädchen mag ich gern und ich hatte noch nicht mal mein reines Hemd angezogen oder mich gepudert oder sonst was wollten heute in 8 Tagen nach Belfast trifft sich gut dass er nach Enis muss seines Vaters Geburtstag am 27 wäre nicht angenehm wenn er male mir aus unsere Zimmer wären im Hotel nebeneinander und in dem neuen Bett der tollste Spass ich könnte ihm nicht sagen aufzuhören und im andern Zimmer gings weiter oder vielleicht ein protestantischer Pfarrer der hustet und an die Wand klopft und am nächsten Tag würde er nicht glauben dass nichts passierte ist schon alles gut mit einem Gatten aber einem Liebhaber kann man keinen Sand in die Augen streuen und ich sagte ihm doch wir tätens nicht mehr natürlich glaubte er es nicht nein es ist schon besser er geht wohin er will passiert ja doch immer was mit ihm damals als wir zum Mallow Konzert nach Maryborough fuhren bestellte er kochendheisse Suppe für uns beide da läutet auf einmal die Glocke er läuft raus den Bahnsteig runter mit der Suppe in der Hand die spritzt umher und er löffelt sie aus sone Frechheit und der Kellner schreit hinter ihm her und alles wird auf uns aufmerksam und Durcheinander denn die Maschine will abfahren und er wollte nicht bezahlen bis er sie auf hatte die beiden Herren in dem Abteil dritter Klasse sagten er hätte ganz recht hatte er auch er ist manchmal so eigensinnig wenn er sich was in den Kopf gesetzt hat nur gut dass er die Wagentür mit dem Messer aufmachen konnte sonst wären wir bis nach Cork gefahren ich glaube es war ein Racheakt ich fahre so gerne im Zuge oder Wagen mit so schön weichen Polstern ob er wohl erster Klasse für mich nimmt könnte es ganz gut im Zuge tun gibt dem Schaffner ein Trinkgeld na vermutlich werden die üblichen Idioten von Männern drin sitzen und uns mit ihren stupiden Augen so anglotzen der einfache Arbeiter damals war wirklich eine Ausnahme der liess uns im Abteil allein als wir damals nach Howth fuhren möchte doch gerne Näheres über ihn wissen 1 oder 2 Tunnel vielleicht dann guckt man wieder durch das Fenster die Rückkehr ist dann um so schöner angenommen ich käme nie wieder was würden sie wohl sagen mit ihm durchgegangen kommt damit auf der Bühne weiter das letzte Konzert sang ich in wo ist über ein Jahr her wann war es St Teresas Hall Clarendon St haben jetzt kleine zimperliche Frauenzimmer die da singen Kathleen Kearney und ihresgleichen weil Vater bei der Armee ist und ich den geistesabwesenden Schelm sang und ich trug die Lord Roberts Brosche als ich die Karte von dem ganzen Kram bekam und Poldy nicht irisch genug war er es der es damals arrangierte wills nicht beschwören wie damals als er mich so weit brachte dass ich in dem *Stabat Mater* sang ging überall rum und sagte er setzte Leite mich oh gütig Licht in Musik ich hätte ihn auf die Idee gebracht bis die Jesuiten erfuhren dass er Freimaurer war tippt

auf dem Klavier Deine Hand leite mich aus einer alten Oper
hat ers abgeschrieben ja und er verkehrte letzthin mit einigen
dieser Sinner Fein oder wie die Brüder heissen redet dann
natürlich seinen üblichen Zimt und Unsinn er sagt der kleine
Kerl den er mir zeigte der keinen Hals hat wäre sehr intelligent wäre der kommende Mann Griffith ist er nun sieht nicht
danach aus mehr kann ich nicht sagen muss es aber doch wohl
gewesen sein er wusste dass da ein Boykott war von Politik
kann ich nach dem Kriege nicht mehr reden hören dies Pretoria und Ladysmith und Bloemfontein wo Gardner Lieut Stanley G 8 Bn 2 East Lancs Rgt an Unterleibstyphus er war ein
netter Junge in Khaki und war grade so richtig ein Stückchen
grösser als ich war sicher auch tapfer er sagte ich wäre so
hübsch an dem Abend als wir uns an der Kanalschleuse küss-
ten meine Irische Schöne war ganz blass vor Aufregung wegen
seiner Abreise oder wir könnten von der Landstrasse aus gesehen werden wollte nicht stehen und ich war so heiss wie nie
hätten doch gleich zu Anfang Frieden schliessen sollen oder
der alte Ohm Paul und die andern Krüger hätten es unter einander ausfechten sollen anstatt das Jahre lang hinzuziehen
und dabei starben so viele nette Kerle an dem verdammten
Fieber ja wenn er noch richtig totgeschossen worden wäre das
wäre nicht so schlimm gewesen sehe gerne ein Regiment bei
Parade zum erstenmal sah ich die Spanische Kavallerie bei La
Roque war nett hinterher der Blick über die Bai von Algeciras
alle Lichter des Felsens wie Leuchtkäfer oder die Manöver auf
den 15 acres die Black Watch mit ihren Kilts im Parademarsch
die 10 Husaren Regiment des Prinzen von Wales oder die
Lanzer O die Lanzer die sind schmuck oder die Dublins die
bei Tugela gewannen sein Vater verdiente viel Geld lieferte
die Pferde für die Kavallerie nun er könnte mir ein nettes Geschenk in Belfast kaufen nach dem was ich ihm gab haben da
oben so feines Leinen oder einen von den netten Kimonos
muss Mottenkugeln kaufen wie ich schon mal hatte muss sie
in die Schublade tun wäre doch herrlich so mit ihm loszugehen
von einem Laden in den andern und allerlei Sachen in einer

neuen Stadt zu kaufen will den Ring lieber nicht mitnehmen muss ihn immer drehen und drehen bis ich ihn über den Knöchel kriege könnte aber in der Stadt bekannt werden käme vielleicht in die Zeitungen oder die Polizei erführs sogar aber sie hielten uns sicher für verheiratet ist ja ganz einerlei lass sie doch reden was sie wollen einen Dreck kümmere ich mich drum er hat Geld genug und keine Lust zum Heiraten so schmeisst er das Geld doch wenigstens nicht auf die Strasse ob er mich wohl mag ich sah ein bisschen müde aus als ich in den Spiegel sah und mich puderte ein Spiegel gibt nie den Ausdruck ausserdem liegt er immer schwer auf mir mit seinem dicken Hüftknochen ist auch schwer mit seiner haarigen Brust bei dieser Hitze müssen uns für sie immer auf den Rücken legen wäre viel einfacher er steckte ihn mir von hinten rein wie es der Mann der Frau Mastiansky tut wie sie mir erzählte so wie die Hunde es tun und dabei musste sie die Zunge rausstrecken so weit sie nur konnte und dabei ist er doch so ruhig und so zart mit seiner Kling-Klang-Zither bei Männern weiss man nie auf was für Einfälle die kommen netter Stoff an dem blauen Anzug den er anhatte feiner Schlips und Socken mit den blauseidenen Dingern dran hat sicher Geld das sehe ich an dem Schnitt seiner Anzüge und die dicke Uhr aber er war für ein paar Minuten wie der Teufel als der mit der Abendausgabe zurückkam zerriss die Tickets und fluchte wie ein Türke weil er 20 Pfund verlor er sagte dass er sie wegen des Outsiders verlor der gewann und die Hälfte hätte er für mich gesetzt weil Lenehan ihm den Tip gegeben hätte verfluchte ihn in Grund und Boden dieser Schmarotzer erlaubte sich nach dem Glencree dinner allerlei als wir nach der Rüttelfahrt über das featherbed mountain zurückkamen und der Lord Mayor hatte mich immer mit seinen dreckigen Augen anstiert Val Dillon der dicke Heide bemerkte ihn erst beim Dessert als ich die Nüsse mit den Zähnen knackte hätte am liebsten das Hühnchen in die Finger genommen und abgenagt war so saftig und braun gebraten und so zart das andere schmeckte gar nicht so gut die Gabel und Fischmesser waren echt Silber wollte ich hätte so welche hätte ganz gut ein paar in meinem Muff verschwinden lassen können als ich so mit ihnen spielte geben ihre Gesellschaften im Restaurant für Geld und dabei das bisschen was man überhaupt isst für unsere schäbige Tasse Tee müssen wir schon dankbar sein als wenn das so was Besonderes wäre zu sehen wie die Welt geteilt ist auf jeden Fall brauche ich wenns so weiter geht mindestens erst mal zwei neue Hemden und aber ich weiss nicht welche Art Hosen er gerne mag überhaupt keine sagte er das nicht ja und die Hälfte der Mädchen in Gibraltar trug nie welche nackt wie Gott sie schuf die Andalusierin die ihre Manola sang sie machte kein grosses Geheimnis aus dem was sie nicht hatte ja und das zweite Paar halbseidene Strümpfe ist auch schon kaputt und ich habe sie nur einen Tag getragen hätte sie heute morgen Lewers wiederbringen und mal ordentlich Krach schlagen und mir von dem andere geben lassen sollen wollte mich aber nicht aufregen und es auch vermeiden ihm zu begegnen und alles noch schlimmer machen und ein neues stramm sitzendes Korsett brauchte ich auch waren doch so billig annonciert in der Dame mit elastischen Zügen an den Hüften er hat das eine wieder gemacht aber das ist nichts wert wie steht da noch gibt eine herrliche Linie 11/6 lassen die hässliche Breite des unteren Rückens verschwinden Fleisch wird zusammengepresst mein Bauch ist ein bisschen zu dick darf zu Mittag kein Stout mehr trinken mag es aber zu gerne das letzte schickte O Rourke schmeckte nach nichts verdient sein Geld leicht Larry nennen sie ihn das schäbige Paket das er Weihnachten schickte ein Kuchen und eine Flasche Sauzeug was Rotwein sein sollte und keiner trinken wollte lieber Gott spucke mal nicht so viel könntest sonst vor Durst sterben oder vielleicht muss ich mal Atemübungen machen ob das Antifett wohl gut ist könnte auch übertreiben Schlanke sind jetzt nicht so modern und Strumpfbänder gut dass ich die violetten habe die ich heute trug ist alles was er mir von dem Gelde kaufte das er am 1 bekam O nein das Gesichtswasser habe das letzte gestern verbraucht das meine Haut so frisch wie neu macht ich sagte ihm

immer wieder er sollte es in demselben Laden machen lassen
und es ja nicht vergessen mag der Himmel wissen ob ers nun
auch wirklich getan hat an der Flasche werde ichs schon sehen
wenn nicht muss ich mich wohl in meiner Pisse waschen sieht
aus wie Bouillon oder Hühnersuppe mit einem bisschen von
diesem Opoponax und Veilchen ich habe bemerkt dass sie anfing ein bisschen schrumpelig oder alt zu werden die Haut dar-
unter ist viel feiner an meinen Fingern ging sie ab als ich mich
verbrannt hatte schade dass sie nicht überall so ist und die vier
elenden Taschentücher alle zusammen 6/– ohne ein bisschen
Aufwand kommt man in der Welt nicht weiter alles geht
drauf für Essen und Miete wenn ich nur was hätte ich würds
schon unterbringen das sage ich dir und wie ich möchte immer
eine Handvoll Tee in den Topf werfen knackt und knausert
selbst wenn ich ein Paar alte Schuhe kaufe magst du die neuen
Schuhe leiden ja wieviel haben sie gekostet habe überhaupt
nichts anzuziehen das braune Kostüm und Rock und Jackett
und das andere in der Reinigung 3 was ist das denn hat jede
andere auch und der alte Hut den ich auseinander genommen
habe um den andern damit neu zu machen die Männer sehen
einen dabei nicht mehr an und die Weiber fallen über einen
her weil sie wissen dass man keinen Mann hat und dabei wird
alles jeden Tag teurer und dabei sinds nur noch 4 bis 35 nein
ich bin was denn nur im September werde ich 33 wirklich
O denk mal an die Frau Galbraith die ist viel älter als ich sah
sie als ich vergangene Woche aus war ihre Schönheit nimmt
auch ab war eine reizende Frau herrliches Haar bis an die
Taille warf es immer so zurück so wie Kitty O Shea in der
Grantham street das erste was ich morgens immer tat ich sah
rüber wenn sie es kämmte als wenn sie drin verliebt wäre und
Genuss dabei hätte schade dass ich sie erst am Tage vor unse-
rem Auszug kennen lernte und die Frau Langtry die Lilie von
Jersey die der Prinz von Wales liebte glaube der ist auch nicht
anders als die andern nur dass er König heisst sehen alle gleich
aus nur der eines Negers nicht möchte es doch mal mit dem
versuchen eine Schönheit bis wie alt war sie doch 45 wurde

85

doch eine nette Geschichte erzählt über den alten eifersüchtigen Gatten was war es doch noch und einen Büchsenöffner er wollte nein er liess sie so ein Ding aus Blech unten rum tragen und der Prinz von Wales ja der hatte den Büchsenöffner so was ist doch unmöglich genau so wie die Bücher die er mir mitbringt die Werke des Herrn François So und So soll Priester sein über ein Kind das aus ihrem Ohr geboren wurde weil ihr Arschdarm raus kam ist doch toll dass ein Priester so was schreibt und ihr A.... als wenn nicht jeder Esel wüsste was das heisst ich kanns nicht leiden wenn er so alles behauptet und dabei das Gaunergesicht jeder kann doch sehen dass es nicht wahr ist und das andere Ruby und Schöne Tyrannen hat er mir zweimal mitgebracht fiel mir ein als ich auf Seite 50 an die Stelle kam wo sie ihn an einen Haken hängt und dann mit einem Stricke schlägt ist nichts drin für eine Frau ganz gewiss nicht alles erfunden um einen aufzuregen er trinkt den Champagner aus ihrem Schuh nach dem Ball wie das Jesuskind in der Krippe in Inchicore in den Armen der Heiligen Jungfrau sicher kann keine Frau so ein dickes Kind zur Welt bringen und ich glaubte zuerst es käme aus der Seite aber wie machte sie es denn nur wenn sie mal auf den Topf musste und sie war eine reiche Dame natürlich fühlte sie sich geehrt S K H war in dem Jahre in dem ich geboren wurde in Gibraltar ich wette er fand da auch solche Lilien wo er den Baum pflanzte hat in seinem Leben wohl mehr als den einen gepflanzt hätte ihn mir auch pflanzen können wenn er ein bisschen eher gekommen wäre dann wäre ich nicht hier er sollte doch den Freeman mit seinen paar schäbigen Shillings laufen lassen die er da bekommt sollte in ein Bureau gehen oder sonstwohin wo er regelmässiges Gehalt bekommt oder auf eine Bank wo er auf einem hohen Stuhl sitzen und den ganzen Tag Geld zählen könnte aber er knüstert lieber so im Haus rum kann sich nicht rühren was hast du heute vor ich möchte nur er rauchte Pfeife wie Vater dass er nur so riecht wie ein Mann oder er behauptet er wäre auf der Suche nach Inseraten und dabei könnte er noch ganz gut bei Cuffe sein wenn er das damals nur nicht getan hätte und dann musste ich hin und die Sache wieder in Ordnung bringen ich hätte ihn da zum Direktor machen können er war wirklich sehr nett zuerst furchtbar steif ganz recht ja wirklich Frau Bloom ich kam mir in dem alten Kleide nur so albern vor hatte die Bleischnur aus der Schleppe verloren hatte absolut keinen Schnitt werden jetzt aber wieder modern kaufte es nur ihm zu Gefallen und wusste ja gleich dass es nichts Ordentliches war schade dass ich nicht zu Todds und Burns ging wie ich vorhatte und nicht zu Lees war genau so wie der Laden selbst Ramschware nichts als Dreck mag so reiche Läden nicht fallen einem auf die Nerven sehe in allem noch einigermassen aus aber er glaubt er verstände was von Frauenkleidung und vom Kochen tut alles rein was er auf dem Küchenbrett findet wenn ich täte was er immer wollte jeder Hut den ich aufsetze steht mir der ja nimm den der ist fein der eine wie ein Hochzeitskuchen der mir meilenweit vom Kopf in die Höhe stand stände mir gut sagte er oder der Deckel der mir bis an den Hintern reichte und wegen des Ladenmädchens in dem Laden in der Grafton street unglücklicherweise hatte ich ihn mit reingenommen und sie natürlich so unverschämt wie nur möglich mit ihrem albernen Lächeln und sagte ich fürchte wir machen ihnen wohl zu viel Umstände wofür ist die denn da hab sie aber nur so weggeblitzt ja er war grässlich steif und kein Wunder aber er war ganz anders als er mich ein zweites Mal ansah wie immer der dickköpfige Poldy wie damals mit der Suppe aber ich sah wohl wie er mir scharf nach der Brust guckte als er aufstand und mir die Tür öffnete auf alle Fälle war es nett von ihm dass er mich hinausbegleitete tut mir sehr leid Frau Bloom das können Sie glauben machte es aber das erstemal nicht zu deutlich da er doch beleidigt war und ich seine Frau war ich lächelte nur so halb ich weiss noch dass meine Brust war als wir die Tür erreichten als er sagte es tut mir ungeheuer leid ich bin sicher dass es Ihnen

ja ich glaube er machte sie ein wenig fester weil er so lang dran saugte machte mich durstig nennt sie Titten ich musste lachen ja diese ist schon steif die Warze wird so bei der geringsten soll das ruhig weitermachen und ich will auch die geschlagenen Eier mit Marsala nehmen sie seinetwegen dicker machen was sind so Adern und alles seltsam wie das alles gemacht ist 2 gleiche wenn man Zwillinge hat sie sollen Schönheit darstellen wie sie da so sitzen wie bei den Statuen im Museum eine tut so als wenn sie ihre mit der Hand verbärge sind die so schön natürlich verglichen mit dem wie ein Mann aussieht mit den beiden vollen Säcken und dem andern Ding das an ihm runterhängt oder einem ins Gesicht steht wie ein Hutständer kein Wunder dass sie es mit einem Kapsblatt verbergen die Frau ist natürlich Schönheit das ist sicher als er sagte ich könnte irgendeinem reichen Kerl in der Holles street nackt zu einem Bilde Modell stehen damals als er die Stelle bei Hely verlor und ich musste die Kleider verkaufen und im Café Palace klimpern ob ich wohl so aussehe wie die Nymphe im Bade wenn ich das Haar lose habe ja sie ist nur jünger oder ich sehe ein bisschen so aus wie die dreckige Sau auf der spanischen Photo die er hat ob die Nymphen wohl wirklich so herumliefen fragte ich ihn dieser ekelhafte Cameron Hochländer hinter dem Fleischmarkt oder das andere Schwein mit dem roten Kopf hinter dem Baum wo die Statue mit den Fischen sonst stand als ich vorbei ging tat er so als wenn er pisste und dabei stand er ihm und ich sollte ihn sehen und hatte sein Kinderkleidchen an der einen Seite hochgehoben die Queens Leibgarde waren nette Brüder nur gut dass die Surreys sie ablösten versuchen immer ihn einem zu zeigen fast jedesmal wenn ich draussen so vor dem Schifflokal vorbeiging in der Nähe des Bahnhofs in der Harcourt street und immer wieder versuchte der eine oder andere mich aufmerksam zu machen als wenn das 1 der 7 Weltwunder wäre und der scheussliche Gestank dieser Orte damals abends als ich mit Poldy von der Gesellschaft bei Comerford zurückkam Orangen und Limonade dass man sich nett wässerig fühlte ich ging in 1 rein es war so bitter kalt konnte es nicht mehr aushalten wann war das 93 der Kanal war zugefroren ja es war einige Monate später schade dass keine von den Camerons da waren die hätten sehen können wie ich in dem Pissoir für Männer niederhockte meadero habe mal versucht so einen zu malen habs dann zerrissen wurde so ähnlich wie ne Wurst wundere mich nur dass sie keine Angst haben könnten doch mal leicht einen Tritt oder einen Schlag mit irgendwas davor kriegen und dann das Wort met und dann so was mit kose und dann quasselte er was über Inkarnation kann einem nie was einfach erklären dass mans wenigstens versteht und dann geht er runter und brennt den Boden aus der Pfanne nur wegen der Niere dieser nicht so man sieht noch wo er mich in die Warze beissen wollte musste schreien ist das nicht schrecklich dass die einem weh tun wollen hatte bei Milly damals viel Milch hätte ganz gut für zwei genügt warum das ich hätte sagte er als Amme ganz gut ein Pfund die Woche verdienen können morgens ganz angeschwollen der nette Student der in Nr 28 bei den Citrons Penrose wohnte hätte mich beinahe durchs Fenster beim Waschen gesehen nahm noch schnell das Handtuch vors Gesicht das war nun sein Studium taten mir die weh als ich sie absetzte bis der Doktor Brady kam und mir das Belladonna Rezept gab er musste dran saugen sie waren so hart sagte sie wäre süsser und dicker als Kuhmilch dann wollte er sich was in den Tee melken er ist ein ganz verrückter Kerl man sollte über den mal in der Zeitung schreiben wenn ich mich nur an die Hälfte von allem erinnern könnte könnte ein Buch draus machen Poldys Werke ja und die Haut ist viel glatter eine ganze Stunde war er sicher dran auf die Uhr geguckt wie ein grosses Kind das ich angelegt hatte müssen alles in den Mund stecken was die Männer sich für Vergnügen mit den Frauen machen ich kann seinen Mund fühlen O Herr ich muss mich strecken ich wollte er wäre hier oder irgendein anderer mit dem ichs mal könnte und dass es wiederkäme ich fühle Feuer in mir oder wenn ich davon träumen könnte als er mich das zweitemal so weit kriegte und mich hinten mit dem Finger kitzelte fünf Minuten lang hats gedauert mit den Beinen umschlungen und dann musste ich ihn umarmen O Herr ich hätte am liebsten allerlei geschrien Dreck oder Scheisse oder sonst was nur nicht hässlich aussehen oder diese Falten von der Aufregung wer weiss wie er es aufnähme muss sich bei einem Mann erst einfühlen Gott sei Dank sind sie nicht alle wie er andere wollen dass man raffiniert dabei ist merkte den Unterschied er tut es und spricht kein Wort dabei ich sah ihn mit dem Blick an die Haare waren ein bisschen gelöst von dem Tollen und hatte meine Zunge zwischen den Lippen die ich ihm reichte der tolle Kerl Donnerstag Freitag ein Samstag zwei Sonntag drei O Herr bis Montag halt ichs nicht aus

friiiiiifronnng irgendwo ein Zug der pfeift wie stark solche Maschinen sind wie grosse Riesen und das Wasser fliesst überall über sie und aus ihnen heraus wie der Schluss von Loves old sweet sonnnng die armen Männer die die ganze Nacht draussen sein müssen fern von ihren Familien und Frauen immer auf diesen heissen Maschinen war heute zum Ersticken bin froh dass ich die Hälfte der alten Freemans und Photo bits verbrannte lässt immer also so rumliegen wird sehr unordentlich und warf den Rest aufs Klosett soll sie morgen zerschneiden brauchen da nicht rumzuliegen bis zum nächsten Jahr um dann schliesslich ein paar pence dafür zu bekommen und immer fragt er wo ist die Zeitung aus vergangenem Januar und alle die alten Überröcke im Flur hab ich auch weggepackt machen es nur noch heisser als es schon ist der Regen war erfrischend grade nach meinem Nachmittagsschläfchen dachte es würde wie in Gibraltar lieber Gott die Hitze da ehe der Ostwind aufkam schwarz wie die Nacht und der glänzende Felsen stand mitten drin wie ein grosser Riese verglichen mit ihren 3 Rock mountain halten das für so gross mit den roten Schildwachen hier und da die Pappeln und alles weissglühend und die Moskitonetze und der Geruch des Regenwassers in den Tanks beobachten die Sonne die die ganze Zeit über auf einen runter brennt bleichte das nette Kleid das mir Vaters Freundin Frau Stanhope aus Paris aus dem B Marché schickte es ist doch eine Schande meine liebste Doggerina sie schrieb worauf sie war sehr hübsch wie hiess sie sonst noch eine Postkarte um Ihnen mitzuteilen dass ich Ihnen das kleine Geschenk geschickt habe habe grade schön warm gebadet und fühle mich nun so frisch genoss es Männchen sie nannte ihn Männchen gäbe alles drum wenn er wieder in Gib wäre und Sie Old Madrid oder Waiting Concone singen hören könnte so heissen diese Übungsstücke er kaufte mir einen von den neuen ein Wort das ich nicht rauskriegen konnte Shawls nette Sachen aber gehen so leicht kaputt aber sehr nett ich denke Sie werden unsere netten Tees mit Korinthenscones und Waffeln mit Himbeeren nie vergessen ich mag sie so gerne meine liebste Doggerina und vergessen sie nicht und schreiben Sie bald freundliche sie liess Grüsse aus an ihren Vater und Captain Grove in Liebe ihr xxxx sie sah gar nicht verheiratet aus genau wie ein Mädchen er war viel älter ihr Männchen er mochte mich schrecklich gern als er den Draht mit dem Fusse runterdrückte dass ich rüber konnte bei dem Stiergefecht in La Linea als der Matador Gomez das Ohr des Stiers bekam wir müssen Röcke tragen wer hat die nur erfunden wollen dass man den Killiney Hügel heraufgeht wie zum Beispiel bei dem Picknick im Korsett bis oben kann sich kaum drin rühren im Gedränge laufen und aus dem Wege springen deswegen hatte ich so Angst als der andere wilde Stier die Banderilleros mit den Schärpen und den 2 Dingern an den Hüten angriff und die blöden Kerle schrien bravo toro die Frauen in ihren netten weissen Mantillas waren sicher genau so schlimm reissen den armen Pferden die ganzen Eingeweide aus dem Leibe von so was hab ich mein ganzes Leben noch nichts gehört ja er konnte sich vor Lachen nicht halten wenn ich den bellenden Hund aus der bell lane nachmachte armer Kerl und krank dazu was aus denen wohl geworden ist ich glaube die 2 sind schon lange tot wie durch einen Nebel fühlt sich so alt ich machte die Scones natürlich hatte ich damals alles ein Mädchen Hester wir verglichen immer unser Haar meins war dichter als ihres sie zeigte mir wie man es hinten festmacht als ich es hochsteckte und sonst so allerlei wie man mit einer Hand einen Knoten in einen Faden macht wir waren wie Cousinen wie alt war ich damals in der Sturmnacht schlief ich in ihrem Bett sie nahm mich in die Arme am Morgen machten wir Kissenschlacht das war ein Spass er lauerte mir auf wo er nur eine Gelegenheit dazu fand bei der Musik auf der Alameda Esplanade wenn ich mit Vater und Captain Grove zusammen war zuerst sah ich an der Kirche dann an den Fenstern in die Höhe und dann wieder runter und unsere Blicke begegneten sich ich fühlte wie mir etwas durch den Körper lief wie Nadeln meine Augen tanzten ich weiss noch als ich mich hinterher im Spiegel besah erkannte mich kaum wieder so hatte ich mich verändert ich hatte eine herrliche Haut von der Sonne und der Aufregung wie eine Rose konnte gar nicht schlafen es wäre nicht nett gewesen ihretwegen aber ich hätte zur rechten Zeit aufhören können sie gab mir den Mondstein zu lesen das war das erste das ich von Wilkie Collins las East Lynne las ich und den Schatten des Ashlydyat von Frau Henry Wood Henry Dunbar von der anderen Frau lieh ich ihm später mit Mulveys Photo drin damit er sähe dass ich nicht ohne war und Lord Lytton Eugene Aram Molly Bawn gab sie mir von Frau Hungerford wegen des Namens mag keine Bücher in denen eine Molly vorkommt wie das das er mir mitbrachte über die aus Flandern eine Hure die immer in den Läden alles stahl was sie nur kriegen konnte Tücher und Stoffe ganze Ellen die Decke ist mir zu schwer so ists besser hab nicht mal ein ordentliches Nachthemd das hier rollt sich immer in die Höhe wenn ich neben ihm liege und er seine tollen Zicken macht so ists besser ich wälzte mich damals bei der Hitze immer rum mein Hemd war vom Schweiss ganz nass und klemmte sich zwischen die Backen meines Hintern auf dem Stuhl als ich aufstand sie waren ganz fett und fest als ich mich auf die Sofakissen stellte und die Kleider hoch hatte um mal nachzusehen und die Wanzen tonnenweise bei Nacht und die Moskitonetze ich konnte keine Zeile lesen Lieber Gott wie lange das alles schon her ist fast als wärens Hunderte von Jahren sie kommen natürlich niemals wieder auch hat sie die Adresse nicht richtig aufgeschrieben sie hat vielleicht gemerkt dass ihr

Männchen immer gingen die Leute weg und wir nie ich erinnere mich noch des Tages der Wellen und der Boote mit ihren hohen Köpfen schaukelten hin und her und das Schlingern des Schiffes die Offizieruniformen auf Urlaub an Land machte mich seekrank er sagte nichts er war sehr ernst ich hatte die hohen Knöpfschuhe an und mein Rock wehte sie küsste mich sechs- oder siebenmal weinte ich nicht ja ich glaube wohl oder war nahe daran meine Lippen zitterten als ich adieu sagte sie hatte ein ganz wunderbares Cape von blauer Farbe für die Reise war so ganz besonders gearbeitet alles wie nach einer Seite und sehr schön es wurde grässlich langweilig als sie weg waren ich wollte weglaufen war wie von Sinnen irgendwohin fühlten uns nie wohl wo wir sind Vater oder Tante oder Heirat warten immer warten bis eeendlich eeer dannn kommt warten beflügelt seine Schritte ihre verdammten Kanonen donnerten und dröhnten dass alles nur so wackelte besonders am Geburtstag der Königin und warfen alles nur so rum wenn man die Fenster nicht öffnete als General Ulysses Grant wer war das jedenfalls wars ein berühmter Mann vom Schiff an Land kam und der alte Sprague der Konsul der schon von vor der Sintflut da war hatte sich fein angezogen der arme Mann war in Trauer wegen seines Sohnes und dann die alte selbe Reveille am Morgen und das Trommeln und die armen Teufel von Soldaten gingen herum mit dem Kochgeschirr und stanken mehr als die alten langbärtigen Juden in ihren Kaftans und langen Röcken Sammeln Feuer einstellen Zapfenstreich und der Wächter mit seinen Schlüsseln mit denen er die Tore schliesst und die Sackpfeifen und nur noch Captain Groves und Vater reden über Rorkes drift und Plevna und Sir Garnet Wolseley und Gordon in Khartum steckte ihnen die Pfeifen an jedesmal wenn sie ausgingen betrunkener alter Teufel mit dem Grog auf der Fensterbank kannst drauf rechnen lässt keinen Tropfen drin bohrt mit dem Finger in der Nase rum und sucht nach einer andern sauigen Geschichte die er heimlich erzählen will aber er vergass sich nie wenn ich dabei war schickte mich aus dem Zimmer unter irgendeinem dün-

nen Vorwand war immer höflich der Bushmills Whisky redete
natürlich würde aber bei jeder andern Frau genau so handeln
ich glaube er starb vor Jahren am galoppierenden Suff Tage
wie Jahre kein Brief von einer lebenden Seele ausgenommen
die paar die ich mir selbst schrieb mit den Papierschnitzeln
drin oft so verdriesslich dass ich alles zerkratzen könnte wenn
ich dem alten Araber mit dem einen Auge zuhörte und seinem
kreischenden Instrument und er singt dabei sein hüh hüh alüh
gratuliere zu dem Mischmasch von hüss genau so wie jetzt die
Arme hängen mir am Leibe runter ich gucke aus dem Fenster
wenn nur gegenüber ein hübscher Kerl wohnte wie der Medi-
ziner in der Holles street hinter dem die Wärterin her war als
ich meine Handschuhe anzog und den Hut am Fenster auf-
setzte um ihm zu zeigen dass ich ausging merkte gar nicht was
ich wollte sind doch zu dumm verstehen nie was man will
müsste es ihnen eigentlich dick auf ein Plakat drucken auch
dann nicht wenn man ihnen zweimal die linke Hand gibt er
erkannte mich auch nicht als ich ihn vor der Westland row
Kapelle halb ansah wo haben die nur ihren grossen Verstand
möchte ich doch mal wissen die graue Materie haben sie nur in
ihrem Schwanz das ist meine Meinung diese Landjunker im
City Arms Verstand keine Spur weniger als die Ochsen und
Kühe sie verkauften das Fleisch und der Kohlenkerl mit der
Bimmel der laute Schweinehund wollte mich betrügen mit der
falschen Rechnung die er aus dem Hute nahm was für Klauen
und Töpfe und Pfannen und Kessel ausbessern keine alten
Flaschen für einen armen Mann heute und nie Besucher oder
Post ausser seinen Schecks und irgendeiner Reklamesache wie
der Wunderwirker die sie ihm schickten mit der Anrede Sehr
geehrte gnädige Frau nur sein Brief und die Karte von Milly
heute morgen ja sie schrieb ihm heute morgen einen Brief von
wem habe ich doch noch den letzten Brief ja von Frau Dwenn
wie kommt das denn wohl dass sie nach so vielen Jahren wieder schreibt und das Rezept wissen will das ich für pisto
madrileno habe Floey Dillon schrieb mir sie wäre mit einem
reichen Architekten verheiratet wenn ich alles glauben wollte

was ich höre mit einer Villa und acht Zimmern ihr Vater war wirklich ein furchtbar netter Mann war ungefähr siebzig immer guter Laune nun Fräulein Tweedy oder Fräulein Gillespie da steht der Klimperkasten hatte ein feines silbernes Kaffeeservice auf dem Mahagonibüfett starb dann so weit weg hasse Leute die immer ihre kleine Geschichte zu erzählen haben jeder hat sein Päckchen zu tragen die arme Nancy Blake starb vor einem Monat an akuter Lungenentzündung ich kannte sie eigentlich kaum sie war mehr Floeys Freundin als meine ist scheusslich wenn man antworten muss er sagt mir immer das Verkehrte und keine Punkte als wenn man eine Rede hielte ihr schwerer Verlust Sympathie mache immer denselben Fehler und Nefe immer nur mit 1 f hoffentlich schreibt er mir nächstes Mal einen längeren Brief wenn er mich wirklich liebt O Gott sei Dank ich habe jemanden der mir das gibt was ich so nötig habe der mir wieder etwas Mut macht hat hier absolut keine Chancen wie früher ich möchte jemand schriebe mir einen Liebesbrief seiner war nicht viel und ich sagte ihm er könne schreiben was er wolle immer dein Hugh Boylan im Alten Madrid glauben die dummen Weiber Liebe wäre Seufzen ich sterbe ja wenn er das schriebe könnte doch wohl ein bisschen Wahrheit drin sein wahr oder nicht es füllt den ganzen Tag und das Leben immer etwas woran man jeden Augenblick denken kann und überall sieht man alles anders als wärs eine neue Welt ich könnte ihm die Antwort im Bett schreiben und er könnte dann glauben ich hätts eilig nur ein paar Worte nicht so langes Zeug wie Atty Dillon an den Kerl schrieb der irgendeine Stellung beim Gericht hatte der sie dann laufen liess war aus dem Briefsteller für Damen und ich sagte ihr doch immer einfach nur ein paar Worte zu schreiben und die könnte er dann drehen wie er wollte mit nicht überstürzter Überstürzung handeln mit gleicher Offenheit das größte irdische Glück bejahende Antwort auf den Antrag eines Herrn meine Güte weiter bleibt nichts übrig ist ja alles sehr schön und gut für sie aber da man nun mal Weib ist und so bald man alt wird schmissen sie einen am liebsten in die Aschengrube

Mulveys war der erste als ich noch im Bett lag an dem Morgen und Frau Rubio brachte ihn rein mit dem Kaffee sie stand da und ich bat sie mir doch und zeigte drauf mir fiel das Wort nicht ein eine Haarnadel zu reichen um ihn zu öffnen ah horquilla ungefällige Person und dabei stach sie ihr fast in die Augen und dabei hat sie noch einen falschen Zopf und so eitel und dabei so hässlich als wäre sie nahe an 80 oder gar 100 ihr Gesicht eine einzige Runzel und trotz ihrer Frömmigkeit immer am schimpfen weil sie sich nie beruhigen konnte über die Atlantische Flotte die hereinkam die Hälfte der Schiffe der Welt und die Union Jack wehte trotz all ihrer Carabineros und weil 4 betrunkene englische Matrosen ihnen den Fels wegnahmen und weil ich nicht oft genug in die Messe lief in Santa Maria wie sie wollte immer hatte sie den Shawl um ausser wenn eine Trauung war und all ihre Wunder der Heiligen und ihrer Schwarzen Heiligen Jungfrau mit dem Silberkleid und der Sonne die 3 mal am Ostersonntag-Morgen tanzt und wenn der Priester mit der Glocke vorbeigeht und den Sterbenden das Vatican bringt dann schlägt sie das Zeichen des Kreuzes für seine Majestad ein Bewunderer schrieb er drunter ich war kaum noch zu halten ich musste ihn haben als ich im Ladenfenster auf der Calle Real sah dass er hinter mir her war dann im Vorbeigehen berührte er mich ganz leicht ich glaubte nie dass er schreiben würde und sich mit mir treffen wollte hatte ihn den ganzen Tag in der Untertaille las ihn immer wieder in jedem Loch und Winkel Vater war beim Exerzieren wollte aus der Handschrift oder der Briefmarkensprache erfahren gesungen habe ich das fällt mir wieder ein soll ich eine weisse Rose tragen und ich wollte die alte dumme Uhr vorstellen dass die Zeit schneller käme er war der erste Mann der mich unter der alten maurischen Mauer küsste als mein Liebling noch ein Knabe war ich konnte mir gar nicht vorstellen was küssen bedeutet bis er mir die Zunge in den Mund steckte sein Mund war süss und jung ich streifte ihn ein paar mal mit dem Knie um es zu lernen was sagte ich zu ihm ich wäre verlobt zum Spass mit dem Sohne eines spanischen Edelmanns

mit Namen Don Miguel de la Flora und er glaubte dass ich
ihn in 3 Jahren heiraten sollte manches wahre Wort wird im
Scherz gesprochen es blühet eine Blume habe ihm aber auch
allerlei Wahres über mich erzählt nur dass er so was zum
Nachdenken hatte die spanischen Mädchen mochte er nicht ich
glaube keine von ihnen wollte ihn haben ich machte ihn ganz
toll er zerknauschte alle Blumen an meinen Busen die er mir
mitbrachte er kam nicht zurecht mit den Pesetas und Ferragordas bis ich es ihm zeigte er sagte er käme aus Cappoquin
am Blackwater aber es war zu kurz und am Tag bevor er fortging es war im Mai ja im Mai als der spanische Kronprinz
geboren wurde bin ich immer so im Frühling ich möchte jedes
Jahr einen neuen hoch oben auf dem Felsen wo die Kanone
steht in der Nähe des O'Haras Tower ich sagte ihm hier wäre
der Blitz eingeschlagen und alles über die Berber Affen die sie
nach Clapham schickten und dass sie keinen Schwanz hätten
und einer auf dem Rücken des andern durch die Schau liefen
Frau Rubio sagte sie wäre ein ganz gewöhnlicher Felsenskorpion und hätte aus Inces Farm die jungen Hühner gestohlen
und würfe einen mit Steinen wenn man in die Nähe käme er
sah mich an ich hatte die weisse Bluse an vorne war sie offen
wollte ihn reizen so viel ich nur konnte aber nicht zu weit sie
fingen grade an dicker zu werden ich sagte ich wäre müde wir
lagen über der Tannenbucht eine einsame Stelle ich glaube es
ist der höchste Fels den es gibt die Galerien und Kasematten
und die schrecklichen Felsen und die Sankt Michaels Höhle
mit den Eiszapfen drin oder wie die Dinger heissen die von
der Decke hängen und die Leiterin meine Schuhe waren ganz
schmutzig ich glaube ganz sicher dass das der Weg ist über den
die Affen unter dem Meere nach Afrika gehen wenn sie sterben
die Schiffe weit draussen wie Hobelspäne das war das Schiff
nach Malta welches vorbei fuhr ja das Meer und der Himmel
man konnte machen was man wollte da immer liegen er streichelte sie von aussen so was tun sie gerne es ist die Rundung
ich lehnte mich über ihn mit meinem weissen Reisstrohhut
das Neue sollte davon die linke Seite meines Gesichtes ist

die beste meine Bluse offen weils doch sein letzter Tag war hatte son ganz durchsichtiges Hemd an ich konnte seine Brust durchschimmern sehen er wollte meine einen kurzen Augenblick nur mit seinem berühren aber ich wollte nicht er war zuerst ganz beleidigt aber man kann doch nie wissen Auszehrung oder nachher sitz ich da mit einem Kind embarazada das alte Dienstmädchen Ines erzählte mir dass ein einziger Tropfen wenn er rein kommt genügt nachher versuchte ichs dann mit der Banane aber ich hatte Angst sie könnte abbrechen und irgendwo stecken bleiben ja man hat doch mal was aus einer Frau herausgeholt jahrelang hatte es drin gesessen und war ganz überzogen mit Kalksalzen sie sind ganz toll drauf da reinzukommen wo sie rauskommen man meint immer sie könnten nie tief genug rein und dann sind sie mit einem fertig bis zum nächstenmal ja weil man die ganze Zeit son herrliches Gefühl dabei hat so fein wie war doch noch das Ende ja O ja ich tats ihm in mein Taschentuch und behauptete ich hätte gar keine Lust dazu aber ich machte doch die Beine auseinander ich wollte ihn nicht unter die Unterröcke fassen lassen ich hatte einen Rock der seitlich geschlossen wurde ich habe ihn grässlich gequält und geneckt necke auch gerne den Hund im Hotel rrrsssst aufweck-auf er schloss die Augen und unter uns flog ein Vogel aber er war doch schüchtern ich mochte ihn gerne wie damals morgens als ich ihn ein wenig erröten machte als ich mich so auf ihn legte und ihm die Hose aufknöpfte und seinen rausnahm und die Haut zurückzog war so was wie ein Loch drin nur Knöpfe die Mitte runter auf der falschen Seite Molly mein Liebling nannte er mich wie hiess er doch noch Jack Joe Harry Mulvey ja ich glaubte Leutnant er war ziemlich blond hatte sone lachende Stimme und da ging ich nach wieheisstsnoch alles war wieheisstsnoch hatte einen Schnurrbart er sagte er wolle wiederkommen Herr im Himmel als wäre das alles gestern gewesen und wenn ich verheiratet wäre würde er es mir besorgen und ich versprach es ihm ja gerne würde ihn jetzt schnell mal dran lassen vielleicht ist er gestorben und getötet oder Kapitän oder Admiral es ist fast zwanzig Jahre her wenn ich Tannenbucht sagte würde er wenn er hinter mich träte und mir die Augen zuhielte und ich raten sollte wer es ist ich würde ihn wohl erkennen er ist noch jung ungefähr 40 vielleicht ist er verheiratet irgendein Mädchen am Blackwater und ist ganz anders geworden werden sie alle haben nicht halb so viel Charakter wie eine Frau ihn hat sie hat keine Ahnung was ich mit ihrem geliebten Manne tat ehe er auch nur an sie dachte dazu an hellichtem Tage sozusagen angesichts der ganzen Welt hätte ganz leicht eine Notiz im Chronicle drüber erscheinen können ich war hinterher ein bisschen ausgelassen als ich die alte Tüte aufblies in der die Biskuits von Gebrüder Benady waren und sie dann knallen liess lieber Gott was für ein Knall alle Waldhühner und Tauben kreischten kamen denselben Weg zurück den wir gegangen waren über den mittleren Hügel am alten Wachthaus und am Judenkirchhof vorbei taten so als läsen wir die hebräischen Inschriften ich wollte seine Pistole abfeuern er sagte er hätte keine er wusste nicht was er mit mir anfangen sollte hatte die Soldatenmütze auf immer sass sie windschief so oft ich sie auch grade setzte S M S Calypso ich schwenkte meinen Hut der alte Bischof der am Altar seine lange Rede über die höheren Funktionen des Weibes hielt über Mädchen die jetzt radfahren und Schirmmützen tragen und die neue Bloomertracht für Frauen Gott gebe ihm Verstand und mir mehr Geld ich glaube sie wurden nach ihm genannt dachte nie dass ich so mal heissen würde Bloom als ich es in Druckschrift niederschrieb um zu sehen wie es auf einer Visitenkarte aussah oder es für den Metzger übte und hochachtungsvoll M Bloom du siehst ganz bloomig aus sagte Josie immer nachdem ich ihn geheiratet hatte nun ist immer noch schöner als Breen oder Briggs oder die scheusslichen Namen mit bottom Frau Ramsbottom oder irgendein anderer bottom auch Mulvey möchte ich nicht heissen oder gesetzt den Fall ich liesse mich von ihm scheiden Frau Boylan meine Mutter wer sie auch gewesen sein mag hätte mir auch einen schöneren Namen geben können lieber Gott sie hatte doch selbst einen so schönen Lunita Laredo was hatten wir für Spass als wir über die Willis Road nach Europa point liefen hin und her ganz rund um die andere Seite von Jersey sie tanzten und wackelten in meiner Bluse rum wie Millys kleine jetzt wenn sie die Treppe rauflauft ich sah so gerne drauf runter ich sprang an den Pfefferbäumen in die Höhe und den weissen Pappeln riss die Blätter ab und warf ihn damit er fuhr nach Indien wollte die Reisen beschreiben die solche Leute bis ans Ende der Welt machen müssen und zurück ist wirklich nicht zu viel wenn sie mal ein Weib in die Arme nehmen wenn sie können gehen fort ertrinken irgendwo oder fliegen in die Luft an dem Sonntagmorgen ging ich den Windmühlenhügel hinauf auf das Plateau mit Captain Rubios der tot ist Fernglas wie die Schildwache eins hatte er sagte er würde eins oder zwei von Bord bekommen ich trug das Kleid aus dem B Marché Paris und die Korallenkette die Meerenge leuchtete ich konnte bis nach Marokko sehen fast die Bucht mit dem weissen Tanger und das Atlasgebirge mit dem Schnee drauf und die Meerenge so klar wie ein Fluss Harry Molly Liebling ich dachte an ihn draussen auf dem Meere die ganze Zeit nachher in der Messe als mir der Unterrock los ging bei der Wandlung wochenlang hatte ich das Taschentuch unter dem Kopfkissen liegen weil es nach ihm duftet in ganz Gibraltar war kein anständiges Parfüm zu bekommen nur das billige Peau Despagne das so schnell schlecht wurde und nachher stank man mehr als sonst was ich hätte ihm gerne ein Andengen gegeben er gab mir den plumpen Claddagh Ring er sollte mir Glück bringen den ich später Gardner gab als er nach Südafrika zog wo die Buren ihn mit ihrem Krieg und Fieber töteten aber sie wurden doch besiegt als hätte er Unglück gebracht wie ein Opal oder eine Perle ist sicher 16karätiges Gold gewesen weil er so schwer war ich sehe sein glattrasiertes Gesicht Friiiiiiiiiiiiiiiiiiiiiiiifrong wieder der Zug weinerlicher Ton einst in den schönen längstvergangnen Tagen mache die Augen zu atme meine Lippen vorgestreckt Kuss trauriger Blick Augen auf Piano ehe noch die Nebel über die Welt sich erheben kann das nicht leiden kommt *Loves sweet ssoooooooong* ich schmettere das voll heraus wenn ich wieder mal vor dem Rampenlicht stehe Kathleen Kearney und alle ihre Schreihälse Fräulein Die Fräulein Jene Fräulein Dieandere lauter Spatzenfürze die da rumstreichen reden über Politik wissen darüber nicht mehr Bescheid als mein Hintern wollen sich nur interessant machen echt irische Schönheiten ich bin die Tochter eines Soldaten ja und wessen seid ihr von Schustern und Wirten Verzeihung Kutsche ich dachte du wärest eine Schubkarre sie fielen placks auf die Erde wenn sie auch nur die Aussicht hätten die Alameda am Arm eines Offiziers herunterzugehen wie ich am Abend wenn die Musik spielte meine Augen leuchten meine Brust die haben keine Leidenschaft ach du lieber Gott sei mit ihnen ich wusste mit 15 Jahren mehr über Männer und das Leben als sie mit 50 sie haben keine Ahnung wie man ein solches Lied singt Gardner sagte kein Mann könnte meinen Mund und meine Zähne ansehen wenn ich so lächelte müsste gleich dran denken zuerst hatte ich Angst er könnte meinen Akzent nicht leiden er der Engländer alles was mir Vater hinterliess trotz seiner Briefmarken ich habe auf jeden Fall meiner Mutter Augen und Gesicht wie er immer sagte manche von diesen Kaffern sind so eingebildet er war gar nicht so er war ganz verrückt auf meine Lippen lass sie mal erst einen Mann haben den man vorzeigen kann und eine Tochter wie meine oder mal probieren ob sie einen Kerl mit Geld reizen können der sich jede nehmen und auswählen kann die er will wie Boylan sollen es mal 4 oder 5 mal hintereinander engumschlungen tun oder auch nur die Stimme hätte prima donna sein können wenn ich ihn nicht geheiratet hätte kommt Lieieieiebe tief Kinn zurück nicht zu viel damit es nicht doppelt wird My Ladys Bower ist für ein encore zu lang das von dem mit Wasser umgebenen Schloss mit den gewölbten Zimmern ja ich will Winde die aus Süden wehen singen das er nach der Geschichte auf der Treppe zum Chor gab ich will die Spitze auf meinem schwarzen Kleid ändern damit meine Äppel besser rauskommen und dann ja lieber Gott will ich den grossen Fächer ausbessern lassen sollen platzen vor Neid mein Loch juckt mich

immer wenn ich an ihn denke ich fühle ich muss mal ich fühle
Winde in mir besser leise damit er nicht wach wird fängt sonst
wieder an besabbert mich nach dem ich mir alles gewaschen
habe Hintern Bauch und Seiten wenn wir doch nur ein Bad
hätten oder ich wenigstens mein eigenes Zimmer ich wollte
er schliefe im Bett allein mit seinen kalten Füssen an mir
nur ein bisschen Platz dass man mal in Ruhe einen fahren
lassen kann lieber Gott oder sonst was will sie lieber anhal-
ten so ein bisschen auf die Seite piano ganz leise sweeee
der Zug ist ganz weit fort pianissimo sweeee noch einer
song
das war eine Erlösung wo und wenn du musst feste losgefurzt
wer weiss vielleicht war das Schweinskotelette zu dem ich hinterher die Tasse Tee trank nicht ganz gut bei der Hitze riechen
konnte ich ja nichts der Kerl in dem Metzgerladen ist ganz
sicher ein grosser Halunke hoffentlich qualmt die Lampe nicht
krieg die ganze Nase voll Russ besser als dass er die ganze
Nacht das Gas hätte brennen lassen konnte in Gibraltar nicht
ruhig im Bette liegen stand immer auf und sah nach bin so
verdammt nervös dabei wenn ichs im Winter auch gerne mag
ist gemütlicher ach du lieber Gott war damals im Winter doch
verflucht kalt als ich erst zehn Jahre alt war ja ich hatte die
grosse Puppe mit all den spassigen Kleidern zog sie immer an
und aus der eiskalte Wind fegte von den Bergen so was wie
Nevada sierra nevada stand am Feuer in dem kleinen kurzen
Hemd das ich hochgehoben hatte und wärmte mich tanzte so
gerne drin rum und dann rannte ich wieder ins Bett zurück
ich bin sicher dass der Kerl von gegenüber die ganze Zeit über
da war und mich bei seiner ausgemachten Lampe beobachtete
im Sommer und ich lief nackt herum war damals ganz in mich
verliebt ganz nackt am Waschtisch massierte mich und rieb
mich ein und erst wenn ich auf den Topf ging machte ich das
Licht aus und so waren wir alle 2 diese Nacht wirds mit dem
Schlafen nichts mehr hoffentlich hält er sich von den Medizinern fern die bringen ihn noch so weit dass er glaubt er wäre
wieder jung kommt um 4 morgens nach Hause ist es doch

mindestens wenn nicht mehr war wenigstens so manierlich
mich nicht zu wecken was reden die nur die ganze Nacht vertun
das Geld und werden immer besoffener könnten die nicht
Wasser trinken und dann will er Eier und Tee und Findon
Heringe und warme Toasts mit Butter der sitzt noch mal da
wie der König des Landes und stochert mit dem verkehrten
Ende des Löffels im Ei herum wo er das nur gelernt hat und
ich lache mich tot wenn ich dran denke wie er morgens die
Treppe rauffällt die Tassen rasseln auf dem Brett und dann
mit der Katze spielen sie reibt sich an einem weils ihr Spass
macht ob die wohl Flöhe hat ist genau so schlecht wie eine
Frau immer sind sie am lecken aber ich hasse ihre Krallen ob
die wohl was sehen was wir nicht sehen guckt immer so starr
wenn sie oben so lange auf der Treppe sitzt und horcht wie ich
immer warte und was für ein Räuber dabei die frische Scholle
die ich kaufte morgen nehme ich wohl ein bisschen Fisch oder
heute ist es Freitag ja das will ich mal mit etwas Blancmanger
mit schwarzer Johannisbeermarmelade wie vor langer Zeit
nicht die 2 Pfund Dosen mit Äpfeln und Pflaumen durcheinander
aus den London und Newcastle Williams and Woods
kommt doppelt so weit damit allein schon wegen der Gräten
mag ich Aale nicht Stockfisch ja ein gutes Stück Stockfisch will
ich holen bekomme immer genug für drei vergesse es nur
immer bin das ewige Metzgerfleisch von Buckleys leid Lendenstück
und Beinstück und Rippenstück und Halsstück vom
Hammel und Klein vom Kalb schon der Name ist grade genug
oder ein Picknick angenommen jeder bezahlte 5/ und oder
lass ihn bezahlen und eine andere Frau für ihn einladen wen
Frau Fleming und dann rausfahren in die waldige Bergschlucht
oder die Erdbeerfelder zuerst würde er mal die Hufnägel aller
Pferde untersuchen wie er das bei den Briefen tut nein nicht
wenn Boylan dabei ist ja ein paar Brote mit kaltem Kalbfleisch
und Schinken unten am Ufer stehen kleine Häuser
extra für den Zweck ist aber glühend heiss da er sagt keinesfalls
am Bankholiday hasse diese Menge Karren die für den
Tag gemietet werden Pfingstmontag ist auch so ein verfluchter

Tag gar nicht zu verwundern dass ihn die Biene stach besser schon an die See aber nie im Leben möchte ich noch mal mit ihm im Boot fahren nach der Fahrt mit ihm nach Bray erzählt dem Bootsman er könnte rudern wenn jemand ihn fragte ob er die Steeplechase um den Goldpokal reiten könnte er sagte ja dann wurde es stürmisch der alte Kahn wackelte hin und her und legte sich um auf meine Seite sagte ich sollte rechts ziehen jetzt links und das Wasser strömte von unten nur so rein und sein Ruder sprang aus der Dolle können Gott danken dass wir nicht alle ersoffen er kann natürlich schwimmen ich aber nicht ist ganz gefahrlos sei nur ganz ruhig hatte die Flanellhose an hätte sie ihm am liebsten vor allen Leuten vom Leibe gerissen und ihm am liebsten das gegeben was man flagellieren nennt den Hintern rot und blau gehauen das täte ihm gut und dieser Kerl mit der langen Nase weiss nicht wie er heisst mit der andern Schönheit Burke aus dem City Arms Hotel spionierte da am Landungssteg herum wie gewöhnlich immer da wo er nicht sein sollte wenn ein Krach im Gange war Gesicht gehört in die Hose konnten uns nicht riechen das ist 1 Trost was das wohl für ein Buch ist das er mir mitbrachte Süsse der Sünde von einem modernen Herrn irgend so ein Herr de Kock ich glaube die Leute gaben ihm diesen Spitznamen weil er mit seinem Hahn von einer Frau zur andern lief ich konnte nicht mal meine neuen weissen Schuhe wechseln ganz vom Salzwasser ruiniert und der Hut mit der Feder ganz ramponiert sass mir windschief auf dem Kopfe wie ärgerlich und verdriesslich weil der Geruch des Meeres mich natürlich aufregte die Sardinen und die Brassen in der Catalan Bai hinter dem Felsen die waren fein ganz silbern in den Körben der Fischer der alte Luigi fast hundert soll er gewesen sein kam von Genua und der grosse alte Kerl mit den Ohrringen mag keine Männer an denen man in die Höhe klettern muss um dran zu kommen glaube sie sind schon längst gestorben und verdorben ausserdem bin ich nicht gerne nachts allein in dieser grossen Kaserne ich glaube ich muss mich damit abfinden nie brachte ich ein bisschen Salz mit in der Aufregung

selbst wenn wir umzogen wollte im Wohnzimmer im ersten
Stock eine Musikakademie auftun mit einer Messingplatte
oder Blooms Privathotel schlug er vor will sich absolut ganz
ruinieren wie sein Vater unten in Ennis wie alles was er Vater
und mir sagte was er tun wollte aber ich habe ihn durchschaut
welche herrlichen Orte nannte er mir wo wir die Flitterwochen
verbringen könnten Venedig bei Mondschein mit den Gondeln
und der Comersee er hatte ein Bild das er aus irgendeiner Zeitung ausgeschnitten hatte und Mandolinen und Laternen O
wie herrlich sagte ich was ich nur immer wollte wollte er sofort wenn nicht noch früher bist du erst mein Mann musst du
feste dran er sollte einen Orden aus Leder mit einem Kittrand
drum bekommen für alles was er sich ausdenkt und jetzt lässt
er einen den ganzen Tag hier allein weiss ja nie was mit dem
alten Bettler der an der Tür um eine Kruste Brot bittet und
seine lange Geschichte erzählt los ist könnte doch ein Dieb
sein und auf einmal den Fuss dazwischen stellen und ich krieg
sie nicht mehr zu wie das Bild mit dem verstockten Verbrecher
wie er in Lloyds Weekly News genannt wurde 20 Jahre im
Gefängnis kommt dann raus und ermordet eine alte Frau
wegen ihres Geldes man denke nur an seine arme Frau oder
Mutter oder wer sonst sie ist vor so einem Gesicht lief man
meilenweit fort ich hätte keine Ruhe bis ich alle Türen und
Fenster verriegelt hätte um sicher zu sein ist aber auch nicht
grade angenehm so eingesperrt zu sein wie in einem Gefängnis
oder Irrenhaus sollte sie alle erschiessen oder die neunschwänzige Katze so ein roher Kerl der eine alte arme Frau im Bett
überfällt und ermordet ich schnitt sie ihm einfach ab ganz bestimmt nicht dass er zu was nütze wäre aber besser als nichts
damals in der Nacht als ich ganz gewiss Diebe in der Küche
hörte und er ging im Hemd mit einer Kerze und dem Stoch-
eisen runter als wenn er ne Maus fangen wollte war so weiss
wie das Bettuch halb blöde vor Angst machte möglichst viel
Krach und das war grade das Richtige für die Diebe ist ja
nicht viel zu stehlen weiss der liebe Gott ist ja auch nur das
Gefühl besonders jetzt wo Milly weg ist sone Idee von ihm

das Mädchen wegzuschicken damit es photographieren lernt
wegen seines Grossvaters anstatt sie auf Skerrys Akademie zu
schicken wo sie was lernen müsste nicht wie ich die ich alles
nur in der Schule lernte aber das tat er ja nur meinetwegen
und Boylans wegen deshalb tat er es nur ist ganz sicher wie
der sich immer alles ausdenkt ich konnte mich vor ihr hier
nicht mehr retten wenn ich nicht erst die Tür verriegelte
kriegte einen Schrecken als sie reinkam ohne anzuklopfen als
ich den Stuhl vor die Tür schob grade als ich mich da unten
mit dem Handschuh wusch geht einem auf die Nerven und tut
dann den ganzen Tag nichts soll sie in einen Glaskasten tun
zwei und zwei und sie begucken wenn er wüsste dass sie die
Hand der kleinen Knabenstatue abbrach ist ja immer so rauh
und unachtsam ehe sie abfuhr und dass ich den kleinen Italiener kommen liess der sie ausbesserte dass man die Bruchstelle
gar nicht sehen kann für 2 Shilling würde natürlich nicht mal
die Kartoffeln für einen abgiessen hat ja recht will sich die
Hände nicht verderben ich habs wohl gemerkt dass er letzthin
bei Tisch immer nur mit ihr sprach und ihr was aus der Zeitung erklärte und sie tat so als wenn sie es verstünde natürlich
schlau kommt aus seiner Familie und dann half er ihr in den
Mantel wenn aber mit ihr was nicht stimmte dann sagt sies mir
nicht ihm er kann nicht sagen dass ich was behaupte was nicht
wahr ist kann er das dazu bin ich wirklich zu ehrlich ich glaube
er denkt mit mir wärs aus und altes Eisen nun so weit sind wir
noch lange nicht wir werdens ja sehen nun poussiert sie ja auch
mit Tom Devans beiden Söhnen macht nach wie ich flöte mit
den wilden Murray Mädchen die sie immer besuchen kann
Milly nicht bitte mitkommen ist gern gesehen wollen so allerlei von ihr erfahren fährt abends in der Nelson street auf
Harry Devans Rad ist schon ganz gut dass er sie dahin schickte
wo sie ist war ja kaum noch zu halten wollten auf die Schlittschuhbahn und rauchen ihre Zigaretten durch die Nase ich
habs an ihrem Kleid gerochen als ich den Faden abbiss nachdem
ich unten am Jackett einen Knopf angenäht hatte kann vor
mir so leicht nichts verbergen das sage ich dir hätte ihn nur

nicht annähen sollen wo sie es grade an hatte bedeutet Trennung auch der letzte Plumpudding brach mitten ent2 es kommt doch wie es kommt ihre Zunge ist für meinen Geschmack ein bisschen zu lang deine Bluse ist zu weit ausgeschnitten sagt sie zu mir bist ein Schmierlapp sagte die Pfanne zum Kochtopf und ich musste ihr sagen sie sollte die Beine nicht so auf die Fensterbank legen wo doch so viele Leute vorbeigehen sie sehen alle nach ihr wie nach mir als ich so alt war wie sie natürlich steht ihr jeder alte Lappen gut und dann wieder ein Kräutchen rühr mich nicht an auf ihre Weise in dem Weg der Pflicht im theatre royal nehmen Sie den Fuss da weg ich kanns nicht leiden dass man mich berührt hatte Todesängste ich würde ihren Plisseerock zerknautschen allerlei so Berührungen braucht nur ins Theater zu gehen im Gedränge im Dunkeln versuchen immer an einen ran zu kommen der Kerl damals im Parterre im Gaiety wegen Beerbohm Tree in Trilby das letztemal dass ich dahinging um mich halb totquetschen zu lassen wegen soner Trilby und wenn sie nackt wäre alle zwei Minuten tippte er mich an und sah dann weg er ist ein bisschen blöde denke ich später sah ich ihn wieder er versuchte sich an zwei chic gekleidete Damen ranzumachen draussen vor Switzers Schaufenster wars an demselben kleinen Spiel erkannte ich ihn sofort Gesicht und alles aber er erinnerte sich meiner nicht und sie wollte nicht mal dass ich sie auf dem Broadstone küsste als sie wegging hoffentlich kriegt sie einen der immer um sie rum ist wie ich damals als sie den Mumps und geschwollene Drüsen hatte wo ist dies und wo ist das natürlich geht ihr noch nichts nahe habs eigentlich erst so richtig gefühlt als ich so ungefähr 22 war ging immer alles schief nur der gewöhnliche Mädchen Unsinn und Blödsinn die Conny Connolly die ihr mit weisser Tinte auf schwarzem Papier schrieb immer schön versiegelt aber sie klatschte doch als der Vorhang runter ging weil er so hübsch aussah dann hatten wir Martin Harvey zum Frühstück Mittag- und Abendessen ich dachte hinterher bei mir selbst es muss wirkliche Liebe sein wenn ein Mann sein Leben für sie so für nichts hergibt ich glaube es gibt nur wenig solche Männer es ist schwer daran zu glauben es sei denn dass es mir wirklich passierte bei den meisten von ihnen keine Spur von Liebe in sich zwei Menschen zu finden die heute voneinander ganz erfüllt sind und die genau so fühlen wie man selbst gewöhnlich sind sie ein bisschen verdreht im Kopf sein Vater hat sie sicher auch nicht alle zusammen gehabt dass er so hingeht und sich vergiftet nachdem sie tot ist ist doch ein armer alter Mann glaube er fühlte sich einsam ist auch ganz verliebt in meine Sachen die paar alten Brocken die ich habe wollte sich mit 15 die Haare aufstecken auch meinen Puder macht sich ja nur die Haut kaputt dazu hat sie im Leben noch Zeit genug natürlich nicht zu halten weiss ganz genau dass sie hübsch ist mit ihren so roten Lippen schade dass sie so nicht bleiben war auch mal so ist ganz verkehrt mit so einer lieb zu sein antwortet mir wie ein Fischweib als ich ihr sagte sie sollte ein Viertel Kartoffeln holen es war an dem Tage als wir Frau Joe Gallaher beim Trabrennen trafen und sie so tat als sähe sie uns nicht sass mit Friery dem Anwalt in ihrem Wagen waren natürlich nicht fein genug und dann haute ich ihr ein paar hinter die Ohren die weil du mir so antwortetest und die für deine Unverschämtheit ihr Widerspruch ärgerte mich natürlich ich war auch schlecht gelaunt weil was wars doch noch war irgendwas im Tee oder ich hatte die Nacht vorher schlecht geschlafen hatte ich Käse gegessen ganz richtig und ich hatte ihr immer wieder gesagt sie solle die Messer nicht so gekreuzt liegen lassen weil ihr hier niemand was sagt wie sie selbst sagt nun wenn er sie nicht zurechtsetzt wahrhaftig dann tue ich es war das letztemal dass sie den Tränenhahn aufdreht ich war früher genau so keiner im Hause getraute sich mir was zu sagen ist natürlich seine Schuld wenn wir beide uns hier abrackern müssen hätte schon längst eine Frau mieten sollen ob ich wohl je wieder ein Dienstmädchen bekomme natürlich wäre er dann gleich wieder hinterher ich müsste sie schon darauf aufmerksam machen sonst gings nachher los sind alle grässlich die alte Frau Flemming muss immer hinter ihr her sein muss ihr die Sachen in die Hand geben niest

und furzt in die Töpfe ja sie ist alt kann nichts dazu nur gut
dass ich das alte stinkende Waschtuch hinter der Anrichte fand
ich wusste dass was nicht stimmte und öffnete die Fenster dass
der Gestank rausging bringt seine Freunde mit und bewirtet
sie wie damals als er den Hund mit nach Hause brachte so was
hätte doch ganz gut tollwütig sein können und nun auch noch
den Sohn des Simon Dädalus der Alte ist son Kritisierer mit
der Brille auf der Nase und dem hohen Hut auf beim Cricket-
match und ein grosses Loch hatte er im Strumpf der eine lacht
den anderen an und sein Sohn bekam alle die Preise wofür
mag der Teufel wissen auf dem Gymnasium und dann klettert
er über das Geländer man stelle sich das mal vor wenn ihn
nun ein Bekannter gesehen hätte ob er sich dabei nicht ein
grosses Loch in seine herrliche Begräbnishose gerissen hat als
ob das eine das uns die Natur gab nicht schon genügte und
schleppte ihn dann mit in die alte schmierige Küche ob er wohl
recht bei Sinnen ist frage ich mich schade dass nicht grade
Waschtag war meine alte Hose hätte dann auch grade auf der
Leine zur Besichtigung gehangen kümmert sich immer um alles
mit dem Brandflecken den mir das alte dumme Weib drauf
machte er hätte es wohl für was anderes gehalten und das Fett
hat sie auch noch nicht ausgelassen und ich habs ihr doch so oft
gesagt und jetzt geht sie war besser als nichts weil es ihrem
gelähmten Mann schlimmer geht immer stimmt bei denen was
nicht Krankheit oder müssen sich operieren lassen und wenns
das nicht ist dann säuft er und schlägt sie muss jetzt wieder auf
die Jagd hinter einer andern her jeden Tag wenn ich aufstehe
ist was anders los lieber Gott lieber Gott wenn ich mal tot im
Grabe liege werde ich wohl etwas Ruhe haben ich muss mal
raus wenn warte mal lieber Gott dass auch das nun wieder
losgeht ja ist doch zu scheusslich natürlich das etwige Ficken
Rammeln und Bimsen von dem Kerl was soll ich nun machen
Freitag Samstag Sonntag dabei kann man ja krepieren vielleicht mag ers manche Männer mögens lieber Gott immer haben wir was alle 3 oder 4 Wochen 5 Tage die Regel kann dabei die Kränke kriegen damals abends kriegte ich sie ganz

plötzlich als wir das erste und einzige Mal in einer Loge sassen
die Michael Gunn ihm schenkte wir sahen Frau Kendall und
ihren Mann in der Gaiety er hatte ihm irgendwie bei einer
Versicherung bei Drimmie geholfen Herr Gott konnts nicht
mehr aushalten wollte aber nicht weg wegen des feinen Herrn
der mit seinem Glas immer auf mich runterguckte und er sitzt
an meiner anderen Seite redet über Spinoza und seine Seele
der ist glaube ich mindestens Millionen Jahre tot ich lächelte
so gut ich konnte war quatschnass lehnte mich nach vorn als
wenn mich das sehr interessierte musste sitzen bleiben bis zum
letzten Wort die Frau des Scarli werde ich nie vergessen war
wohl ein saftiges Stück über Ehebruch der Idiot oben auf der
Galerie zischte und schrie das ehebrecherische Weib ich glaube
aber hinterher gabelte er sich ein Weib in der nächsten Gasse
auf die da auf dem Strich war um sich zu entschädigen ich
wollte nur er hätte was ich damals hatte würde schon brüllen
das wette ich die Katze hats besser als wir haben wir zu viel
Blut in uns oder was ist es O himmlische Güte es fliesst nur so
wie das Meer aus mir heraus aber angesäuert hat er mich nicht
so dick er auch ist ich will doch die sauberen Tücher nicht be-
schmutzen kam von der frischen Wäsche die ich trug verdammt und sie wollen immer einen Flecken im Bett sehen
wollen daran erkennen ob man noch Jungfrau ist alles so was
macht ihnen Sorge sind ja solche Narren und wenn man vier-
zigmal Witwe oder geschieden ist ein Klecks roter Tinte würde
genügen oder ein Fleck Brombeersaft nein ist zu rot O du lieber Gott erlöse mich davon ach Süsse der Sünde wer hat dieses
Geschäft für Frauen eigentlich erfunden und dazu nähen und
kochen und Kinder und dann dies verdammte Bett rappelt
wie der Teufel ich glaube man konnte uns auf der andern
Seite des Parks hören bis ich dann vorschlug er sollte die
Matratze auf den Boden legen und mir das Kissen unter den
Hintern schieben ob es am Tag wohl schöner ist ich glaube ja
leise will mir hier alle Haare abschneiden machen mich heiss
sehe dann wieder aus wie ein junges Mädchen würde er wohl
das nächstemal einen Schrecken kriegen wenn er mir wieder

die Röcke hochhebt gäbe alles drum wenn ich sein Gesicht
sehen könnte wo ist denn nur der Prügel leise hab ne höllische
Angst er könnte unter mir zusammenbrechen wie dieser alte
Nachtstuhl ob es wohl zu schwer ist wenn ich auf seinen Knien
sitze ich liess ihn sich absichtlich in den Sessel setzen als ich erst
in dem andern Zimmer Rock und Bluse auszog er war verdammt eifrig dabei wo er nichts zu suchen hatte dass er mein
Gewicht nicht merkte hoffentlich war mein Atem süss nach
dem Küsskonfekt leise lieber Gott ich weiss noch früher konnte
ich es glatt rauspfeifen fast wie ein Mann leise du lieber Gott
was fürn Krach hoffentlich sind Blasen drauf bedeutet viel
Geld von irgendeinem Kerl muss es morgen früh parfümieren
darfs nicht vergessen ich wette so ein Paar Schenkel hat er
noch nicht gesehen sieh mal wie weiss die sind und die schönste
Stelle ist grade zwischen ihnen dies Eckchen hier wie weich
wie ein Pfirsich leise lieber Gott ich möchte mal ein Mann sein
und auf eine nette Frau steigen lieber Gott was fürn Krach
wie die Lilie von Jersey leise leise O wie strömen die Wasser
nieder auf Lahore

mag der Kuckuck wissen ob mein Inneres so ganz in Ordnung
ist oder hab ich ein Gewächs dass ich das Zeug jede Woche
kriege wann war es doch noch das letztemal Pfingstmontag ja
ist erst drei Wochen her muss mal zum Arzt gehen ist aber
vielleicht dasselbe wie damals ehe ich ihn heiratete als das
weisse Zeug mir so raus lief und Floey mich zu dem alten vertrockneten Dr Collins brachte für Frauenkrankheiten auf der
Pembroke Road ihre vagina nannte er es hat sicher all die gol-
denen Spiegel und Teppiche weil er die reichen Weiber aus
Stephans Green behandelte die um jeden Dreck zu ihm gelaufen kommen ihre vagina und ihre Cochinchina die haben natürlich Geld dann ist schon alles gut ich möchte den nicht heiraten und wäre er der einzige Mann in der Welt und dann
stimmt das auch nicht so ganz mit ihren Kindern schnüffelt
immer um die schmierigen Weiber rum und er fragte mich ob
das was ich machte sehr stänke was soll ich denn sonst machen
als das Gold vielleicht was für eine Frage sollte ihm mal das

alte runzelige Gesicht damit einschmieren dann würde er es wissen und ob es leicht passierte passieren was ich glaubte er redete über den Felsen von Gibraltar wie er das so sagte ist nebenbei auch eine nette Erfindung wenn ich fertig bin lasse ich mich so weit wie möglich in den Trichter hängen und ziehe dann die Kette es wegzuspülen fein kühl wie Nadeln ist aber doch wohl was Wahres dran als Milly noch ein Kind war sah ich ihre immer nach ob sie nicht Würmer hätte aber dafür noch bezahlen was ist meine Schuldigkeit Herr Doktor eine Guinea bitte und dann fragte er mich noch ob sie oft ausblieb woher diese alten Kerle das nur alles wissen ausbleiben und dabei sah er mich mit seinen kurzsichtigen Augen so von der Seite an ich würde dem aber doch nicht so trauen mir von ihm Chloroform und mag der Himmel wissen was geben lassen aber ich mochte ihn ganz gern als er sich setzte und mir was aufschrieb die Stirn so streng runzelte seine intelligente Nase verdammtes Lügenweib O einerlei wer nur kein Idiot er war so klug dass ers gleich raus hatte weil ich natürlich immer nur an ihn dachte und seine verrückten Schmierbriefe meine Teuerste alles was deinen herrlichen Körper betrifft alles unterstrichen was von ihm kommt ist was Schönes und voller Freude schrieb das aus irgendeinem blöden Buch ab das er hatte und tats mir immer selbst oft 4 bis 5 mal täglich und ich sagte ich hätte es nicht bist du sicher O ganz sicher sagte ich ganz gewiss in einer Weise dass er stille war ich wusste was dann kam nur natürliche Schwäche wäre es er reizte mich ich weiss nicht wie den Abend als wir uns zum erstenmal trafen als ich in Rehoboth terrace wohnte starrten wir einander 10 Minuten an als hätten wir uns schon irgendwo gesehen ich glaube weil ich Jüdin bin meiner Mutter ähnle er machte mir viel Spass was der nicht alles erzählte wobei der immer so halb verschmitzt lächelte und alle Doyles sagten er wollte für die Mitgliedschaft im Parlament kandidieren O was war ich doch für ein Schaf all sein Geseiche über home rule und die land league mitanzuhören und er schickte mir das Lied aus den Hugenotten sollte es französisch singen wäre feiner O beau pays de la Touraine nicht ein einziges Mal habe ich es gesungen und dann redete und seichte er über Religion und Verfolgung an nichts liess er einem Freude und dann möchte er als grosse Gunst und bei der ersten Gelegenheit die sich ihm bot am Brighton Square kam er in mein Schlafzimmer gerannt und behauptete ihm wäre die Tinte über die Finger geflossen und er wollte sie gerne mit der Albion Milch- und Schwefelseife die ich gebrauchte abwaschen und die Gelatine war noch drum O an dem Tage habe ich mich krank über ihn gelacht will doch hier lieber nicht die ganze Nacht sitzen bleiben sollten die Töpfe so gross machen dass eine Frau richtig drauf sitzen kann er kniet dabei ich glaube in der ganzen Welt gibts keinen zweiten mit so Gewohnheiten wie er sieh mal wie er am Fussende des Bettes schläft wie kann er das nur ohne Keilkissen nur gut dass er die Beine ruhig hält könnte mir sonst die Zähne austreten hat beim Atmen die Hand auf der Nase genau wie der indische Gott den er mir an einem regnerischen Sonntag im Museum in der Kildare street zeigte ganz gelb mit Schurz lag auf der Seite auf der Hand und streckte die 10 Zehen aus das wäre sagte er eine grössere Religion als die der Juden und Unseres Herrn zusammen über ganz Asien den macht er jetzt nach wie er immer jemanden nachmacht ich glaube der schlief auch am Fussende des Bettes und streckte seiner Frau die grossen Quadratlatschen in den Mund verdammt wie das stinkt wo ist denn nur ja weiss schon die Tücher sind hoffentlich knarrt der alte Schrank nicht natürlich doch schläft feste hat sich irgendwo gut amüsiert hat ihm für sein Geld ordentlich was gegeben er muss natürlich dafür bezahlen O diese verdammte Schweinerei hoffentlich haben wirs in der andern Welt besser zum Aufhängen lieber Gott das genügt für die Nacht und jetzt das verdammte Klapperbett erinnert mich immer an den alten Cohen hat sich wohl oft genug drin gekratzt und er glaubt Vater hätte es von Lord Napier gekauft den ich immer so bewunderte als ich noch ein kleines Mädchen war weil ich es ihm sagte leise piano O ich liebe mein Bett lieber Gott weit haben wirs in den 16 Jahren nicht gebracht in wieviel Häusern haben wir schon gewohnt Raymond terrace und Ontario terrace und Lombard street und Holles street und er läuft pfeifend herum jedesmal wenn wir wieder auf dem Rutsch sind aus den Hugenotten oder den Froschmarsch und tut so als wenn er den Männern hülfe wir mit unsern paar Brocken und dann das City Arms Hotel immer schlimmer sagt Warden Daly der reizende Platz auf dem Treppenflur drin ist immer einer am beten dann ziehen sie aus und lassen ihren Gestank zurück weiss immer wer zuletzt drin gewesen ist jedesmal wenns grade gut ging passiert was oder er verdirbt alles Thom und Hely und Cuffe und Drimmie kommt sicher noch mal ins Kittchen mit seinen alten Lotterielosen die uns alle rausreissen sollten oder er wird frech dauert sicher gar nicht mehr lange dann schmeissen sie ihn beim Freeman auch raus wegen der Sinner Fein oder der Freimaurer dann wollen wir mal sehen ob der kleine Mann den er mir in der Nähe der Coadys Cove zeigte der allein durch den Regen trippelte ihm helfen wird der soll ja wie er sagt so fähig und aufrichtig irisch sein und ist er auch nach der Aufrichtigkeit der Hose zu urteilen die ich an ihm sah halt auf der Georgskirche schlägts halt ¾ halt 2 ist so grade die richtige Zeit für ihn nach Hause zu kommen und dann über den Zaun zu klettern wenn ihn nun jemand sah das will ich ihm morgen schon abgewöhnen erst besehe ich mir mal sein Hemd oder ich sehe mal nach ob er den Überzieher noch in seinem Taschenbuch hat der bildet sich wohl noch ein ich wüsste das nicht die hinterlistigen Männer all ihre 20 Taschen sind für ihre Lügen nicht genug warum sollten wir ihnen denn was erzählen selbst wenns wahr ist sie glaubens ja doch nicht liegt da im Bett zusammengerollt wie die Babies in dem Meisterwerk des Aristocrats das er mir mal mitbrachte als ob wir in der Wirklichkeit davon nicht genug hätten und zwar ohne einem alten Aristocrat oder wie der Kerl heisst kriegt einen noch grösseren Ekel dabei mit den scheusslichen Bildern Kinder mit zwei Köpfen und ohne Beine von so Gemeinheiten träumen sie immer nichts anderes haben sie in ihren leeren Köpfen die Hälfte von ihnen sollte man so lang-

sam vergiften und dann Tee und Toast für ihn mit Butter auf
beiden Seiten und frische Eier ich glaube ich bin nichts mehr
als ich mich in der Holles street nachts nicht von ihm lecken
lassen wollte Mann Mann Tyrann immer nur das eine er
schlief die halbe Nacht nackt auf dem Boden wie die Juden
wenn jemand der zu ihnen gehört stirbt und wollte kein Frühstück essen sagte auch kein Wort wollte umschmeichelt werden
und ich dachte einmal wäre genug und liess ihn machts auch
ganz verkehrt denkt nur an sein eigenes Vergnügen seine
Zunge ist zu flach oder sonst was er vergisst dass wir dann
bei mir nicht solls noch mal tun wenn er sich nicht in acht
nimmt und ich sperre ihn in den Kohlenkeller da kann er bei
den Kellerasseln schlafen ob er es wohl mit ihr Josie tat ganz
toll vor Freude über das was ich nicht mehr will er ist ja so
ein geborener Lügner nein wäre viel zu bange mit einer verheirateten Frau deshalb will er dass ich und Boylan na was
ihren Denis betrifft wie sie ihn nennt diesen blödsinnigen Kerl
den kann man wirklich keinen Gatten nennen ist sicher mit so
ner kleinen Sau losgegangen ja auch damals als ich mit ihm
und Milly bei den College Rennen war der Hornblower mit
dem Kindermützchen oben auf dem Kopf liess uns hintenrum
rein sah er mit seinen Schafsaugen immer nach den beiden
Weibern die da auf und ab gingen zuerst versuchte ich ihm zu-
zublinzeln ohne Erfolg natürlich ja so vertut er sein Geld das
ist nun das Ende von Paddy Dignam ja sie waren alle in Gala
bei der grossen Beerdigung in der Zeitung die Boylan mitbrachte wenn die nur mal ne richtige Offiziersbeerdigung sähen das wäre was Flintenlauf nach unten dumpfe Trommeln
das arme Pferd hinterher in Schwarz L Boom und Tom Kernan der betrunkene fassrunde Kerl der sich ein Stück von der
Zunge biss als er die Treppe zum Männer WC runterfiel in
irgendeinem Lokal und Martin Cunningham und die beiden
Dädalus und Fanny M Coys Mann weisser Kapskopf magere
Ziege mit dem schiefen Auge versucht meine Lieder zu singen
müsste noch mal ganz geboren werden und ihr altes ausge-
schnittenes grünes Kleid da sie sie anders nicht kriegen kann

wie Geplätscher an einem regnerischen Tag ich sehe das alles
jetzt ganz klar und das nennen sie nun Freundschaft machen
sich einander kaputt und beerdigen sich dann und dabei haben
sie alle Frauen und Familie zu Hause ganz besonders Jack
Power der mit der Barmaid rumzieht ja da tuts er allerdings
ist seine Frau dauernd krank oder auf dem Wege dazu oder
dann gehts mal wieder ein bisschen besser und er sieht noch
ganz gut aus wenn er über den Ohren auch ein bisschen grau
wird sind nette Brüder alle miteinander na meinen Mann sollen sie nicht wieder in die Klauen kriegen was ich dran tun
kann geschieh machen sich ja doch nur hinter seinem Rücken
über ihn lustig weiss ich doch ganz genau wenn er mit seinem
Blech kommt weil er nicht so dumm ist jeden Pfennig den er
verdient von ihnen versaufen zu lassen und für seine Frau
und Familie sorgt die Taugenichtse der arme Paddy Dignam
tut mir aber doch in einer Weise um ihn leid was sollte seine
Frau mit den 5 Kindern nur anfangen wenn er nicht versichert
wäre komischer kleiner Kerl klebte immer irgendwo in einer
Wirtshausecke und sie oder ihr Sohn warteten Väterchen nun
komm doch mit nach Haus wird in der Witwentracht auch
nicht besser aussehen steht einem doch so fein wenn man gut
aussieht was für Männer war er nicht ja er war bei dem Glencree dinner und Ben Dollard mit dem Fassbass an dem Abend
als er sich den Schwalbenschwanz lieh wollte singen in der
Holles street wars wurde nur so reingepresst und gequetscht
und grinste dabei über das ganze fette Puppengesicht wie ein
verhauener Kinderpopo sah doch zu blöde aus und die Klöten
muss ja ein herrliches Schauspiel auf der Bühne gewesen sein
man denke sich das nur mal aus bezahlen 5/ für den reser-
vierten Platz und sehen da so was und dann Simon Dädalus
war immer halb voll sang den zweiten Vers zuerst alte Lieb
ist neu war eins von seinen so lieblich sangs im Hagedorn pus-
sierte auch immer als ich mit ihm die Maritana in Freddy
Mayers private opera sang er hatte eine köstliche herrliche
Stimme Phoebe Teure lebe wohl Gelieiebte so sang er es immer
nicht wie Bartell D'Arcy Gelippte lebe wohl hatte natürlich

von Natur eine Stimme war nichts Gekünsteltes drin als wenn man unter einer warmen Brause stünde O Maritana Wildwaldblume sangen wir herrlich wenns für mich auch ein bisschen zu hoch war selbst wenn man es transponiert hätte und damals heiratete er May Goulding aber dann sagte oder tat er was und alles war vorbei er ist jetzt Witwer wie wohl sein Sohn ist er sagt er wäre Schriftsteller und wollte Universitätsprofessor für Italienisch werden und dann nehme ich Stunden was hat er wohl vor dass er ihm meine Photo zeigt ist keine gute von mir hätte bei der Aufnahme eine Drapierung nehmen sollen das bleibt immer modern sehe aber doch jung drauf aus wundert mich nur dass er sie ihm nicht gleich geschenkt hat und mich dazu schliesslich warum nicht ich sah ihn mit seinem Vater und seiner Mutter nach dem Kingsbridge Bahnhof fahren ich war in Trauer ist jetzt 11 Jahre her ja er wäre 11 aber wozu in Trauer rumlaufen wenns einen gar nichts angeht aber er wollte es er würde wegen einer Katze in Trauer rumlaufen er muss jetzt doch erwachsen sein war damals ein unschuldiger Junge und sah niedlich aus in seinem Lord Fauntleroy Anzug hatte krauses Haar wie ein Prinz auf der Bühne als ich ihn bei Mat Dillon sah mochte er mich auch weiss ich noch tun sie alle warte doch mal ja warte mal lieber Gott halt stand doch heute morgen drin als ich die Karten legte Verbindung mit einem jungen Fremden weder dunkel noch blond schon vorher mal getroffen ich meinte er wäre damit gemeint aber er ist kein Küken und fremd ist er auch nicht ausserdem war mein Gesicht nach der andern Seite gewandt welches war doch noch die siebente Karte dann Schüppen Zehn Landreise und dann ein Brief unterwegs und auch Skandale die drei Königinnen und die Eckstein Acht Rolle in der Gesellschaft ja warte mal alles ging auf und 2 rote 8 neue Kleider ja und dann und träumte ich nicht auch was ja war was über Poesie dabei hoffentlich hat er nicht lange fettige Haare die ihm in die Augen hängen oder aufrecht stehen wie ein Indianer warum laufen die nur so rum muss ja so nur über sie und ihre Poesie lachen Poesie mochte ich immer gerne schon als Mädchen zuerst glaubte ich er wäre ein Dichter wie Byron aber nichts von dem in ihm ich dachte er wäre ganz anders ob er nicht doch zu jung ist er wurde so gegen nun warte mal 88 heiratete ich 88 Milly wurde gestern 15 89 wie alt war er dann bei Dillons 5 oder 6 um 88 ich glaube er ist 20 oder mehr ich bin nicht zu alt für ihn wenn er 23 oder 24 ist hoffentlich ist er nicht so ein aufgeblasener Student nein dann hätte er sich nicht in die Küche gesetzt mit ihm Epps Kakao getrunken und mit ihm geredet er tat natürlich so als wenn er alles verstände wahrscheinlich hat er ihm gesagt er wäre auf dem Trinity College gewesen er ist doch sehr jung für einen Professor hoffentlich ist er keiner wie Goodwin einer war er war ein ganz famoser Whiskyprofessor schreiben alle in ihren Gedichten über eine Frau nun ich glaube so eine wie mich findet er so leicht nicht wo zart von Liebe seufzet die Gitarre wo Poesie in der Luft ist blaues Meer und der Mond der so schön scheint auf der Rückfahrt von Tarifa mit dem Abendschiff der Leuchtturm bei Europa point die Gitarre die der Bursche so ausdrucksvoll spielte ob ich wohl jemals wieder dahin komme alles neue Gesichter Zwei glühende Augen hinter Gittern das will ich ihm mal vorsingen es sind meine Augen wenn er nur etwas von einem Dichter in sich hat zwei dunkle Augen hell wie der Liebe Stern sind das nicht herrliche Worte wie Liebe junger Stern ja du lieber Gott wäre mal was anderes wenn man einen intelligenten Menschen hat mit dem man mal über sich reden kann mal was anderes als nur immer ihm zuhören mit seinem Inserat von Billy Prescotts und dem von Keyes und mag der Teufel wissen was sonst noch für welche und wenn dann im Geschäft mal was nicht klappt müssen wir drunter leiden ich glaube bestimmt dass er sehr distinguiert ist mit so einem Mann möchte ich gern mal zusammen sein lieber Gott von den andern habe ich mehr als genug ausserdem ist er jung waren das für feine junge Kerle in Margate im Bade vom Felsen habe ich sie gesehen standen in der Sonne nackt wie so ein Gott und dann tauchten sie ins Meer warum sind nicht alle Männer so das wäre doch ein Trost für eine Frau wie die nied-

liche kleine Statue die er kaufte könnte ihn den ganzen Tag
ansehen krauses Haar und die Schultern hebt den Finger man
soll zuhören das ist wirkliche Schönheit und Poesie ich hatte
oft das Gefühl als müsste ich ihn von oben bis unten abküssen
und der nette junge Stift so unschuldig den nähme ich gerne
mal in den Mund wenn niemand guckte als wenn er drum
bäte dass man dran saugt so rein und weiss sah er aus mit
seinem Knabengesicht täte ich in ¹/₂ Minute selbst wenn ich
was runterschluckte was ist es denn nur wie Grützeschleim
oder Tau ist auch nicht gefährlich ausserdem wäre er ja sauber
im Vergleich zu diesen Saukerlen ich glaube fällt den meisten
gar nicht ein den auch nur einmal im Jahr zu waschen davon
kriegen die Frauen Schnurrbart wäre ganz sicher herrlich wenn
ich in meinem Alter einen jungen hübschen Dichter kriegen
könnte ich will sie soll morgen das erste sein so lange legen
bis die Wunschkarte rauskommt oder ich versuche mal den
Partner für die Dame zu finden ob er dann rauskommt
ich will alles lesen und studieren was ich nur auftreiben
kann oder ein Stück auswendig lernen wenn ich nur wüsste
wen er gerne mag dann hält er mich nicht für dumm
wenn er glaubt alle Frauen wären so und das andere soll
er dann von mir lernen er soll sich nicht mehr halten können ihm sollen unter mir die Sinne halb vergehen und dann
schreibt er über mich Liebhaber und Geliebte ganz öffentlich mit unser 2 Photographie in allen Zeitungen wenn
er berühmt wird O aber was soll ich denn nur mit ihm
machen

nein das ist keine Art und Weise er hat keine Manieren oder
feines Benehmen hat überhaupt nichts in seinem Wesen mich
so einfach auf den Hintern zu klapsen weil ich ihn nicht Hugh
nannte dieser Esel der nicht einmal Poesie von Kaps unterscheiden kann das kommt davon wenn man ihnen zu viel
Freiheit lässt zieht sich da vor mir auf dem Stuhl die Schuhe
und die Hose aus so ne Unverfrorenheit fragt nicht mal um
Erlaubnis und steht dann da so ordinär in dem halben Hemd
rum das sie tragen und will bewundert werden wie ein Prie-

ster oder ein Metzger oder die alten Hypokriten zur Zeit des
Julius Cäsar natürlich hat er ja auf seine Weise recht sich die
Zeit zu vertreiben zum Spass könnte man grade so im Bett
liegen mit was mit einem Löwen du lieber Gott ich bin sicher
dass ein Löwe was Besseres zu sagen hätte O ja ich glaube es
kommt davon weil sie so dick waren und aufreizend in meinem kurzen Unterrock er konnte nicht widerstehen reizen
mich auch manchmal was die Männer für ne Masse Spass am
Körper einer Frau haben wir sind so rund so weiss für sie ich
wollte immer mal gerne zur Abwechslung Mann sein nur ums
mal zu probieren mit dem Ding das sie haben schwillt an und
wird hart und ist doch so weich wenn mans anfasst mein
Onkel Johann hat ein Ding so lang hörte ich die Strassenjun-
gen singen als ich an der Ecke der Marrowbone lane vorbeiging meine Tante Marian hat Haare dran weil es dunkel war
und weil sie wussten dass ein Mädchen vorbeikam ich wurde
dabei nicht rot warum auch ist nur Natur und er steckt den
langen Hahn ins Loch der Tante Marian etc und es endet dann
damit du steckst den Stiel in den Besen ja so sind die Männer
nehmen einfach was ihnen gefällt eine verheiratete Frau oder
eine lustige Witwe oder ein Mädchen je nach Geschmack z B
die Häuser hinter der Irish street nein aber wir sollen immer
hinter Schloss und Riegel sein mich sollen sie nicht so einsper-
ren habe verdammt keine Angst wenn ich mal anfange das
sage ich dir vor der Eifersucht eines blöden Gatten warum
kann man sich hierüber nicht verständigen als immer den
Krach ihr Mann kam dahinter was sie miteinander taten ja
und wenn er es tat kann er es ungeschehen machen er ist ja
doch coronado was er auch tut und dann das andere verrückte
Extrem über die Frau in Schöne Tyrannen der Mann denkt
natürlich mit keinem Gedanken mehr weder an den Mann
noch an die Frau das Weib will er bloss und das kriegt er auch
wozu hätten wir denn sonst alle diese Gier im Leibe möchte
das mal wissen ich kann nichts dran machen wenn ich noch
jung bin nicht wahr ist ein Wunder dass ich nicht vor der Zeit
verschrumpelt bin bei diesem Leben mit ihm immer so kühl

küsst mich nie nur manchmal wenn er schläft aber dann die
falsche Seite und weiss dann gar nicht glaube ich wen er neben
sich hat jedem der den Hintern einer Frau küsste würde ich
meinen Hut ins Gesicht schlagen weil er hinterher dann alles
Unnatürliche küsst wo wir auch k1 Atom irgendwelchen Aus-
drucks haben ist bei uns allen doch dasselbe 2 Klumpen Speck
ehe ich das bei einem Mann täte pfui die Saukerle der Gedanke dran genügt schon die Füsse möchte ich ihnen küssen
Señorita da ist wenigstens noch etwas Sinn drin küsste er nicht
unsere Flurtür ja das tat er so ein verrückter Kerl niemand
versteht seine vertrackten Ideen ausser mir natürlich muss eine
Frau 20mal am Tage geküsst werden damit sie jung aussieht
ganz einerlei von wem sie muss nur lieben und von jemandem
geliebt werden wenn der den man haben will nicht da ist ja
du lieber Gott da habe ich oft gedacht jetzt gehe ich auf die
Quais wenns dunkel ist wo niemand mich kennt und nehme
mir einen Matrosen der grade nach Hause kommt und scharf
drauf ist und dem es ganz einerlei wäre wem ich gehörte nur
um es zu tun irgendwo in einem Torbogen oder einen von diesen verwegen aussehenden Zigeunern in Rathfarnham hatten
ihr Lager in der Nähe der Bloomfield Wäscherei aufgeschlagen
wollten uns unsere Sachen klauen wenn sie es könnten ich habe
meine nur ein paar mal hingeschickt weil sie sich Musterwäscherei nannte und dabei schickten sie mir immer nur alte
Brocken zurück alte Strümpfe der halunkige Kerl mit den feinen Augen der eine Gerte abpellte der müsste im Dunkeln
über mich herfallen und mich dann ohne ein Wort zu sagen
gegen die Wand drücken oder ein Mörder irgendwer tun sogar
die feinen Herren mit Zylinder z B jener K C der hier irgendwo wohnt kam aus der Hardwicke lane an dem Abend als er
uns das Fischessen gab weil er beim Boxmatch gewonnen hatte
natürlich gab er es meinetwegen ich erkannte ihn an seinen
Gamaschen und seinem Gang und als ich mich eine Minute
später umdrehte sah ich dass eine Frau auch raus kam irgendeine Schnöse und dann geht er hinterher zu seiner Frau ich
glaube die Hälfte aller Matrosen sind krank O schieb mal dein

dickes Gestell beiseite um Gottes willen die Winde die die
Seufzer zu dir tragen ja lass ihn nur schlafen und seufzen den
grossen Träumer Don Poldo de la Flora wenn der wüsste wie
er heute morgen in den Karten rauskam er hätte schon Grund
zu seufzen ein dunkler Mann in einiger Verlegenheit zwischen
2 7en ins Gefängnis mag der Himmel wissen weswegen ich
habe jedenfalls keine Ahnung davon und ich soll nun in die
Küche runterrennen und seiner Lordschaft das Frühstück fertig machen während er da eingemummelt liegt wie eine Mumie
ja soll ich hat man mich je rennen sehen möchte mich mal dabei sehen ist man ihnen gegenüber aufmerksam behandeln sie
einen wie Dreck ist mir ganz einerlei was die andern sagen
auf jeden Fall wäre es viel besser für die Welt wenn sie von
Frauen regiert würde man würde es dann nicht erleben dass
Frauen sich gegenseitig töten und abmurksen wann sieht man
mal Frauen besoffen rumtorkeln wie sie oder jeden Pfennig
den sie haben verspielen oder beim Rennen verlieren ja weil
eine Frau bei allem was sie tut rechtzeitig aufhören kann sie
wären ja gar nicht auf der Welt wenn wir nicht wären sie wissen nicht was es heisst Frau und Mutter sein wie könnten sie
auch wo wären sie alle wenn sie keine Mutter hätten die für
sie sorgte und ich hatte nie eine und deshalb so glaube ich läuft
er so bei Nacht rum fern von seinen Büchern und Studien und
wohnt nicht zu Hause weils da immer Krach gibt ja es ist doch
schrecklich dass die die einen so feinen Sohn haben nicht zufrieden sind und ich habe keinen konnte er keinen fertig kriegen meine Schuld war es nicht wir kamen zusammen als ich
die beiden Hunde beobachtete er hinten auf ihr mitten auf der
nackten Strasse das machte mich ganz verzagt ich glaube ich
hätte ihn besser nicht in der kleinen Wolljacke die ich strickte
und wobei ich immer weinte beerdigt hätte sie lieber einem
armen Kinde geben sollen aber ich wusste es ganz genau nie
würde ich noch eins bekommen war auch unser erster Todesfall seitdem ist es zwischen uns anders geworden na ich will
nicht weiter darüber grübeln warum er wohl die Nacht nicht
hier bleiben wollte ich fühlte doch die ganze Zeit über dass er

einen Fremden mitgebracht hatte anstatt in der Stadt rumzulaufen wo er mag der Himmel wissen mit wem zusammentrifft Nachteulen und Taschendiebe seine arme Mutter wäre sicher nicht damit einverstanden wenn sie noch lebte macht sich kaputt fürs ganze Leben ist aber auch so still und ruhig draussen jetzt ich ging gerne abends nach dem Tanze zu Fuss nach Hause die Nachtluft sie haben Freunde mit denen sie sprechen können wir haben keine er verlangt was er nicht kriegt oder ein Weib rennt einem ein Messer in den Leib ich hasse das bei den Frauen da kann man sich dann nicht wundern dass sie uns so behandeln wir sind doch grässliche Biester ich glaube alle Sorgen machen uns so ich bin aber nicht so er hätte doch ganz gut auf dem Sofa im andern Zimmer schlafen können ich glaube er war schüchtern wie ein Knabe ist ja auch noch so jung kaum 20 weil ich im Zimmer nebenan war hätte mich auf dem Topf hören können und was ist dabei Dädalus klingt so wie die Namen in Gibraltar Delapaz Delagrazia hatten da unten verdammt seltsame Namen Pater Vial plana de Santa Maria der mir den Rosenkranz schenkte Rosales y O'Reilly in der Calle las Siete Revueltas und Pisimbo und Frau Opisso in der Governor street O was für eine Name ich spräng in den ersten besten Fluss wenn ich einen Namen hätte wie sie ach du lieber Gott und all die kleinen Strassen Paradise ramp und Bellam ramp und Rodgers ramp und Crutchetts ramp und die devils gap steps ich kann nichts dazu wenn ich so toll bin ich weiss ganz gut dass ich das ein bisschen bin ich sag ganz offen ich fühle mich keinen Tag älter als damals ob ich wohl noch Spanisch kann ohne mir die Zunge dabei zu zerbrechen como esta usted muy bien gracias y usted sieh da ganz hab ichs doch noch nicht vergessen wie ich dachte nur die Grammatik ein Substantiv ist die Bezeichnung für Person Platz oder Ding schade dass ich nie versuchte den Roman zu lesen den mir die gallige Frau Rubio lieh von Valera mit den Fragen drin drunter und drüber ich wusste dass wir doch mal wegzögen ich kann ihm das Spanische und er mir das Italienische beibringen dann wird er schon sehen dass ich nicht so dumm bin schade dass er nicht blieb ich glaube bestimmt dass der arme Kerl todmüde war und Schlaf sehr nötig hatte ich hätte ihm das Frühstück ans Bett bringen können mit ein paar Toasts nur nicht am Messer weil das Unglück bringt oder wenn die Frau mit der Wasserkresse vorbeigekommen wäre oder etwas Nettes und Leckeres in der Küche sind noch ein paar Oliven die möchte er vielleicht konnte sie nie sehen in Abrines könnte die criada kriegen das Zimmer sieht ganz nett aus seit ich es umgestellt habe immer sagte mir etwas müsste mich selbst vorstellen kennen uns ja nicht von Adam her wäre doch sehr lustig ich bin seine Frau oder wir tun so als wären wir in Spanien er ist halb wach und hat keine Ahnung wo er ist dos huevos estrellados señor lieber Gott die blödsinnigsten Dinge kommen mir oft in den Sinn es wäre wirklich nett wenn er bei uns bliebe warum nicht das Zimmer oben ist leer und Millys Bett in dem Hinterzimmer könnte da an dem Tisch schreiben und studieren für all sein Geschreibsel und wenn er morgens im Bette gerne liest wie ich da er das Frühstück für 1 macht kann er es auch für 2 ich nehme ganz sicher seinetwegen nicht so mir nichts dir nichts Leute von der Strasse ins Haus wenn er so ne grosse Kiste mietet ich möchte mich gern mal lange mit einem klugen wohlerzogenen Menschen unterhalten muss aber ein Paar neue rote Pantoffeln haben wie sie die Türken mit dem Fes verkauften oder gelbe und ein nettes halbdurchscheinendes Morgenkleid das habe ich auch sehr nötig oder eine pfirsichblütenfarbene Matinee wie die damals ist schon lange her bei Walpole nur 8/6 oder 18/6 ich will ihm noch eine Gelegenheit geben ich will früh aufstehen kann es auf alle Fälle in Cohens altem Bett nicht mehr aushalten könnte mal über den Markt gehen und mir das Gemüse besehen und den Kaps und die Tomaten und die Karotten und all die vielen herrlichen Früchte die so nett und frisch reinkommen wer weiss welchem Mann ich zuerst auf der Strasse begegne morgens sind sie schon danach auf der Suche hat mir Mamy Dillon erzählt und des Abends auch das war ihr Kirchenbesuch hätte jetzt gerne eine grosse saftige Birne die im

Munde so zergeht wie damals als ich in Umständen war und
seine Eier und seinen Tee in der Schnurrbarttasse die sie ihm
schenkte die schmeiss ich ihm so hin sein Mund wird nur grösser
dadurch ich glaube er möchte meinen netten Crème auch
gerne ich weiss schon was ich tue ich gehe fröhlich umher nicht
zu sehr singe dann und wann ein bisschen mi fa pieta Masetto
dann ziehe ich mich schnell an und gehe aus presto non son piu
forte ziehe mein bestes Hemd und die beste Hose an und lasse
mich mal eben von ihm sehen dass er einen ordentlichen Ständer
kriegt und gebe ihm zu verstehen ob es das ist was er mal
möchte dass seine Frau gefickt worden ist ja und zwar gründlich
gefickt nicht von ihm 5 oder 6 mal hintereinander da ist
ja auch der Fleck seines Samens auf dem reinen Bettuch ist mir
ganz egal ausbügeln tu ichs nicht das sollte ihn doch überzeugen
wenn du mir nicht glaubst befühle ich meinen Bauch oder
ich lass ihn sich da hinstellen und stecke ihn mir rein am liebsten
erzählte ich ihm alles haarklein und liesse es ihn vor mir
tun alles ganz recht ist seine eigene Schuld wenn ich Ehebrecherin
bin wie der Kerl auf der Galerie sagte O und was ist
denn dabei wenn wir weiter nichts Böses in diesem Tal der
Tränen tun Gott weiss dass es nicht viel ist tut das nicht jeder
verbergen es bloss ich glaube dafür ist die Frau nur da sonst
hätte Er uns ja nicht so anziehend für die Männer gemacht
und wenn er mich auf den Hintern küssen will dann reisse ich
die Hose auf und springe ihm damit in Lebensgrösse ins Gesicht
kann mir die Zunge 7 Meilen tief ins Loch stecken mein
anderswo und dann sage ich ihm ich brauchte £ 1 oder vielleicht
30/ ich will ihm sagen dass ich Unterkleider kaufen
muss und wenn er mir das dann gibt nun dann ist er nicht so
schlecht ich brauche es ihm nicht alles abzuluchsen wie andere
Frauen ich hätte mir oft einen Scheck über ein paar Pfund ausschreiben
und seine Unterschrift drunter setzen können ein
paarmal vergass er es einzuschliessen ausserdem will er es
nicht ausgeben er kanns ruhig von hinten tun wenn er mir nur
nicht die gute Hose dabei versaut O ich glaube da ist nichts
anders zu machen ich will die Gleichgültige spielen 1 oder 2

Fragen weiss schon durch die Antworten wenn er so ist kann nichts für sich behalten ich kenne jede Ecke in ihm ich will den Hintern ordentlich zusammenkneifen und sage dann ein paar zotige Worte Arschkriecher oder Scheissenlecker oder den ersten besten Blödsinn der mir gerade einfällt und dann fange ich an ja mein Liebling jetzt bin ich an der Reihe ich will dabei ganz freundlich und lustig sein O aber ich vergass ja dass ich diese verdammte blutige Schweinerei habe pfui Teufel weiss wirklich nicht ob man lachen oder weinen soll wir sind wie so ein Gemisch von Pflaumen und Äpfeln nein ich muss die alten Brocken wieder anziehen um so besser ist noch deutlicher er wird nie wissen ob er es tat oder nicht so das ist gut genug für dich irgendein alter Lappen dann wische ich ihn ab wie ein Geschäft sein Ausbleiben dann gehe ich aus und er guckt an die Decke wo ist sie jetzt hin soll mich haben wollen das ist die einzige Art ein Viertel nach was eine unirdische Stunde ich glaube dass sie in diesem Augenblick in China aufstehen sich die Schweinsschwänze für den Tag kämmen und bald läuten die Schwestern den Angelus keiner stört ihren Schlaf ausgenommen ein oder zwei Priester wegen der Nachtmesse der Wecker nebenan mit dem Hahnenschrei dem schnappt gleich die Stimme über will mal probieren ob ich wieder einduseln kann 1 2 3 4 5 was sind das noch für Blumen die man erfunden hat wie Sterne die Tapete in der Lombard street war viel schöner die Schürze die er mir schenkte war fast so hab sie nur zweimal getragen will doch lieber die Lampe runterschrauben und es noch mal versuchen damit ich früh aufstehen kann ich will zu Lambe neben Findlater gehen sollen uns ein paar Blumen schicken will ich aufstellen für den Fall dass er ihn morgen mitbringt meine ja heute nein nein Freitag ist ein Unglückstag muss auch erst etwas aufräumen der Staub wächst ordentlich während ich schlafe und dann musizieren wir ein bisschen und rauchen Zigaretten ich kann ihn begleiten erst muss ich aber die Tasten des Klaviers mit Milch säubern was soll ich anziehen soll ich eine weisse Rose tragen oder die leckeren Kuchen von Lipton mag den Geruch in som reichen

Laden gern 7½ d das Pfund oder die andern mit den Kirschen drin und dem rosa Zucker 11 d zwei Pfund natürlich eine nette Pflanze mitten auf dem Tisch kriege ich aber viel billiger bei warte mal wo hab ich sie doch kürzlich noch gesehen ich liebe Blumen ich möchte die ganze Wohnung schwämme in Rosen Gott im Himmel nichts ist so schön wie die Natur die wilden Gebirge dann das Meer und die jagenden Wogen dann das schöne Land mit den Hafer- und Weizenfeldern und all den vielen Dingen und all dem herrlichen Vieh das darüber geht täte dem Herzen gut sähe man Flüsse und Seen und Blumen allerlei Formen und Düfte und Farben springen auf selbst aus den Gräbern Schlüsselblumen und Veilchen das ist Natur ich pfeife auf all die Weisheit derer die sagen es gibt keinen Gott oft fragte ich ihn warum schaffen die denn nicht mal was die Atheisten oder wie sie heissen sollen sich erst mal den Dreck abwaschen und dann schreien sie nach dem Priester wenn sie sterben und warum weil sie Angst vor der Hölle haben wegen ihres schlechten Gewissens ja ich kenne sie gut wer war die erste Person in der Welt ehe jemand da war der dies alles schuf wer das wissen sie ebensowenig wie ich da stehen sie nun sie könnten ebenso gut versuchen die Sonne morgen am Aufgehen zu hindern die Sonne scheint für dich sagte er an dem Tage als wir zwischen den Alpenrosen oben auf dem Howth lagen er trug den grauen Tweedanzug und dazu einen Strohhut an diesem Tage brachte ich ihn so weit mir einen Antrag zu machen zuerst gab ich ihm den Bissen Streukuchen aus meinem Munde und es war damals ein Schaltjahr wie jetzt ja vor 16 Jahren war es lieber Gott nach dem langen Kuss ging mir fast der Atem aus ja er sagte ich wäre eine Blume der Berge ja wir alle sind Blumen der Leib eines Weibes ja da sagte er einmal in seinem Leben die Wahrheit und für dich scheint heute die Sonne ja und ich mochte ihn weil ich sah dass er verstand und fühlte was ein Weib ist und ich wusste dass ich ihn immer um den Finger wickeln könnte und so gab ich ihm alle Freude die ich konnte und brachte ihn so weit dass er mich bat ja zu sagen und zuerst wollte ich nicht antworten sah hinaus auf das Meer und in den Himmel ich dachte an so vieles von dem er nichts wusste an Mulvey und Stanhope an Hester und Vater und den alten Captain Groves und an die Seeleute die all birds fly und I say stoop und washing up dishes spielten wie sie es am Pier nannten und an die Posten vor dem Hause des Gouverneurs mit dem Ding um den weissen Helm der arme Kerl war halb gebraten und an die lachenden spanischen Mädchen in ihren Shawls und mit ihren grossen Kämmen an die Verkäufe am Morgen an die Griechen und die Juden und die Araber und der Teufel mag wissen an wen sonst noch von allen Enden Europas und Duke street an gakkerndes Hühnervolk draussen vor Larby Sharons Laden und die armen Esel die halb schlafend einherschlichen und die vagen Kerle in den Mänteln die im Schatten auf den Stufen schliefen und die grossen Räder der Ochsenkarren und das alte Tausende von Jahren alte Schloss ja und auch an die schönen ganz in Weiss gekleideten Mauren mit Turbanen wie Könige und sie baten einen ein wenig in ihrem bisschen Laden Platz zu nehmen und an Ronda mit den alten Fenstern der posadas an glühende Augen hinter Gittern dass der Geliebte das Eisen küsst und die nachts halboffenen Weinläden und die Kastagnetten und an die Nacht als wir in Algeciras das Schiff verfehlten und den Wächter der heiter mit seiner Lampe einherging und O den schrecklichen tiefliegenden reissenden Strom O und an das Meer das Meer das oft feuerrot ist und die herrlichen Sonnenuntergänge und die Feigenbäume in den Alameda Gärten ja und all die seltsamen Gassen und rosa roten blauen und gelben Häuser und die Rosengärten an Jasmin und Geranien an Kakteen und Gibraltar als ich noch Mädchen war wo ich eine Blume der Berge war ja als ich die Rose mir ins Haar steckte wie die andalusischen Mädchen es immer taten oder soll ich eine rote tragen ja und wie er mich unter der maurischen Mauer küsste und da dachte ich er so gut wie ein anderer und dann bat ich ihn mit den Augen mich noch einmal zu fragen ja und dann bat er mich ob ich wollte ja ja zu sagen meine Gebirgsblume und dann umschlangen ihn meine Arme ja ich zog ihn herab zu mir dass er meine duftenden Brüste fühlte ja und ganz wild schlug ihm das Herz und ja ich sagte ja ich will Ja.

Triest-Zürich-Paris, 1914–1921

Das letzte Kapitel

Übersetzt von Hans Wollschläger

(Zuerst erschienen 1975 im Rahmen der Frankfurter Ausgabe
der Werke von James Joyce)

JA weil er sowas doch noch nie gemacht hat bis jetzt daß er sein Frühstück ans Bett haben will mit zwei Eiern seit dem *City Arms* Hotel wo er immer so tat wie wenn er wegen seiner kranken Stimme das Bett hüten müßte und den feinen Lackaffen spielte alles bloß um sich bei der alten Ziege interessant zu machen Mrs Riordan von der er dachte er hätte einen dicken Stein im Brett bei ihr und dabei hat sie uns keinen roten Heller hinterlassen alles für Messen weg für sie selber und ihre blöde Seele also sowas von Geizkragen das gibts nicht nochmal wieder wie die sich gesträubt hat die lumpigen 4d für ihren Brennspiritus rauszurücken und dann all ihre Wehwehchen die sie hatte und das ganze Gequatsche über Politik und Erdbeben und das Ende der Welt also erstmal wolln wir uns doch noch ein bißchen amüsieren guter Gott wenn alle Frauen derart rot sähen bei Badeanzügen und ausgeschnittenen Kleidern von ihr hat ja schließlich keiner verlangt daß sie sowas trägt ich nehme an sie war fromm weil die garantiert kein Mann ein zweitesmal anguckt hoffentlich werde ich nie so wie die glatt ein Wunder daß sie von uns nicht auch noch verlangt hat daß wir uns die Gesichter bedecken aber dafür war sie ja bestimmt gebildet und ihr ewiger Schnickschnack mit Mr Riordan hier und Mr Riordan da also ich weiß nicht wenn der nicht heilfroh war wie er abhauen konnte von ihr und ihr Hund der andauernd an meinem Pelz am schnüffeln war und mir ewig unter die Röcke wollte besonders wenn ich meine naja aber trotzdem irgendwie mag ich das an ihm wie er so höflich ist zu alten Frauen und zu Kellnern und Bettlern auch stolz ist er eigentlich gar nicht so einfach aus nichts aber auch nicht immer also wenn er ja mal was richtig ernstes kriegte das ist der Haken bei ihm dabei ist es viel besser wenn sie sich ins Krankenhaus legen wo alles sauber ist aber um ihn so weit zu kriegen müßt ich ihm das wahrscheinlich einen geschlagenen Monat lang einhämmern ja und dann käme als nächstes die Bescherung mit der Krankenschwester und er wäre nicht wieder wegzukriegen da bis sie ihn rausschmeißen täten oder vielleicht auch eine Nonne wie auf der dreckigen Photographie die er hat also wenn die eine Nonne ist dann bin ich keine ja wo sie sich doch derart anstellen wenn sie mal krank sind immer wollen sie eine Frau sonst werden sie einfach nicht wieder gesund zum Beispiel wenn er mal Nasenbluten hat könnte man glatt denken die Welt geht unter und die Jammermiene an der South Circular wie er sich den Fuß verstaucht hatte auf dem Chorausflug zum Sugarloaf Mountain an dem Tag wo ich das Kleid anhatte Miss Stack brachte ihm Blumen die schlechtesten und ältesten die sie bloß auftreiben konnte die würde werweißwas anstellen um bei einem Mann ins Schlafzimmer zu kommen die mit ihrer Altjungfernstimme und dann auch noch die Einbildung er stirbt wegen ihr soll ich denn nimmer dein Gesicht erblicken obwohl er ja eigentlich mehr aussah wie ein Mann der sich den Bart ein bißchen wachsen läßt im Bett das war bei Vater ganz genauso und außerdem find ich das bandagieren und medizingeben einfach zum davonlaufen wie er sich damals die Zehe geschnitten hatte mit dem Rasiermesser beim Hühneraugenschälen eine Heidenangst daß er Blutvergiftung kriegt aber wenn mal was wäre daß ich selber krank bin da könnte man sehn was seine ganze Aufmerksamkeit bloß daß die Frau sich ja immer zusammenreißt und kein derartiges Gedöhns macht wie die immer ja irgendwo ist er natürlich gewesen klarer Fall bei dem Appetit aber jedenfalls Liebe ists nicht sonst hätt er nichts anderes im Kopf als an sie denken also wars entweder eine von diesen Nachtweibern wenn es wirklich da unten war wo er war und die Hotelgeschichte die er da erzählt hat war ein dicker Packen Lügen bloß um das zu vertuschen warte mal Hynes hat mich aufgehalten und wer ist mir denn sonst noch über den Weg gelaufen ah ja ich traf noch entsinnst du dich Menton und dann warte mal dieses dicke Babygesicht hab ich gesehen und er obwohl er noch gar nicht lange verheiratet war mit einem jungen Mädchen am

flirten bei Pooles Myriorama und ich hab ihm den Rücken
gekehrt wie er Leine zog mit ganz schuldbewußter Miene so
was blödes was solls aber er hatte doch die Schamlosigkeit mir
selber mal nachzustellen ist ihm ganz recht geschehn so eine
große Klappe und dann seine Glubschaugen also von allen
Blödmännern die mir je begegnet sind ist der doch und sowas
schimpft sich Rechtsanwalt bloß wegen also ich mag das nicht
sich im Bett streiten oder wenns das nicht ist dann irgend so
ein billiges Hürchen mit dem er sich eingelassen hat oder sich
irgendwo heimlich aufgegabelt wenn die ihn bloß so gut kennen täten wie ich ja weil vorgestern da war er doch irgendwas
am kritzeln einen Brief wie ich ins Vorderzimmer kam wegen
den Streichhölzern um ihm Dignams Tod zu zeigen in der
Zeitung also glatt wie wenn ich was geahnt hätte und er deckte
gleich das Löschblatt drauf und tat so wie wenn er über Ge-
schäftssachen am nachdenken wäre also todsicher war das an
irgend so eine die sich einbildet da hat sie einen richtigen Dep-
pen gefunden weil ja doch alle Männer ein bißchen so werden
in seinem Alter besonders wenn sie auf die vierzig zugehen
was er ja jetzt schon ist den sie so richtig melken kann es ist
doch kein Narr so dämlich wie ein alter Narr und dann der
übliche Kuß auf meinen Hintern war auch bloß zur Tarnung
also mir ist das doch schnurzegal mit wem er was hat oder
vorher amgange war obwohl ichs ja ganz gerne rauskriegen
würde solange wie ich die beiden nicht die ganze Zeit direkt
unter der Nase habe wie bei dieser Schlampe damals der Mary
die wir in der Ontario Terrace hatten die sich immer den
Hintern ausstopfte um ihn zu reizen schlimm genug den Geruch von diesen angemalten Weibern von ihm runterzukriegen so einmal oder zweimal hatt ich ja direkt einen Verdacht
wo ich ihm dann gesagt hab er soll doch mal näher rankom-
men an mich wie ich das lange Haar fand auf seinem Rock
und dann schon sowieso wie ich in die Küche kam und er so
tat wie wenn er Wasser trinkt eine Frau allein bloß ist ihnen
nicht genug es war alles seine Schuld natürlich erst die Dienstmädchen verderben und dann mit dem Vorschlag ankommen

sie könnte doch mit an unserm Tisch essen zu Weihnachten wenn du nichts dagegen hast also nein vielen Dank nicht in meinem Hause stiehlt mir die Kartoffeln und die Austern weg 2/6 das Dutz und haut dann ab ihre Tante besuchen wenn du nichts dagegen hast glatter Diebstahl war das aber es war ja ganz klar daß er was hatte mit der sowas krieg ich raus da gibts nichts und was er nicht alles am reden war vonwegen du hast überhaupt keinen Beweis daß sie es war keinen Beweis mein lieber Mann ihre Tante war ganz versessen auf Austern wenn das kein aber ich hab ihr auch gesagt was ich von ihr denke dieses hinterfotzige Getue von ihm ich soll doch ruhig mal mehr spazieren gehen bloß damit er mit ihr allein sein konnte also nie würd ich mich ja so weit erniedrigen daß ich denen nachspioniere aber die Strumpfbänder die ich dann in ihrem Zimmer gefunden habe an dem Freitag wo sie Ausgang hatte das war mir genug das war ein bißchen zuviel für mich und ich hab ja auch gesehn wie sie knallrot wurde vor Wut innerlich wie ich ihr auf die Woche gekündigt habe am besten überhaupt man macht alles alleine und ohne sie mit den Zimmern werd ich selber viel schneller fertig wenn bloß nicht das verdammte Kochen wäre und den ganzen Dreck wegmachen ihm hab ich ja jedenfalls gehörig die Meinung gesteckt entweder sie verläßt das Haus oder ich nichtmal anfassen konnt ich ihn ja mehr wenn ich mir dachte er ist mit so einer dreckigen schamlosen Lügnerin und Schlampe wie der die mir doch glatt ins Gesicht hinein alles abstritt und dabei in der ganzen Wohnung dauernd am trällern und singen sogar noch auf dem Klo weil sie genau wußte viel kann ihr ja nicht passieren ja weil ers so lange ja doch nicht aushalten könnte muß ers eben irgendwo machen und das letztemal wie er mir an den Hintern kam wann war das doch an dem Abend wo Boylan mir so ganz toll die Hand gedrückt hat wie wir an der Tolka langgingen was stiehlt sich da in meine Hand ich hab ihm den Rücken von seiner gedrückt mit dem Daumen bloß um zu erwidern und dabei der junge Maiaienmond er schimmert mein Lieb gesungen weil ihm ja doch irgendwas dämmert vonwegen ihm und mir so ein Dummkopf ist er ja nun auch wieder nicht er sagte ich geh auswärts essen und dann noch ins Gaiety obwohl also das fällt mir jedenfalls im Traum nicht ein daß ich ihm die Genugtuung gebe weiß Gott in gewisser Hinsicht ist er eben mal eine Abwechslung daß man nicht immer und ewig denselben alten Hut tragen muß wenn ich mir nicht einen schicken Jungen kaufe daß ers mir macht wo ichs ja selber nicht hinkriege so ein junger Boy der würde mich schon mögen ich würd ihn ein bißchen aus der Fassung bringen alleine mit ihm und wenn wir das wären würd ich ihn meine Strumpfbänder sehen lassen die neuen und ihn so ansehn daß er rot wird und ihn verführen ich weiß doch was in so Jungens vorgeht wenn sie den ersten Flaum auf der Backe haben machen dauernd an sich selber rum stundenlang können sies hinziehen Frage und Antwort würdest du dies das und jenes mit dem Kohlenmann ja mit einem Bischof ja würd ich ohne weiteres machen weil ich hab ihm das doch auch erzählt wie irgend so ein Dekan oder Bischof neben mir gesessen hat im jüdischen Tempelgarten wie ich dies wollene Ding am stricken war fremd in Dublin was das da wäre und so weiter die ganzen Monumente und hat mir den Nerv getötet mit seinen Statuen sowas bringt ihn auf die Palme sowas macht ihn schlimmer als er ist an wen denkst du grade komm sag schon wer geht dir im Kopf rum wer ist es sag mir den Namen wer sags schon wer na schön der deutsche Kaiser ja stell dir vor ich bin er ich denk an ihn also da kann mans richtig spüren daß er versucht eine Hure aus mir zu machen was er aber nie im Leben schafft er sollte allmählich Schluß machen damit jetzt in seinem Alter es macht einen einfach kaputt jede Frau und Befriedigung ist auch keine mehr drin wenn man auch so tut wie wenn mans mag bis er kommt und dann selber zu Ende bringt irgendwie und man kriegt bleiche Lippen davon jedenfalls ist das jetzt ein für allemal vorbei egal was die Leute so alles quatschen darüber das ist bloß beim erstenmal so dann später ists bloß noch immer dieselbe alte Gewohnheitsleier und man denkt sich gar nichts mehr dabei wieso kann man eigentlich einen Mann nicht küssen ohne gleich erst mit ihm aufs Standesamt man liebt eben manchmal zu wild wenn man spürt wie einem das so richtig schön durch den ganzen Körper geht da kann man gar nicht anders ich wollte irgendein Mann egal wer nähme mich manchmal einfach wenn er da ist und küßte mich in seinen Armen es geht doch nichts über so einen Kuß lang und heiß geht einem runter bis in die Seele ja lähmt einen fast und dann kann ich diese ganze Beichterei auf den Tod nicht ausstehen wie ich immer zu Pater Corrigan gegangen bin er hat mich angefaßt Pater na wenn schon was ist denn dabei und er gleich wo und ich wie ein richtiges Doofchen als Antwort am Kanalufer aber ich meine doch wo an deinem Körper mein Kind am Bein hinten oben ja ziemlich hoch oben wars dort wo du sitzt etwa ja o mein Gott konnt er nicht einfach Hintern sagen und fertig was hat denn das damit zu tun und hast du etwa auch also wie er sich das abgequetscht hat mit was für Worten hab ich jetzt vergessen nein Pater und dabei denk ich die ganze Zeit an den richtigen Vater was braucht er das eigentlich noch wissen wenn ichs schon Gott gebeichtet hab er hatte eine hübsche fette Hand wo die Innenfläche immer feucht war ich hätt an sich gar nichts dagegen gehabt die mal zu fühlen und er bestimmt auch nicht das konnt ich an dem Stiernacken sehen in seinem Geschirr also das möcht ich doch gerne wissen ob er mich eigentlich erkannt das heißt ob er wußte wer ich war in dem Beichtstuhl ich konnte sein Gesicht ja sehen aber er meins nicht und natürlich hat er sich nie umgedreht oder sich was merken lassen aber seine Augen waren ganz rot wie sein Vater starb für eine Frau sind die natürlich verloren muß was schreckliches sein wenn ein Mann heult ach die sind doch alle also das möcht ich doch eigentlich ganz gerne mal umarmt werden von einem wenn er seine Meßgewänder anhat und der Weihrauchduft an ihm wie der Papst und außerdem ist ja gar keine Gefahr dabei mit einem Priester wenn man verheiratet ist dazu nimmt er sich viel zu sehr in acht gibt dann bloß irgendwas an SH den Papst ab als Buße also das möcht ich doch wissen ob

er richtig befriedigt war bei mir bloß eins konnt ich ja nicht
ausstehn wenn er mir immer im Flur so vertraulich hintendrauf klatschte beim weggehn obwohl ich ja gelacht hab also
ich bin doch kein Pferd oder Esel bin ich doch nicht wahrscheinlich ja hat er an seinen Vater gedacht das möcht ich ja
doch auch wissen ob er an mich denkt wenn er aufwacht oder
wenn er am träumen ist ob ich da mit drin bin wer ihm wohl
die Blume geschenkt hat wo er sagte er hat sie gekauft er roch
auch irgendwie nach daß er was getrunken hat aber nicht
Whisky oder Stout vielleicht dieser süße Kleister wo sie ihre
Plakate mit ankleben irgendwas wie Likör also da hätt ich
auch mal wieder Lust drauf diese tollen teuren Getränke zu
süffeln die so richtig saftig schillern grün und gelb wie die
Kavaliere vom Bühneneingang sie immer in petto haben mit
ihren Klappzylindern ich hab doch mal einen gekostet mit
dem Finger aus diesem Amerikaner seinem Glas der die Nutte
dabei hatte und mit Vater über Briefmarken am fachsimpeln
war also der konnte doch kaum noch die Augen offenhalten
nach dem letztenmal wie wir den Port und das Konservenfleisch zum Essen hatten delikat salzig schmeckte das ja weil
ich mich selber ganz himmlisch fühlte und müde und ich hab
dann auch geschlafen wie ein Murmeltier sobald wie ich ins
Bett gehüpft bin bis der Donner mich geweckt hat also ein
Krach war das wie wenn die ganze Welt einstürzen täte Gott
sei uns gnädig ich dachte doch glatt der ganze Himmel kommt
auf uns runter um uns zu bestrafen und hab mich bekreuzigt
und ein Ave Maria gesagt wie diese schrecklichen Gewitterblitze in Gibraltar und da kommen sie und wollen einem
erzählen es gibt keinen Gott was kann man denn noch machen
wenn alles um einen herum zusammenkracht doch überhaupt
nichts bloß daß man bittere Reue empfindet wie die Kerze
zum Beispiel die ich an dem Abend in der Kapelle in der
Whitefriars Street für die Maifeier angezündet hab die hat
uns ja auch Glück gebracht obwohl er drüber spotten würde
wenn er sowas hörte weil er ja nie zur Kirchenmesse geht oder
zur Gemeindeversammlung er sagt deine Seele du hast gar kei-

ne Seele in dir drinnen bloß graue Zellen weil er nämlich überhaupt keine Ahnung hat wie das ist wenn man eine hat ja wie ich die Lampe angezündet hab ja weil er doch glatt seine 3 oder 4mal gekommen sein muß mit diesem gräßlich großen roten Vieh von einem Ding was er hat ich dachte doch glatt ihm platzt die Ader oder wie zum Teufel sie das nennen obwohl seine Nase an sich gar nicht so groß ist nachdem daß ich meine ganzen Sachen ausgezogen hatte bei runtergelassenen Jalousien und das nach dem stundenlangen Anziehn und Parfümieren und Kämmen also wie aus Eisen oder wie eine dicke Brechstange stand ihm die ganze Zeit er muß Austern gegessen haben glaub ich ein paar Dutzend er war ganz groß bei Stimme nein so einen hab ich mein Lebtag noch nicht gefühlt einen von dem Format daß man das Gefühl hatte er füllt einen total aus er muß ein ganzes Schaf verschlungen haben hinterher also was das wieder für ein Einfall war uns so zu erschaffen mit einem großen Loch in der Mitte wie die Zuchthengste rammen sies einem rein weil das ist ja überhaupt alles was sie von einem wollen und dazu diesen entschlossenen bösen Blick in seinem Auge ich mußte die Augen halb zumachen trotzdem so fürchterlich viel Saft hat er auch wieder nicht auf der Pfanne wie ich ihn zurückziehn ließ und auf mir zuende machen wenn man bedenkt wie groß das Ding ist aber um so besser falls irgendwas davon nicht richtig rausgewaschen war das letztemal wie ich ihn in mir zuende machen ließ überhaupt eine nette Erfindung die sie da gemacht haben für Frauen nur damit er das ganze Vergnügen hat aber wenn sie davon mal selber ein bißchen was zu spüren bekämen dann wüßten sie was ich durchgemacht hab mit Milly das würde so leicht keiner glauben wie die Zähnchen bei ihr kamen und Mina Purefoy ihr Mann der sie schwipp macht das Wippchen jedes Jahr wieder mit einem Kind oder mit Zwillingen versorgt so regelmäßig wie nach der Uhr andauernd hat die Kindergeruch an sich besonders das eine das sie Krusselköppchen nannten oder so ähnlich wie ein kleiner Nigger mit seinem Haarwuschel Jesusjegerl das Kind is a Negerl letztesmal wie ich da war da fiel die ganze Horde übereinander her und einen Krach haben die gemacht daß man sein eigenes Wort nicht mehr verstehn konnte soll ja angeblich gesund sein nicht eher zufrieden als bis sie uns dick gemacht haben wie Elefanten oder ich weiß nicht was mal angenommen ich riskier daß ich noch eins kriege nicht von ihm aber obwohl wenn er verheiratet wäre dann hätte er ja bestimmt ein schönes starkes Kind aber ich weiß nicht Poldy hat doch mehr Saft in sich ja also das wäre natürlich die Wucht wahrscheinlich liegt es daran daß er Josie Powell getroffen hat und die Beerdigung und daß er über mich und Boylan nachgedacht hat das hat ihn ganz schön in Fahrt gebracht also von mir aus kann er denken was er will jetzt wenn er was davon hat ich weiß doch genau daß die grad bißchen am techteln waren wie ich auf der Bildfläche erschienen bin er hat doch dauernd mit ihr getanzt und draußen gesessen an dem Abend von Georgina Simpson ihrem Einzugsschmaus und dann wollte er mir doch partout noch einreden er hätte bloß nicht mit ansehn können daß sie Mauerblümchen war das war auch der Grund daß wir uns dann nach Takt und Noten über Politik in die Haare geraten sind damit hat nämlich er angefangen nicht ich wie er das sagte wegen unserm Herrn Jesus daß der Tischler gewesen wäre am Schluß hatt er mich glatt so weit daß ich am heulen war natürlich Frauen sind ja so empfindlich in all den Sachen hinterher war ich stinkwütend auf mich selber daß ich nachgegeben hatte bloß weil ich wußte er war verknallt in mich und Er sagte er war der erste Sozialist also damit hat er mich derart geärgert daß mir einfach die Spucke wegblieb trotzdem er weiß ja eine Menge von lauter so Sachen besonders über den Körper und das Innere ich wollte das selber schon oft mal studieren was wir so alles in uns haben in dem ärztlichen Ratgeber für die Familie ich konnt ihn dauernd reden hörn seine Stimme wie das Zimmer gerappelt voll war und beobachten hinterher ich hab dann so getan wie wenn ich mit ihr überkreuz wäre wegen ihm weil er doch immer auf die eifersüchtige Tour kam etwa wenn er fragte wo gehst du hin und ich sagte zu Floey und da hat er mir dann Lord Byrons Gedichte geschenkt und die drei Paar Handschuhe und damit war das erledigt ich könnte ihn ja ganz leicht dazu bringen daß er sich wieder verträgt jederzeit ich weiß wie ich das anfangen würde sogar mal angenommen er ließe sich wieder mit ihr ein und verschwände gelegentlich um sich mit ihr zu treffen irgendwo das würd ich aber ja sofort merken wenn er plötzlich keine Zwiebeln essen wollte ich weiß eine Menge Tricks da zum Beispiel ihn fragen ob er mir nicht den Blusenkragen glattziehen will oder ihn mit dem Schleier streifen und mit den Handschuhen beim ausgehen 1 Kuß dann würde ihm gleich der Kopf schwirren obwohl na schön das werden wir dann ja sehen soll er doch ruhig hingehen zu ihr sie wäre natürlich hochentzückt darüber und würde so tun wie wenn sie unsterblich verliebt wäre in ihn das würde mir auch gar nicht so viel ausmachen ich ginge einfach zu ihr hin und fragte sie liebst du ihn und sähe ihr dabei direkt in die Augen also mir könnte sie nichts vormachen aber er könnte sich vielleicht einbilden er wär es tatsächlich und ihr eine Liebeserklärung machen auf seine plapprige Tour wie er mir gemacht hat obwohl ich mich ja mordsmäßig anstrengen mußte bis ich die aus ihm raus hatte obwohl ich ihn grad deswegen mochte daran sah man ja daß er sich beherrschen konnte und nicht so leicht rumzukriegen war zu einem Antrag obwohl so kurz davor daß er mich fragte war er ja auch schon an dem Abend in der Küche wie ich die Kartoffelpfannkuchen am ausrollen war übrigens was ich Sie noch fragen wollte bloß daß ich ihm da quergeschossen hab und so getan als hätt ich schlechte Laune wo ich doch die ganzen Arme und Hände voll Teig hatte und Mehl jedenfalls war mir auch zuviel rausgerutscht an dem Abend vorher so mit Träume erzählen und deshalb wollt ich nicht daß er mehr weiß als wie gut für ihn ist sie hatte sich das richtig angewöhnt mich immer zu umarmen Josie wenn er da war und meinte natürlich ihn wenn sie an mir rummachte und wie ich gesagt hab ich wasche mich von oben bis unten so weit wie möglich da fragte sie mich wächst du dir auch deine also die Weiber müssen doch dauernd mit sowas reizen und noch derart dick aufgetragen wenn er dabei ist die wissen gleich bescheid wenn er das schlaue Blinzeln im Auge hat und dabei den Gleichgültigen spielt wenn sie mit irgendwas kommen in der Art was ihn fertig macht wundert mich auch nicht im geringsten weil er ja sehr hübsch war wirklich damals wo er versucht hat wie Lord Byron auszusehn ich hab gesagt ich mag das obwohl er fast zu schön war für einen Mann und ein bißchen sah er auch so aus bevor wir uns dann verlobt haben später obwohl ihr das ganz und gar nicht paßte an dem Tag damals wie ich von einem Lachkrampf in den andern fiel ich konnte einfach nicht aufhörn mit kichern wegen daß mir die ganzen Haarnadeln eine nach der andern rausgefallen sind bei der Masse Haar die ich hatte du bist ja jetzt immer blendend bei Laune sagte sie ja weil es sie wurmte weil sie genau wußte was es bedeutete weil ich ihr immer häppchenweise erzählt hab was so vorging zwischen uns nicht alles aber grad genug um ihr den Mund wässrig zu machen aber das war nicht meine Schuld sie ließ sich nicht mehr oft blicken wie wir dann verheiratet waren also das möcht ich wohl wissen wie sie jetzt so geworden ist nach dem Leben mit diesem Schwachkopf von Ehemann ihr Gesicht fing schon an ganz erschöpft und verhetzt auszusehn das letztemal wie ich sie sah da hatte sie sicher grad einen Krach mit ihm hinter sich weil ich das ja sofort gemerkt hab daß sie mich in ein Gespräch über Ehemänner verwickeln wollte und über ihn reden um ihn schlechtzumachen was war das doch was sie mir da erzählt hat ah ja daß er manchmal immer ins Bett geht mit seinen dreckigen Schuhen an wenn er seinen Rappel kriegt also das muß man sich mal bildlich vorstellen mit so einer Type ins Bett zu müssen der kann einen doch jeden Moment umbringen Mann oh Mann na schön es gibt auch andere aber eine Macke hat praktisch jeder Poldy jedenfalls also alles was recht ist der streift sich immer die Schuhe ab auf der Matte wenn er reinkommt egal ob Regen oder Sonnenschein und er putzt sich auch die Stiefel immer selber und immer nimmt er den Hut

ab wenn er jemand auf der Straße begegnet und der aber jetzt der läuft in seinen Hausschlappen rum und ist scharf auf 10 000 Pfund wegen der Postkarte mit dem up up ach du grüne Neune bei sowas kriegt man doch das kalte Gähnen das würde einen doch zu Tode langweilen wahrhaftig noch zu blöd um sich die Stiefel auszuziehen also was sollte man mit so einem Mann wohl anfangen ich würd lieber gleich 20 mal sterben als wie einen andern von der Sorte heiraten natürlich würd er auch nie wieder so eine Frau finden wie mich die sich so alles gefallen läßt willst du mich kennenlernen komm mit mir schlafen ja und im hintersten Winkel seines Herzens weiß er das auch wie zum Beispiel diese Mrs Maybrick die ihren Mann vergiftet hat weshalb eigentlich möcht ich wohl wissen war wohl in irgendeinen andern Mann verliebt ja das haben sie rausgekriegt dann also Nerven muß die gehabt haben brrr daß sie einfach hingeht und sowas macht obwohl natürlich manche Männer die können einen schon auf die Palme bringen richtig zur Raserei treiben können die einen und immer das schlimmste Wort auf der Welt gleich dafür was fragen sie einen denn ob man sie heiraten will wenn wir so schlecht sind wie was dann alles kommt ja weil sie ohne uns eben nicht zurande kommen weißes Arsenik hat sie ihm in den Tee getan von Fliegenpapier glaub ich das möcht ich auch wohl wissen warum das so heißt wenn ich ihn fragen täte würde er sagen es kommt aus dem Griechischen da ist man dann so klug als wie zuvor sie muß ja ganz irre verliebt gewesen sein in den andern Kerl daß sie riskiert hat daß man sie hängt ah aber das war ihr ganz egal wenn das ihre Natur war was konnte sie da schon machen und derart viehisch brutal sind die doch nicht daß sie eine Frau hängen ja denkste klar sind sie das
sie sind ja alle so verschieden Boylan redete über wie mein Fuß gebaut wäre ist ihm sofort aufgefallen noch bevor er vorgestellt war wie ich mit Poldy in der D B C war und so gelacht habe und versucht zuzuhörn ich hab immer mit dem Fuß gewippt wir bestellten uns 2 mal Tee und trocken Brot und Butter ich sah wie er rüberguckte mit seinen beiden Schwestern

den alten Jungfern wie ich aufstand und die Bedienung fragte
wo es hier lang ginge ist mir doch schnurzegal wenns schon
aus mir raustropft alles und dann diese geschlossenen schwarzen Hosen bloß wegen ihm gekauft weil er das wollte glatt
eine halbe Stunde braucht man um die runterzukriegen hatte
mich ganz naßgemacht andauernd irgendso eine brandneue
modische Albernheit praktisch jede Woche so eine lange hatt
ich und ja dann hatt ich auch noch meine Wildlederhandschuhe
vergessen auf dem Sitz hinten die ich dann nie wiedergekriegt
habe irgendeine elende Diebin und er wollte ja unbedingt
noch daß ichs in die Irish Times setze verloren auf der Damentoilette D B C Dame Street Finderin bitte abgeben bei Mrs
Marion Bloom jedenfalls hab ich gesehn wie er mir auf die
Füße guckte wie ich durch die Drehtür rausging und er sah
rüber wie ich rübersah und 2 Tage danach bin ich nochmal
zum Tee hingegangen weil ich hoffte aber er war nicht da also
wieso hat ihn das eigentlich erregt weil ich sie doch übereinandergeschlagen hatte wie wir in dem andern Zimmer waren
zuerst meinte er die Schuhe daß die viel zu eng wären zum
drin laufen und meine Hand wäre entzückend so die Tour
also wenn ich doch bloß einen Ring hätte mit dem Stein gegen
meine Tage einen hübschen Aquamarin mal sehn ob ich den
aus ihm rausleiern kann und ein goldenes Armband ich find
ja meine Füße gar nicht so besonders trotzdem einmal hab ich
ihn einen ganzen Abend damit beschäftigt damals nach Goodwins verpfuschtem Konzert es war derart kalt und windig na
schön wir hatten den Rum im Haus und Punsch gemacht und
das Feuer war noch nicht ganz aus und da bat er mich ich soll
doch die Strümpfe ausziehn auf dem Kaminvorleger in der
Lombard Street hab ich gelegen na schön und ein andermal
warn es meine dreckigen Stiefel also wenn es nach ihm ginge
müßt ich durch sämtliche Pferdeäpfel laufen die ich nur auftreiben könnte aber natürlich ist er nicht ganz dicht auf dem
Gebiet wie der ganze restliche Verein den ich was hat er gesagt
ich könnte der Katty Lanner glatt 9 von 10 Punkten vorgeben und würde sie immer noch schlagen was das denn heißen

sollte hab ich ihn gefragt hab vergessen was er sagte weil
grad die Spätausgabe durchkam und der Mann mit dem krausen Haar in der Lucan Molkerei der so höflich ist ich glaube
ich hab sein Gesicht schon früher mal irgendwo gesehen fiel
mir auf wie ich grad die Butter am kosten war da hab ich
gleich die Gelegenheit beim Schopf gepackt und auch Bartell
dArcy über den er sich immer lustig gemacht hat wie er anfing mich auf den Chorstufen abzuküssen als ich Gounods
Ave Maria gesungen hatte worauf noch warten holde Maide
küß auf die Stirne mich und scheide haha das hat er natürlich großgeschrieben gemeint wo er so scharf drauf war bei
mir und seine ganze metallische Stimme auch bei meinen
tiefen Tönen war er immer ganz weg wenn man ihm glauben
kann irgendwie mocht ich das ja wie sein Mund ging beim
singen und jedenfalls da sagte er war das nicht schrecklich so
etwas zu tun an einem Ort wie diesem also da seh ich nicht
was da schreckliches dran sein sollte eines Tages werd ich ihm
davon erzählen aber nicht jetzt und ihn überraschen jawoll
und dann nehm ich ihn da mit hin und zeig ihm den Ort wo
wir sowas gemacht haben na also jetzt weißt dus schlucks
runter oder laß es bleiben er denkt ja doch immer daß nichts
passieren kann ohne daß er es weiß dabei hat er keine blasse
Ahnung gehabt vonwegen meiner Mutter bis wir verlobt
waren sonst hätt er mich nie im Leben so billig gekriegt obwohl er ja selber noch 10mal schlimmer war wie er mich gebettelt hat zum Beispiel ich soll ihm doch ein ganz kleines Stückchen von meinen Schlüpfern abschneiden das war an dem
Abend wie wir am Kenilworth Square langkamen er küßte
mich in die Öffnung von meinem Handschuh und ich mußte
ihn abziehn und stellte mir alle möglichen Fragen so etwa ist
es erlaubt sich nach der Gestalt meines Schlafzimmers zu erkundigen und so hab ich ihn das Ding behalten lassen wie
wenn ichs vergessen hätte daß er an mich denkt wie ich sah
daß ers heimlich in die Tasche gleiten ließ natürlich hat er
glatt eine Macke was Schlüpfer betrifft das sieht doch ein Blinder mit dem Krückstock wie er immer nach diesen unver-

schämten Dingern auf den Fahrrädern schielt die sich die
Röcke bis zum Nabel hochwehen lassen sogar wie Milly und
ich mit ihm aus waren zu dem Fest im Freien die eine in dem
cremefarbenen Musselin die direkt gegen die Sonne stand so
daß er jedes Atom sehen konnte was sie anhatte und auch wie
er mich von hinten sah und mir nachging im Regen ich hatt
ihn aber viel eher gesehn als er mich er stand an der Ecke Harolds Cross Road mit einem neuen Regenmantel an mit dem
Halstuch mit den Zigeunerfarben um seinen Teint zur Geltung zu bringen und mit dem braunen Hut und das übliche
Schlaubergergesicht dazu was machte er da bloß wo er doch
gar nichts zu suchen hatte die können eben einfach losziehn
und sich angeln was sie wollen wo eins überhaupt bloß einen
Rock anhat und wir dürfen nichtmal Fragen stellen während
sie aber alles genau wissen wollen wo warst du wo gehst du
denn jetzt schon wieder hin ich konnt es direkt spüren wie er
mir nachgeschlichen kam seine Augen in meinem Nacken er
hatte sich vom Haus ferngehalten er spürte wohl daß es allmählich zu brenzlig wurde für ihn und deshalb bin ich stehen
geblieben und hab mich halb umgedreht und dann hat er mich
gelöchert ich soll doch ja sagen bis ich ganz langsam den
Handschuh abgezogen hab und ihn dabei angesehn und er
sagte meine durchbrochenen Ärmel wären viel zu kalt bei
dem Regen alles bloß ein Vorwand um mit der Hand an
meine Schlüpfer ranzukommen überhaupt die Schlüpfer das
ging die ganze Zeit so bis ich ihm versprach ich schenke ihm
die von meiner Puppe daß er sie in der Westentasche bei sich
tragen kann O *Maria Santissima* sah er albern aus da so trie-
fend im Regen aber seine Zähne die warn klasse ich hab richtig
Hunger gekriegt von wie ich sie ansah und sein Gebettel ich
soll doch den orangenen Unterrock hochheben den ich anhatte
mit den Sonnenstrahlenfalten es wäre doch kein Mensch da
sagte er und er würde sonst in der Pfütze niederknien vor mir
wenn ichs nicht täte so ein Dickkopf der hätte das glatt gemacht und sich den neuen Regenmantel ruiniert man kann nie
wissen auf was für Einfälle die kommen wenn sie mit einem

allein sind derart scharf sind sie darauf aber wenn nun jemand
vorbeikam also jedenfalls hab ich etwas hochgehoben dann
und ihn außen an seiner Hose berührt genauso wie ich später
dann immer bei Gardner mit meiner Ringhand bloß damit er
mir nicht noch auf schlimmere Gedanken kam wo das da doch
viel zu öffentlich war alles ich war aber mordsneugierig ob er
wohl beschnitten war und er war am zittern wie ein Wabbel-
pudding am ganzen Leibe die wollen immer alles zu schnell
machen holen die ganze Lust für sich alleine raus und Vater
wartete die ganze Zeit auf sein Abendessen und er meinte ich
soll doch einfach sagen ich hab mein Portemonnaie beim Fleischer liegen gelassen und mußte nochmal zurück deswegen
also so ein Schwindler und dann schrieb er mir den Brief mit
all den Wörtern drin also wie er dazu die Stirn haben konnte
daß er sowas einer Frau wo er in Gesellschaft doch so feine
Manieren hatte daß es hinterher richtig peinlich war dann wie
wir uns wieder trafen fragte ob er mich vielleicht gekränkt
hätte ich hab natürlich schön züchtig die Augen niedergeschla-
gen aber klar sah er daß ich nicht gekränkt war er war ja nicht
blöd nicht so wie dieser andere Dummkopf Henny Doyle der
in einer Tour irgendwas kaputt machte bei den Scharaden der
Tölpel also ich kann solche Pechvögel einfach nicht ausstehen
und jedenfalls ob ich auch wüßte was das bedeutet ich mußte
natürlich nein sagen anstandshalber ich versteh Sie nicht hab
ich gesagt und war das nicht ganz natürlich sowas es doch
auch ist wahrhaftig es stand immer zusammen mit einer Zeichnung von wie das bei Frauen ist an der Mauer da in Gibraltar
mit dem Wort dabei was ich nirgends finden konnte daß bloß
Kinder das nicht sehen in zu frühem Alter und dann schrieb
er mir jeden Morgen einen Brief manchmal sogar 2 pro Tag
irgendwie hat mir das sehr gefallen wie er mir so den Hof
machte dann er verstand eine Frau zu nehmen wie er mir die
8 großen Mohnblumen schickte weil meiner doch am 8en war
ich hab ihm dann auch geschrieben an dem Abend wie er mir
das Herz geküßt hatte an der Dolphins Barn das war einfach
nicht zu beschreiben man hat ein Gefühl wie überhaupt sonst

nichts auf der Welt aber richtig umarmen das hat er nie
gekonnt wie zum Beispiel Gardner also ich hoffe doch stark er
kommt am Montag wie er gesagt hat um dieselbe Zeit wieder
um vier ich finde das abscheulich wenn Leute so andauernd
reingeschneit kommen man geht an die Tür man denkt es ist
das Gemüse und dann ist es irgendwer und man ist überhaupt
nicht angezogen oder die Tür zur dreckigen schlampigen
Küche geht auf an dem Tag damals wie der alte Graukopf
Goodwin vorbeikam wegen dem Konzert in der Lombard
Street und ich knallrot und aus der Puste vom Abendessen
noch wo ich Stew gekocht hatte sehn Sie mich ja nicht an Herr
Professor mußt ich sagen ich schau schrecklich aus ja aber er
war ein richtiger alter Gentleman in seiner Art höflicher als
wie der konnte überhaupt kein Mensch sein und dann keiner
da der sagt man ist nicht zu Hause man muß durch die Gar-
dine sehen wie bei dem Botenjungen heute ich dachte zuerst es
ist eine Ausrede daß er erst den Port schickte und die Pfirsiche
und fast war ich schon so weit daß mir der Geduldsfaden riß
weil ich dachte er versucht mich zum Narren zu halten aber
da hab ich sein Tattarrattat an der Tür erkannt er muß sich
einfach ein bißchen verspätet haben weil es schon $^1/_4$ nach 3
war wie ich die 2 Dedalusmädchen von der Schule kommen
sah ich weiß nie genau wie spät es ist sogar die Uhr die er mir
geschenkt hat geht anscheinend nie richtig ich muß sie doch
mal nachsehn lassen wie ich dem verkrüppelten Seemann den
Penny runterwarf für sein England Heimat und Schönheit
wie ich ein schönes Mädchen ist mein Schatz am pfeifen war
und ich hatte nichtmal mein sauberes Hemd angezogen oder
mich schon gepudert oder sonstwas heute in einer Woche gehn
wir ja nach Belfast nur gut daß er dann auch nach Ennis muß
zum Jahrestag von seinem Vater am 27sten Mann oh Mann
das wäre gar nicht angenehm wenn er mal angenommen
unsere Zimmer im Hotel lägen nebeneinander und irgendwelche Spielchen gingen los in dem neuen Bett dann könnt
ich ihm doch nicht einfach sagen hör auf und laß mich in Ruhe
wo doch er in dem andern Zimmer wäre oder vielleicht

irgendein protestantischer Geistlicher mit einem Husten der
an die Wand klopfte dann er würd es nicht glauben am nächsten Tag daß wir gar nichts gemacht hätten ein Ehemann das
ist ja gut und schön aber einen Liebhaber kann man nicht an
der Nase herumführen besonders wo ich ihm doch erzählt
habe wir machen schon lange überhaupt nichts mehr aber das
hat er mir natürlich sowieso nicht geglaubt nein besser er bleibt
wo er ist und übrigens passiert ja auch immer irgendwas mit
ihm damals wie wir zu dem Mallow Konzert in Maryborough
fuhren er hatte kochendheiße Suppe bestellt für uns beide da
läutet auf einmal die Glocke er stürzt raus auf den Bahnsteig
die Tasse mit der schwappenden Suppe in der Hand und löffelt dabei dauernd weiter Mann hatte der Nerven und der
Kellner hinter ihm her und macht einen Mordskrach und alles
kreischt und läuft durcheinander weil der Zug abfahrn wollte
aber er wollte partout nicht bezahlen bevor er nicht fertig
damit war die beiden Herren in dem dritter Klasse Wagen
sagten er hätte ganz recht und das hatte er auch er ist ja so
eigensinnig manchmal wenn er sich was in den Kopf gesetzt
hat bloß gut daß er die Abteiltür dann mit dem Messer aufkriegen konnte sonst hätten sie uns noch bis nach Cork mitgeschleppt ich nehm ja an das ganze war bloß ein Racheakt an
ihm oh ich find das ja himmlisch so im Zug fahren oder in
einem Wagen mit schönen weichen Polstern bin ja gespannt ob
er erster Klasse für mich nimmt vielleicht kriegt er Lust und
macht es im Abteil mit mir gibt dem Schaffner einfach ein
Trinkgeld na schön aber wahrscheinlich sitzen da wieder die
üblichen Idioten von Männern rum und gaffen uns an mit
Augen derart stupide also schlimmer gehts gar nicht mehr das
einemal das war eine Ausnahme der einfache Arbeiter der uns
allein ließ im Abteil den Tag damals wie wir nach Howth fuhren über den hätt ich ganz gerne was näheres gewußt 1 oder 2
Tunnel vielleicht dann muß man aus dem Fenster sehn um so
schöner dann wenn man wiederkommt also mal angenommen
ich käme überhaupt nie wieder was würden die wohl sagen alle
durchgebrannt mit ihm auf die Art macht man Karriere zum

Beispiel das letzte Konzert was ich in wo war das doch ist über ein Jahr her jetzt also wie ich war das nicht St Teresas Hall Clarendon St diese albernen kleinen Gänse die sie da jetzt singen lassen so Kathleen Kearney und die Sorte wegen weil Vater in der Armee war und ich den Burenkriegveteranen sang und eine Brosche trug für Lord Roberts wo ich die ganze Landkarte davon hatte und Poldy nicht genug irisch war er das eigentlich der das organisiert hatte damals also zutrauen würd ichs ihm wohl wie er mich da rangekriegt hat daß ich in dem *Stabat Mater* mitsinge indem daß er überall rumlief und erzählte er täte jetzt das Leite mich gütig Licht in Musik setzen und daß ich ihn dazu angeregt hätte bis die Jesuiten rauskriegten daß er Freimaurer war dabei konnte er bloß mit einem Finger das leite Du mich auf dem Klavier was aus irgendeiner alten Oper geklaut war ja und dann ist er doch kürzlich auch noch mit paar von diesen Sinnern Fein rumgezogen oder wie die Kerle sich nennen redet pausenlos seinen üblichen Quatsch sagt dieser kleine Mann den er mir gezeigt hat der gar keinen Hals hat der ist sehr intelligent ist der kommende Mann Griffith heißt er also aussehen tut er nicht danach mehr kann ich dazu nicht sagen trotzdem muß er das gewesen sein er wußte daß ein Boykott war ich finde dies ganze Gerede über denen ihre Politik einfach gräßlich nach dem Krieg dies ganze Pretoria und Ladysmith und Bloemfontein wo Gardner Lieut Stanley G 8e Bn 2tes East Lancs Rgt an Unterleibstyphus war ein reizender Junge in der Khakiuniform und grad das richtige bißchen größer als wie ich bestimmt war er auch tapfer er sagte ich wäre entzückend an dem Abend wie wir uns zum Abschied küßten an der Kanalschleuse meine irische Schönheit er war ganz bleich vor Erregung weil er weg mußte oder vielleicht auch weil wir von der Straße gesehn werden konnten er konnte überhaupt nicht richtig stehen und ich derart heiß wie mir das noch nie passiert war sie hätten wahrhaftig am Anfang gleich Frieden schließen können oder der alte Ohm Paul und die übrigen alten Krügers hätten die Sache unter sich selber ausfechten sollen anstatt alles jahrelang hinzuziehen und so viele hübsche Männer umzubringen die da waren mit ihrem Fieber wenn er nur wenigstens anständig erschossen worden wäre das wäre nicht so schlimm gewesen ich seh das ja gern wenn ein Regiment so vorbeizieht in Parade das erstemal hab ich das bei der spanischen Kavallerie gesehn in La Roque es war himmlisch hinterher der Blick über die Bucht von Algeciras die ganzen Lichter auf dem Felsen wie Leuchtkäfer oder diese Feldmanöver auf den 15 Acres die Black Watch mit ihren Kilts im Schritt beim Parademarsch das 10te Husaren des Prince of Wales oder die Lancers oh die Lancers die sind phantastisch oder die Dublins die bei Tugela gewonnen haben sein Vater hat sein Geld gemacht mit daß er Pferde verkauft hat an die Kavallerie also ob er mir wohl ein hübsches Geschenk kauft oben in Belfast könnte er eigentlich nach was ich ihm schon alles geschenkt hab es gibt da phantastische Wäsche oder einen von diesen hübschen Kimonodingern ich muß mir eine Mottenkugel kaufen wie ich früher schon mal hatte zum in die Schublade legen mit den Sachen es wär ja toll aufregend mit ihm einkaufen zu gehn lauter so Sachen zu kaufen in einer fremden Stadt am besten laß ich den Ring hier zuhause muß eine Ewigkeit drehen um ihn über den Knöchel zu kriegen sonst hängen sies womöglich noch an die große Glocke in ihren Zeitungen oder zeigen mich bei der Polizei an aber so denken sie bestimmt wir sind verheiratet ach solln sie doch alle ersticken mit ihrem Schandmaul einen feuchten Dreck schert mich das er hat nun mal viel Geld und zum heiraten keine Laune also ists nur recht wenn jemand es ihm rausquetscht wenn ich nur rauskriegen könnte ob er mich auch mag ich hab ein bißchen schwiemelig ausgesehn natürlich wie ich beim pudern genau in den Spiegel geguckt hab ein Spiegel zeigt ja aber doch nie genau wie man aussieht besonders wo er die ganze Zeit auf mir drauflag mit seinen groben Hüftknochen er ist auch viel zu schwer mit seiner haarigen Brust bei dieser Hitze immer muß man sich langlegen für sie dabei wär es viel besser er tät ihn mir von hinten rein die Art wie Mrs Mastiansky mir erzählt hat daß ihr Mann es macht mit ihr wie die Hunde es machen und sie dabei die Zunge rausgestreckt so weit wie sie bloß konnte und dabei ist er so still und lieb mit seiner Klingelingzither man erlebt doch immer wieder die tollsten Überraschungen bei Männern wenn es sie packt hübsches Zeug war das der blaue Anzug den er anhatte und die elegante Krawatte und die Socken mit den himmelblauen Seidendingern dran der ist bestimmt nicht schlecht gebettet das seh ich schon an dem Schnitt von seinen Sachen und die schwere Uhr noch die er hat aber paar Minuten später war er wie ein richtiggehender Teufel wie er wiederkam mit der Spätausgabe hat die Wettscheine zerrissen und wie ein Verrückter geflucht weil er 20 Pfund verloren hatte er sagte er hat sie mit diesem Außenseiter verloren der gewonnen hat und die Hälfte hatte er für mich gesetzt auf Lenehans Tip hin Mann hat er den in die tiefste Hölle verwünscht den Schmarotzer er hat sich bei mir ziemlich viel herausgenommen nach dem Glencree Dinner damals wie wir von der langen Ratterfahrt über den Featherbed Mountain zurückkamen wo mich der Lord Mayor mit seinen dreckigen Augen angestiert hatte Val Dillon der dicke Heide zuerst war er mir beim Dessert aufgefallen wie ich die Nüsse mit meinen Zähnen am knacken war also am liebsten hätt ich das Hühnchen ja einfach in die Finger genommen und so abgenagt es war derart lecker und rösch und so zart wie nur was bloß weil ich keine Lust hatte das ganze Zeug auf meinem Teller zu essen die Gabeln und Fischmesser da waren echt Silber alle gestempelt sowas möcht ich auch mal haben ich hätte ganz leicht paar davon in meinem Muff verschwinden lassen können wie ich am spielen war damit dieses ewige Rumhocken in Restaurants für Geld wegen dem bißchen was man sich da in den Magen schlingt wir müssen noch dankbar sein für unsere schäbige Tasse Tee als großes Kompliment daß man so richtig sieht wie die Welt eingeteilt ist jedenfalls wenn das so weitergeht brauch ich mindestens erstmal zwei neue gute Hemden und aber ich weiß nicht was für eine Sorte Schlüpfer er mag überhaupt keine glaub ich hat er das nicht gesagt ja und in Gibraltar die halben Mädchen die haben ebenfalls überhaupt nie welche getragen nackt wie Gott sie schuf diese Andalusierin die ihre Manola sang die machte kein großes Geheimnis aus was sie nicht hatte ja und das zweite Paar halbseidene Strümpfe hat nach einem Tag tragen schon Laufmaschen ich hätte sie zu Lewers zurückbringen können heute morgen und einen Heidenkrach schlagen und machen daß der Kerl sie mir umtauscht aber bloß weil ich mich nicht aufregen wollte und Gefahr laufen daß ich ihm begegne dabei und dann die ganze Sache verdorben wäre ja und eins von diesen knapp sitzenden Korsetts braucht ich eigentlich auch die so billig angeboten waren in der eleganten Frauenwelt mit elastischen Zwickeln auf den Hüften das eine was ich habe hat er mir ja wieder gemacht aber das taugt nichts was haben die da doch geschrieben verleiht eine entzückende Figur 11/6 beseitigt den unschönen breiten Wulst über dem verlängerten Rücken läßt Fettansatz verschwinden mein Bauch ist ein bißchen zu dick ich muß mir das Stout beim Essen verkneifen oder ich gewöhn mich zu sehr dran das letzte was sie von ORourke schickten war so flach wie ein Pfannkuchen der kriegt sein Geld auf leichte Art zusammen Larry nennen sie ihn das schäbige Paket was er zu Weihnachten geschickt hat ein billiger Landkuchen und eine Flasche Spülicht die er uns als Rotwein andrehen wollte wo er keinen gefunden hatte der das Zeug säuft o mein Gott der geht sogar mit seiner Spucke noch sparsam um aus Angst er könnte sonst mal verdursten oder ich müßte wieder paar Atemübungen machen möchte wissen ob dieser Schlankmacher wohl was taugt man kanns natürlich auch übertreiben Dünne sind gar nicht so sehr die Mode jetzt aber Strumpfbänder derart wie ich habe das violette Paar zum Beispiel was ich heute getragen hab das war alles was er mir gekauft hat von dem Scheck den er am ersten kriegte oh nein da war noch das Schönheitswasser wo ich gestern den letzten Rest verbraucht hab was meine Haut wie neu machte ich hab ihm immer und immer wieder gesagt laß mir das in demselben Geschäft noch einmal machen und vergiß es nicht

Gott weiß alleine ob ers überhaupt in Auftrag gegeben hat ich hab ihm gesagt ich erkenn es an der Flasche wenn nicht jedenfalls dann kann ich mich bloß noch in meiner Pisse waschen mit Kraftbrühe oder Hühnersuppe mit bißchen von diesem Opoponax und Veilchen ich dachte ja schon sie wird langsam rauh oder alt etwas die Haut da drunter ist viel feiner wo sie mir am Finger abgepellt war wie ich mich verbrannt hatte ist ein Jammer daß sie nicht überall so ist und die vier lumpigen Taschentücher für rund 6/- zusammen man kommt ja eben nicht voran auf dieser Welt ohne bißchen Aufwand alles geht für Essen und Miete drauf also wenn ich mal was in die Finger kriege dann haue ichs aber auf den Kopf das kann ich dir flüstern mit eleganten Sachen und so ich will immer eine handvoll Tee in den Topf werfen irgendwie dieses ewige lausige Knausern und Getue wenn ich mir ein Paar alte Latschen kaufe sogar gefallen dir meine neuen Schuhe ja was haben sie denn gekostet ich hab überhaupt nichts anzuziehn das braune Kostüm und den Rock und Jacke und das eine in der Reinigung 3 insgesamt was ist das schon für eine Frau den alten Hut hab ich auftrennen müssen und den andern damit flicken die Männer drehen sich nicht mehr nach einem um und von Frauen wird man geflissentlich übersehen weil sie wissen man hat keinen anständigen Mann und dann wo alles jeden Tag teurer wird bei den 4 Jahren noch die ich habe bis 35 nein ich bin was bin ich überhaupt ich werde im September 33 stimmt doch oder was also ach egal aber zum Beispiel diese Mrs Galbraith die ist doch viel älter wie ich hab sie gesehn wie ich letzte Woche aus war also der ihre Schönheit ist auch ziemlich im schwinden dabei war sie eine entzückende Frau mit dem prachtvollen Haar was sie hatte bis runter auf die Taille wie sie das immer zurückgeworfen hat wie Kitty OShea in der Grantham Street das war immer das erste was ich jeden Morgen gemacht hab daß ich rübergesehn hab wie sie es kämmt also glatt wie wenn sie verliebt darin wäre und ganz voll davon schade daß ich sie erst näher kennengelernt hab an dem Tag wo wir wegzogen und diese

Mrs Langtry die Lilie von Jersey in die sich der Prince of Wales verliebt hatte also ich finde ja sowas ist nichts anderes als wie der erstbeste Mann sonst auch der draußen rumläuft bloß daß er eben König heißt gebaut sind sie alle gleich bloß der von einem Schwarzen also den würd ich doch gerne mal probieren eine Schönheit bis was war sie eigentlich so 45 und es gab da doch irgendeine komische Geschichte über den eifersüchtigen alten Ehemann was war das doch noch alles und ein Austernmesser womit er nein er zwang sie irgend so ein Blechding untenrum zu tragen und der Prince of Wales dann ja der hatte das Austernmesser also das kann doch nicht wahr sein sowas genauso wie paar von diesen Büchern die er mir mitbringt die Werke von Meister François Sowieso der sogar Priester war glaub ich über wie sie ein Kind durch ihr Ohr zur Welt bringt weil ihr der Steißdarm verrutscht war also das ist ja wirklich reizend daß ein Priester solche Worte schreibt und auch ihren H-----n als wenn nicht jeder Blödmann sowieso wüßte was gemeint ist ich kann diese Heuchelei mit all diesen Sachen nicht ausstehn besonders nicht mit diesem gemeinen Gesicht dazu von ihm wo doch jeder sehen kann daß nichts davon wahr ist und dieses Ruby und Schöne Tyrannen das hat er mir sogar zweimal mitgebracht ich entsinn mich wie ich auf Seite 50 kam ungefähr wo sie ihn an einen Haken hängt und mit einem Strick flagelliert also bestimmt da ist doch nichts drin für eine Frau alles Erfindung und Mache über zum Beispiel wie er den Champagner aus ihrem Pantoffel trinkt wie der Ball vorbei war also ganz wie das Jesuskind in der Krippe von Inchicore in den Armen der Heiligen Jungfrau dabei kann doch keine Frau so ein großes Kind kriegen ich hab ja zuerst gedacht es käme auf der Seite bei ihr raus weil und wie soll die wohl aufs Klo gegangen sein wenn sie mal mußte und sie ist eine reiche Dame natürlich hat sich sehr geehrt gefühlt durch SKH er war in Gibraltar in dem Jahr wie ich geboren wurde also ich wette er hat da ebenfalls Lilien gefunden wo er den Baum gepflanzt hat hat mehr als den gepflanzt in seinem Leben von mir aus hätt er bei mir auch mal pflanzen können wenn er bißchen eher gekommen wäre dann wär ich heute nicht hier wo ich bin er sollte doch wahrhaftig diesen Freeman an den Nagel hängen mit den lumpigen paar Schilling die er da rausholt und in ein Büro gehen oder sonst was wo er regelmäßig Gehalt kriegt oder eine Bank wo er vielleicht dann auf einem Thron sitzen könnte und den ganzen Tag Geld zählen aber natürlich trödelt er viel lieber im Haus rum so daß man sich kaum noch rühren kann wenn er überall im Wege steht was hast du denn heute vor also wenn er doch wenigstens Pfeife rauchen würde wie Vater daß er ein bißchen wie Mann riecht oder dies Getue wie wenn er sich die Hacken abläuft wegen seinen Annoncen alles bloß Bummelei wo er doch immer noch bei Mr Cuffe sein könnte wenn er das nicht gemacht hätte damals und mich dann hingeschickt daß ich versuche wie ich alles wieder einrenke ich hätt es ja leicht so weit bringen können daß er befördert wurde da bis zum Geschäftsführer hätt ers bringen können ein oder zweimal hat er mich ganz schön angeblinzelt da obwohl zuerst war er steif und förmlich wie ein Nußknacker wirklich und wahrhaftig Mrs Bloom bloß ich fühlte mich einfach wie verschimmelt in dem alten Fetzen von Kleid wo ich die Bleischnüre aus dem Schleppsaum verloren hatte absolut kein Schnitt drin kommen jetzt aber wieder in Mode langsam ich hatt es nur gekauft um ihm einen Gefallen zu tun daß es nichts taugte das wußt ich gleich so wie das aufgemacht war ein Jammer daß ichs mir anders überlegt hab und nicht zu Todd und Burns gegangen bin wie ich erst gesagt hatte statt zu Lees es war genau so wie der Laden selber Ausverkauf ein einziger Haufen Plunder also diese reichen Geschäfte sind mir einfach verhaßt gehn einem auf die Nerven dabei haut mich an sich so leicht nichts um bloß er bildet sich ein er versteht werweißwas von Frauenkleidung und Kochen und kippt dabei alles rein was er bloß in den Schränken findet wenn ich mich jedesmal nach ihm richten täte also bei jedem verdammten Hut den ich aufsetze paßt mir der ja den nimm der ist genau richtig der eine der mir wie eine Hochzeitstorte auf dem Kopf saß und meterweit abstand von dem fand er auch daß er mir paßte oder der Pottdeckel der mir hinten bis auf den Hintern runterhing wie auf Kohlen wegen dem Ladenmädchen da in der Grafton Street und ich Unglücksrabe bring ihn da auch noch selber rein also so etwas Unverschämtes wie die mit ihrem affigen Grinsen sagte ich fürchte wir machen Ihnen viel zu viel Ungelegenheiten für was ist sie sonst denn wohl da aber das hab ich ihr mit einem einzigen Blick ausgetrieben ja er war ganz schrecklich steif und kein Wunder aber das änderte sich wie er das zweitemal hinsah Poldy so eigensinnig wie üblich wie bei der Suppe aber ich hab genau gesehn wie er nach meiner Brust schielte als er aufstand um mir die Tür aufzumachen das war auf jeden Fall nett von ihm daß er mich rausbrachte es tut mir wirklich furchtbar leid Mrs Bloom glauben Sie mir ohne daß ers gleich zu deutlich machte beim erstenmal wo ja doch er beleidigt worden war und er mich außerdem für seine Frau hielt ich hab bloß halb gelächelt hab gewußt meine Brust hat gewirkt da an der Tür wie er sagte tut mir wirklich furchtbar leid und ich bin sicher Sie waren

ja also ich glaube er hat sie direkt ein bißchen fester gemacht indem daß er sie immer so lange gesaugt hat ich bin richtig durstig geworden davon Titten nennt er sie da hab ich doch lachen müssen ja bei dieser einen jedenfalls wird der Nippel steif beim geringsten Anlaß das soll er doch unbedingt weitermachen und ich werd auch die geschlagenen Eier mit Marsala nehmen davon werden sie schön dick für ihn was doch diese Adern und Sachen so alles überhaupt komisch die Art wie sie gemacht sind 2mal genau dasselbe im Fall von Zwillingen angeblich stellen sie Schönheit dar wie sie da oben so sitzen wie bei den Statuen im Museum wo die eine so tut wie wenn sie die Hand davor hält sind sie eigentlich wirklich so schön natürlich im Vergleich zu wie ein Mann aussieht mit seinen zwei Säcken voll und dem andern Ding was da an ihm runterhängt oder einem entgegenragt wie ein Hutständer kein Wunder daß sies mit einem Kappesblatt bedecken richtig schön ich meine als Schönheit sind natürlich doch nur die Frauen das ist anerkannt wie er gesagt hat damals ich könnte nackt Modell stehen für ein Bild bei irgendeinem reichen Kerl in der Holles Street wie er den Job bei Hely verloren hatte und ich die Kleider verkaufen mußte und im Café klimpern gehn also ob ich wohl so wäre wie auf dem Bad der Nymphe wenn ich mir das Haar aufmache ja bloß daß sie jünger ist oder ich bin auch ein bißchen wie das Dreckstück auf dem spanischen Photo was er hat diese Nymphen ob die eigentlich immer so rumgelaufen sind wie da hab ich ihn mal gefragt nach ihr der ekelhafte Cameron Hochländer hinter dem Fleischmarkt oder dieser andere Lümmel mit dem roten Kopf hinter dem Baum wo immer die Statue mit dem Fisch stand wie ich vorbeikam tat er so wie wenn er am pissen wäre und dabei stand er so nach mir rüber daß ichs sehen mußte hatte sein Babykleidchen nach der einen Seite hochgehoben das Leibregiment der Königin das war ja eine reizende Bagage ein Glück daß die Surreys sie abgelöst haben dann versuchen es einem dauernd zu zeigen fast jedesmal wenn ich an dem Männerpissoir am Bahnhof Harcourt Street vorbeikam bloß um mal zu probieren ob so jemand versucht mich zum hingucken zu bringen wie wenn es eins von den 7 Weltwundern wäre oh und der Gestank da von diesen verrotteten Löchern die Nacht wie ich mit Poldy heim ging nach der Party bei Comerfords Orangen und Limonade wo man sich so richtig weich und wässrig von fühlt also da bin ich doch in eins von den Dingern gegangen es war so beißend kalt daß ichs einfach nicht mehr halten konnte wann war das doch 93 der Kanal war zugefroren ja es war ein paar Monate danach was für ein Jammer daß von den Camerons keine da waren um mich hocken zu sehn in dem Männerklo meadero ich hab versucht ein Bild davon zu malen bevor ichs aber zerrissen hab wie eine Wurst oder sowas ich wundere mich ja wirklich daß die keine Angst haben wenn sie so rumlaufen damit daß sie da einen Tritt abkriegen oder einen Schlag oder sonstwas und dieses Wort dann so ähnlich wie Mit fing es an und irgendwas mit Hosen und er kam mit sei-

nen üblichen Zungenbrechern an über Inkarnation oder so er
kann einem nie was einfach erklären daß man es auch versteht und dann geht er hin und brennt der Pfanne den Boden
aus alles bloß wegen seiner Niere also diese ist nicht ganz so
wie hier ist immer noch die Stelle von seinen Zähnen wo er
versucht hat den Nippel zu beißen ich mußte laut schreien
dabei sind sie nicht fürchterlich daß sie einem wehtun wollen
bei Milly hatt ich eine große Milchbrust reichlich für zweie
was da wohl der Grund für war er sagte ich hätte mir ein
ganzes Pfund pro Woche verdienen können als Amme so aufgeschwollen war alles an dem Morgen dieser zart aussehende
Student der in Nummer 28 bei den Citrons abgestiegen war
Penrose der hätte mich fast beim waschen erwischt durchs
Fenster bloß daß ich mir schnell noch das Handtuch vors
Gesicht geschnappt hab das war dem sein studieren wehgetan haben sie mir ja dauernd wie ich Milly am abstillen war
bis er Doktor Brady so weit gekriegt hat daß er mir das Belladonna verschreibt ich mußte ihn dran saugen lassen sie waren
so hart er sagte es war aber süßer und dicker als wie von
Kühen und dann wollte er mich in den Tee rein melken also
wirklich manchmal ist er einfach sagenhaft da kann ich ein
Lied von singen man sollte ihn in die Zeitung bringen eigentlich wenn ich mich bloß noch an die Hälfte von den Sachen
erinnern könnte und ein Buch darüber schreiben Master Poldys Gesammelte Werke ja und sie ist aber auch soviel weicher
dann die Haut eine gute Stunde war er dran das weiß ich
bestimmt weil ich auf die Uhr wie ein ganz großes Kind was
ich an mir hatte sie müssen unbedingt alles in den Mund
haben die Männer die ganze Lust die sie aus einer Frau rausholen ich kann seinen Mund jetzt direkt wieder fühlen o mein
Gott ich muß mich strecken ich wollte er wäre da jetzt oder
irgendwer mit dem ich mich gehen lassen könnte und nochmal
so kommen ganz wie Feuer ist mir innerlich oder wenn ich
träumen könnte wie er mich das 2temal hochgebracht hat indem
daß er mich hinten in einer Tour mit dem Finger gekitzelt ich
bin glatt 5 Minuten lang gekommen meine Beine um ihn

geschlungen ich mußte ihn mit der Hand hinterher o mein
Gott ich wollte immerzu alle möglichen Sachen schreien Fik-
ken oder Scheiße oder sonst so was bloß daß ich ja nicht häßlich aussehe mal oder die Falten von der Anstrengung wer
weiß wie er das aufnehmen würde man will sich ja doch einfühlen mit einem Mann nicht alle sind so wie er Gott sei Dank
paar von ihnen wollen daß man ganz zart und lieb dabei ist
ich hab den Unterschied gemerkt er macht seine Sache und
redet kein Wort dabei und ich hab den bestimmten Blick in
meine Augen gebracht und das Haar bißchen aufgelöst von der
Wälzerei und die Zunge zwischen den Lippen hoch zu ihm der
wilde Kerl Donnerstag Freitag eins Samstag zwei Sonntag
drei o mein Gott ich kann nicht mehr warten bis Montag
frsiiiiiiiifronnnng ein Zug irgendwo der pfeift also was diese
Lokomotiven für Kraft in sich haben wie große Riesen und
das Wasser läuft auf allen Seiten über sie und aus ihnen raus
wie am Schluß von Loves old sweet sonnnng die armen Männer die da draußen sein müssen die ganze Nacht weg von
ihren Frauen und Familien in diesen Backöfen von Maschinen
zum ersticken wars heute wieder ich bin froh daß ich die
Hälfte der alten Freemans und Photo Bits verbrannt hab wo
er die Sachen immer so rumliegen läßt er wird langsam richtig
unordentlich und den Rest hab ich aufs WC geschafft er soll
sie mir morgen kleinschneiden statt daß sie sich weiter stapeln
da bis nächstes Jahr bloß daß dann paar Pence dafür raus-
springen diese ewige Fragerei wo ist denn die Nummer vom
letzten Januar und die ganzen alten Mäntel die ich zusam-
mengepackt hab und vom Flur weggeschafft die machen doch
alles bloß noch heißer als wie es schon ist der Regen war herrlich und erfrischend gleich nach meinem Schönheitsschlaf ich
dachte schon es wird noch so wie in Gibraltar du meine Güte
die Hitze da bevor der starke Ostwind kam schwarz wie die
Nacht und der gleißende Felsen wie der dadrin stand wie ein
großer Riese verglichen mit denen ihrem 3 Rock Mountain
wo sie sich einbilden daß der so groß wäre mit den roten
Schildwachen hier und da die Pappeln und alle weißglühend

und der Geruch von dem Regenwasser in den Zisternen man
beobachtete in einer Tour die Sonne die auf einen runter-
brannte das ganze hübsche Kleid was mir Vaters Freundin
Mrs Stanhope vom B Marche aus Paris schickte ist davon
verblichen was für ein Jammer meine liebste Doggerina
schrieb sie drauf sie war sehr nett wie hieß sie doch sonst noch
bloß eine Postkarte um Ihnen mitzuteilen daß ich das kleine
Geschenk abgeschickt habe ich habe grad ein schönes warmes
Bad genommen und fühle mich pudelwohl jetzt war richtig
eine Erholung der Scheich sie nannte ihn immer den Scheich
würde werweißwas drum geben wieder in Gib zu sein und Sie
in Old Madrid oder Erwartung singen zu hören Concone hie-
ßen diese Übungen er hat mir mal einen von diesen neuen irgendein Wort was ich nicht rauskriegen konnte Shawls gekauft
ganz lustige Dinger aber reißen bei der geringsten Gelegenheit trotzdem hübsch sind sie bestimmt ich denke Sie werden
sich auch immer noch gern unserer netten gemeinsamen Tees
erinnern nicht wahr die köstlichen Korinthenscones und Him-
beerwaffeln die ich so liebe nun liebste Doggerina schreiben Sie doch bestimmt bald einmal wieder mit vielen lieben
sie ließ Grüßen aus an Ihren Vater auch Captain Grove mit
herzl Gr Ihr xxxxx sie sah überhaupt kein bißchen verheiratet aus richtig noch wie ein Mädchen er war Jahre älter als
wie ihr Scheich er mochte mich furchtbar gerne wie er den
Draht runterhielt mit dem Fuß für mich daß ich rübertreten
konnte bei dem Stierkampf in La Linea wie der Matador
Gomez das Ohr des Stiers kriegte also Sachen muß unsereins
tragen wer das wohl erfunden hat in sowas soll man dann den
Killiney Hill rauflaufen zum Beispiel bei dem Picknick ein-
geschnürt bis zum Rand daß man kein bißchen was machen
kann in einer Gruppe mitlaufen oder aus dem Weg springen
deswegen hatt ich auch so Angst wie der andere wilde alte
Stier anfing und die Banderilleros mit den Schärpen angriff
und den 2 Dingern an ihren Hüten und diese Miststücke von
Männern brüllten bravo toro aber klar die Frauen waren
genau so schlimm in ihren hübschen weißen Mantillas wie er

den armen Pferden die ganzen Innereien raus riß also sowas hab ich im ganzen Leben noch nicht gehört ja ihm ging das ja auch jedesmal furchtbar zu Herzen wenn ich das Geheul von dem Hund in der Bell Lane nachgemacht habe das arme Vieh und es war krank was aus ihnen wohl geworden ist ich vermute fast sie sind tot schon lange alle beide man sieht alles wie durch einen Nebel fühlt sich so alt davon ich hab die Scones natürlich gemacht ich hatte ja alles zur Verfügung damals ein Mädchen Hester wir haben immer unser Haar verglichen meins war dicker als ihrs sie zeigte mir wie man es hinten richtet wie ich es hochgesteckt hatte und was doch sonst noch wie man mit einer Hand einen Knoten in einen Faden macht wir waren wie Cousinen wie alt war ich eigentlich damals in der Nacht wo das Gewitter war hab ich in ihrem Bett geschlafen sie hatte die Arme um mich gelegt und dann morgens machten wir Kissenschlacht das war ein Spaß er war andauernd auf der Lauer nach mir wenn er nur eine Gelegenheit fand beim Konzert auf der Alameda Esplanade wie ich mit Vater und Captain Grove ich hab zuerst nach der Kirche hochgeschaut und dann nach den Fenstern und dann nach unten und unsere Augen trafen sich ich spürte wie mir etwas durch und durch ging wie lauter Nadeln es tanzte mir alles vor den Augen entsinn ich mich noch hinterher wie ich mich im Spiegel gesehn hab da hab ich mich kaum wiedererkannt derart verändert war ich er war anziehend für Mädchen trotzdem daß er schon bißchen kahl war sah intelligent aus enttäuscht und fröhlich zu gleicher Zeit er war wie der Thomas im Schatten des Ashlydyat ich hatte eine herrliche Haut von der Sonne und dann die Aufregung wie eine Rose ich konnte kein bißchen schlafen die Nacht es wäre aber nicht nett gewesen wegen ihr aber ich hätte auch rechtzeitig aufhörn können sie gab mir den Mondstein zu lesen war das erste was ich überhaupt las von Wilkie Collins East Lynne hab ich gelesen und den Schatten des Ashlydyat Mrs Henry Wood Henry Dunbar von dieser anderen Frau das hab ich ihm später mal geliehen mit Mulveys Photo drin daß er sehn konnte ich war auch nicht so ohne und Lord Lytton Eugene Aram Molly Bawn gab sie mir noch von Mrs Hungerford wegen dem Namen aber ich mag Bücher nicht mit einer Molly drin wie zum Beispiel das was er mir mitbrachte über die eine da aus Flandern eine Hure die in einer Tour Ladendiebstahl beging was sie nur kriegen konnte Tuch und Stoffe und alles gleich ellenweise also diese Decke ist zu schwer auf mir so ist es besser ich hab ja nichtmal ein einziges anständiges Nachthemd dieses Ding hier rollt sich immer unter mir auf neben ihm und wenn er seine Zicken macht so ists besser was hab ich mich immer gewälzt in der Hitze mein ganzes Hemd war naß von Schweiß klebte mir zwischen den Hinterbacken auf dem Stuhl wie ich aufstand sie waren derart prall und fest wie ich auf die Sofakissen gestiegen bin um nachzusehn und die Sachen alle hochgehoben hab und dann die Wanzen tonnenweise nachts und die Moskitonetze ich konnte keine Zeile lesen o mein Gott wie lange her einem das alles vorkommt Jahrhunderte und natürlich sind sie nie wieder zurückgekommen und sie hatte auch ihre Adresse nicht richtig draufgeschrieben vielleicht hatte sie gemerkt daß ihr Scheich immer sind die Leute weggegangen und wir nie ich erinnere mich noch an den Tag mit den ganzen Wellen und den Booten wie die schaukelten mit ihrem hohen Bug und das Schiff erst wie das rauf und runter ging von der Dünung diese Offiziersuniformen auf Landurlaub hat mich ganz seekrank gemacht er sagte überhaupt nichts er war sehr ernst ich hatte die hohen Knöpfschuhe an und mein Rock wehte sie küßte mich sechs oder sieben Mal hab ich eigentlich geweint ja ich glaube ich hab oder jedenfalls fast meine Lippen waren in einer Tour am zittern wie ich auf Wiedersehn sagte sie hatte ein umwerfendes Reisekleid an aus irgendeinem ganz besonderen Blau alles ganz merkwürdig nach der einen Seite hin gemacht und es stand ihr wahnsinnig gut es wurde schrecklich öde wie sie dann weg waren fast war ich so weit selber wegzulaufen hatte ganz den Kopf verloren irgendwohin raus wir fühlen uns nie wohl wo wir sind Vater oder Tante oder die Ehe man ist ewig

am warten und warten Erwartung führ iiihn zu miiir und
warten belüüügle seine Schriiitte die mit ihrem verdammten
Kanonengebumse und dem ganzen Krach überall besonders
am Geburtstag der Königin daß alles wackelte und durchein-
anderschepperte wenn man nicht die Fenster aufmachte wie
General Ulysses Grant egal wer das war und was er gemacht
hat galt jedenfalls als hohes Tier wie der vom Schiff an Land
kam und der alte Sprague der Konsul der da schon seit vor
der Sintflut war ganz groß in Schale der arme Mann er war
doch in Trauer wegen seinem Sohn und dann immer dieselbe
alte Reveille am Morgen und Trommelwirbel und die un-
glücklichen armen Teufel von Soldaten die mit ihren Koch-
geschirren rumliefen es roch da auf dem Platz schlimmer als
wie die alten langbärtigen Juden in ihren Kaftanen und langen Überröcken Sammelsignal und klar Deck überall und
Böllerschüsse für die Mannschaften die Linien zu passieren
und der Wächter auf seinem Rundgang mit den Schlüsseln um
die Tore zu schließen und die Sackpfeifen alle und bloß Captain Groves und Vater am reden über Rorkes Drift und
Plevna und Sir Garnet Wolseley und Gordon in Khartum
hat ihnen immer die Pfeifen angezündet wenn sie ausgingen
jedesmal der besoffene alte Teufel mit seinem Grog auf der
Fensterbank da konnte man lange warten daß der mal was
übrig ließ war sich ewig in der Nase am bohren und dachte
sich eine neue dreckige Geschichte aus die er dann heimlich
erzählen konnte aber wenn ich dabei war hat er sich nie vergessen schickte mich unter irgendeinem dämlichen Vorwand
aus dem Zimmer machte mir Komplimente aus denen der
Bushmills Whisky sprach aber das hätte er mit der nächst-
besten Frau ebenfalls gemacht die daherkam wahrscheinlich
ist er längst an der galoppierenden Trinksucht gestorben vor
Ewigkeiten schon die Tage wie die Jahre kein Brief von einer
lebenden Seele außer die paar die ich mir selber geschrieben
hab mit Papierschnitzeln drin derart langweilig manchmal
daß man aus der Haut fahren könnte wie ich dem alten Araber zugehört hab mit dem einen Auge bloß und seinem quiet-

schigen Instrument der immer sein hüahoh ah hüahoha sang Kompriment für deine Quetschkommode Kerl alles so schlimm wie jetzt wo die Hände mir runterhingen und ich bloß aus dem Fenster sehn konnte wenn wenigstens irgendein netter Junge drüben im gegenüberliegenden Haus dieser Medizinstudent in der Holles Street hinter dem die Schwester her war wie ich mir am Fenster die Handschuhe angezogen hab und den Hut aufgesetzt um ihm zu zeigen daß ich ausgehe aber hat nichts kapiert was ich meinte sowas von Dickschädeligkeit verstehn überhaupt nie was man sagt man müßt es ihnen direkt auf ein großes Plakat drucken und unter die Nase halten nichtmal wenn man ihnen zweimal mit der Linken die Hand gibt er hat mich auch nicht erkannt wie ich ihm vor der Kapelle Westland Row halb zugeblinzelt hab wo bleibt da ihre hochgerühmte Intelligenz möcht ich mal wissen graue Zellen die haben sie allenfalls in ihrem Schwanz wenn du mich fragst diese Gannefs vom Lande da im City Arms Verstand hatten die weniger als wie die Bullen und Kühe wo sie das Fleisch von verkauften und der Kohlenmann mit seiner Bimmel dieser Lump von einem Krachmacher der mich mit der falschen Rechnung betrügen wollte die er aus seinem Hut zog also Klauen hatte der und die Pötte und Pfannen und Kessel zum flicken vielleicht ein paar alte Flaschen für einen armen Mann heute und keinerlei Besuch oder Post überhaupt außer bloß seine Schecks oder irgendeine Reklame wie dieser Wunderwirker die sie ihm geschickt haben mit der Anrede sehr geehrte gnädige Frau bloß sein Brief und die Karte von Milly heute morgen schau an aber ihm hat sie einen Brief geschrieben von wem hab eigentlich ich den letzten gekriegt oh Mrs Dwenn also was die wohl angekommen ist daß sie nach so vielen Jahren wieder schreibt aus Kanada bloß um das Rezept für pisto madrileno zu kriegen was ich hatte Floey Dillon seit sie damals schrieb um uns mitzuteilen daß sie einen sehr reichen Architekten geheiratet hätte also wenn ich alles glauben sollte was ich so höre mit einer Villa und acht Zimmern ihr Vater war ein schrecklich netter Mann war fast siebzig immer guter Laune na Miss Tweedy oder Miss Gillespie da steht der Klimperkasten und was er auch noch auf dem Mahagonibüfett stehn hatte das Kaffeeservice das war aus echt Silber und dann ist er so weit weg gestorben also ich finde das gräßlich wenn Leute immer ihre armselige Geschichte erzählen müssen jeder hat sein Päckchen zu tragen zum Beispiel die arme Nancy Blake die vor einem Monat an akuter Lungenentzündung gestorben ist na ja so genau hab ich sie natürlich nicht gekannt sie war mehr Floeys Freundin als wie meine die arme Nancy es ist lästig wenn man antworten muß er sagt mir immer die falschen Sachen und auch nie mit Punkten und so wie wenn er eine Rede hält der traurige Verlust den Sie und Symphatie also den Fehler mach ich doch immer wieder und Neffe mit bloß 1 Eff hoffentlich schreibt er mir das nächstemal einen etwas längeren Brief falls es stimmt daß er mich wirklich mag oh wie kann ich Gott danken daß ich jemand habe der mir endlich gibt was ich so dringend gebraucht hab daß er mir wieder etwas Mut macht man hat hier sonst ja überhaupt keine Chancen mehr wie ich früher immer hatte ich wollte jemand schriebe mir einen Liebesbrief seiner war ja nicht besonders und dabei hab ich ihm extra gesagt er kann ruhig schreiben was er so alles möchte immer Dein Hugh Boylan in Old Madrid blödes Zeug was die Weiber glauben die Liebe besteht aus Seufzen ach mein Herz welch ein Schmerz also wenn er das schriebe wäre wahrscheinlich irgendwie sogar was wahres dran aber egal wahr oder nicht es erfüllt einem jedenfalls den ganzen Tag und das ganze Leben immerzu hat man was wo man dran denken muß jeden Moment und was so um einen herum ist das sieht man wie eine neue Welt ich könnte die Antwort im Bett schreiben daß er das Gefühl hat davon ganz kurz angebunden bloß ein paar Worte nicht diese ellenlangen Briefe wie Atty Dillon die immer schrieb an diesen Burschen der irgendwas in den Four Courts war der sie dann später sitzengelassen hat alles aus dem Briefsteller für Damen wo ich ihr doch gesagt hatte sie soll bloß paar ganz einfache Worte sagen die könnte er sich dann zurechtdrehen wie er wollte nicht mit überstürzter Überstürzung zu handeln bei beiderseitiger Aufrichtigkeit das größte irdische Glück eine bejahende Antwort auf den Antrag eines Gentleman ach du meine Güte wenn das alles ist das mag ja alles sehr schön sein für sie aber wenn man eine Frau ist dann täten sie einen sobald wie man nur alt wird täten sie einen dann womöglich am liebsten auf den Müll schmeißen

Mulvey seiner war der erste wie ich im Bett lag an dem Morgen und Mrs Rubio brachte ihn mit dem Kaffee rein stocksteif stand sie da wie ich sie bat sie soll mir doch und ich hab drauf gezeigt mir fiel das Wort nicht ein im Moment mir doch eine Haarnadel geben daß ich ihn aufmachen kann damit ah horquilla dieses ungefällige alte Ding und die lag auch noch direkt vor ihrer Nase mit ihrem Zopf aus falschem Haar den sie hatte und werweißwie eitel auch noch auf wie sie aussah wo sie doch derart häßlich war fast 80 schon oder 100 ihr Gesicht eine einzige Masse von Runzeln mit ihrem frommen Getue aber in einer Tour am tyrannisieren weil sie nie über die Atlantische Flotte wegkommen konnte wie die eingelaufen war die halben Schiffe von der Welt und der Union Jack wehte trotz all ihren Carabineros weil 4 besoffene englische Seeleute ihnen den ganzen Felsen weggenommen hatten und weil ich nicht oft genug zur Messe gelaufen bin in Santa Maria ihr zu Gefallen mit andauernd ihrem Schal um außer wenn eine Hochzeit war mit ihren ganzen Heiligenwundern und ihrer schwarzen heiligen Jungfrau mit dem Silberkleid und die Sonne täte 3 mal tanzen am Ostersonntag morgen und wenn der Priester vorbeiging mit dem Glöckchen um den Sterbenden das Vaticanum zu bringen dann bekreuzigte sie sich für Seine Majestad ein Bewunderer hatte er sich unterschrieben ich bin ja fast aus der Haut gefahren ich wollte ihn mir unbedingt an Land ziehen wie ich sah daß er mir folgte auf der Calle Real in dem Ladenschaufenster dann hat er mich ganz leicht berührt im Vorübergehen aber ich hätte ja nie gedacht daß er schreiben würde ein Stelldichein ausmachen ich hatt ihn den ganzen Tag im Mieder stecken mußt ihn

immer wieder lesen in jedem Winkel und jeder Ecke während
Vater auf dem Exerzierplatz war um aus der Handschrift zu
sehen oder der Sprache der Briefmarken und ich hab auch
immerzu gesungen entsinn ich mich soll ich eine weiße Rose
tragen und ich wollte die alte blöde Uhr vorstellen damit es
nicht mehr so lange dauerte er war der erste Mann der mich
geküßt hat unter der maurischen Mauer mein Schätzchen als
er jung noch war erst da ist mir aufgegangen was küssen
eigentlich hieß wie er mir die Zunge in den Mund steckte sein
Mund war leckersüß und jung ich hab ein paarmal das Knie
an ihn gedrückt bloß um zu sehn wie das ging bei ihm was
hab ich ihm doch erzählt alles ich wäre verlobt bloß so aus
Spaß mit dem Sohn von einem spanischen Edelmann namens
Don Miguel de la Flora und er glaubte den sollte ich in 3 Jahren
dann heiraten manch wahres Wort wird im Scherz gesprochen
ein Blümelein ein Blümelein das blühet auf ein paar
wahre Sachen hab ich ihm aber auch erzählt über mich bloß
daß er was zum drüber nachdenken hat die spanischen Mädchen
die mochte er gar nicht wahrscheinlich hat ihn mal eine
nicht gewollt ich hab ihn richtig in Erregung gebracht er zerknautschte
mir sämtliche Blumen auf dem Busen die er mir
mitgebracht hatte er kam nie mit den pesetas und den perragordas
zurecht bis ichs ihm beigebracht hatte aus Cappoquin
wäre er sagte er am Blackwater aber es war zu kurz und dann
der Tag bevor er wegging im Mai ja es war im Mai wie der
Infant von Spanien geboren wurde ich bin jedesmal so im
Frühling wenn ich doch bloß jedes Jahr einen neuen Jungen
hätte dafür ganz oben auf dem Gipfel unter dem Rockgun in
der Nähe von OHaras Turm hab ich ihm erzählt da wäre mal
der Blitz eingeschlagen und alles über die alten Berberaffen
die sie nach Clapham schickten ohne Schwanz die liefen immer
einer auf dem andern seinem Rücken bei der ganzen Vorstellung
sagte Mrs Rubio sie war ein waschechter Felsskorpion
stahlen die Hühner auf Inces Farm und warfen mit
Steinen wenn man in die Nähe kam er hat mich angestarrt
ich hatte die weiße Bluse an die vorne offen war um ihm Mut

zu machen so gut ich konnte aber nicht zu weit offen sie fingen
grad an dick zu werden bei mir ich sagte ich bin müde wir
lagen oberhalb der Föhrenbucht ein wildes Plätzchen ich
glaube das ist überhaupt der höchste Felsen den es gibt die
Galerien und Kasematten und die ganzen schrecklichen Felsen
da und die St Michaelshöhle mit den Eiszapfen oder wie die
heißen die da überall runterhängen und den Leitern ich hatte
ganz dreckige Schuhe davon also bestimmt ist das der Weg
runter wo die Affen unter dem Meer nach Afrika laufen
wenn sie sterben und die Schiffe weit draußen wie kleine
Holzspäne das war das Dampfboot nach Malta was vorbei-
fuhr da ja das Meer und der Himmel man konnte machen
was man wollte ewig so daliegen er streichelte sie von außen
bei mir das machen sie immer gerne ist wohl die Rundung und
ich hatte mich über ihn gebeugt mit meinem weißen Reisstrohhut daß er nicht mehr so neu war die linke Seite von meinem
Gesicht ist die bessere meine Bluse war offen weil es doch der
letzte Tag für ihn war ein ganz durchsichtiges Hemd hatte er
ich konnte das Rosa auf seiner Brust sehen er wollte meine
berühren mit seiner bloß einen kurzen Moment aber ich hab
ihn nicht lassen wollen er war ganz schrecklich böse deswegen
zuerst aus Angst ich kriege man weiß ja nie vielleicht die
Schwindsucht oder sitze auf einmal mit einem Kind da embarazada die alte Dienerin Ines hat mir erzählt daß schon ein
einziger Tropfen wenn er in einen reinkommt daß der schon
ich habs dann hinterher mit der Banane versucht aber ich
hatte Angst sie bricht mir ab und irgendwo bleibt ein Stück
stecken in mir ja weil einmal haben sie doch aus einer Frau
sowas rausgeholt was jahrelang in ihr drin war ganz mit
Kalksalzen überzogen wie versessen sind sie alle darauf daß
sie da wieder reinkommen wo sie rausgekommen sind man
könnte glatt meinen sie können gar nicht weit genug reinkommen und rauf und dann sind sie fertig mit einem bis zum
nächstenmal ja weil man doch so ein wunderbares Gefühl da
hat die ganze Zeit so zart wie haben wir dann eigentlich zuletzt alles oh ja ich habs ihm runtergeholt in mein Taschentuch

hab dabei so getan wie wenn ich überhaupt nicht erregt bin
aber ich hab die Beine auseinandergemacht ich wollte nicht
daß er mich berührt innen in meinem Unterrock ich hatte
einen Rock der an der Seite aufging eigentlich hab ich ihn ja
höllisch gequält zuerst wie ich ihn gereizt hab bei dem Hund
hab ich das auch immer gern gemacht im Hotel ihn auf die
Palme bringen rrrsssst wackewackewack er hatte die Augen
zu und ein Vogel flog unter uns er war ganz schüchtern aber
trotzdem ich mochte ihn wie an dem Morgen wo er richtig ein
bißchen rot wurde wie ich mich so über ihn gelegt hab wie ich
die Knöpfe aufgemacht hab bei ihm und sein Ding rausgeholt
und die Haut zurückgeschoben es hatte direkt so was wie ein
Auge mittendrin also eigentlich sind sie alle richtige Hinterns-
männer bloß auf der falschen Seite Molly mein Liebling
nannte er mich wie hieß er doch selber genau Jack Joe Harry
Mulvey ja und Leutnant war er glaub ich er war doch ziemlich blond hatte immer so ein Lachen in der Stimme ich war
davon wieheißtdasdoch alles war wieheißtdasdoch einen
Schnurrbart hatte er er sagte er kommt bestimmt wieder mein
Gott das ist alles noch für mich wie wenns gestern gewesen
wäre und wenn ich dann verheiratet wäre könnte ich was
erleben und ich habs ihm versprochen ja treu und ehrlich
wenn er jetzt da wäre ließe ich ihn ganz schnell zu mir rein
vielleicht ist er ja schon tot oder gefallen oder Kapitän längst
oder Admiral es ist fast 20 Jahre her wenn ich sagen würde
Föhrenbucht dann würde er wenn er sich von hinten ran-
schliche an mich und mir die Augen zuhielte daß ich raten soll
wer also dann würde ich ihn sofort erkennen er ist immer
noch jung so um 40 vielleicht ist er verheiratet mit irgendeinem Mädchen am Blackwater und hat sich ganz verändert
das tun sie alle ja sich verändern haben nicht halb so viel
Charakter wie eine Frau hat wenn die ahnte was ich mit
ihrem geliebten Gatten alles gemacht hab bevor daß er auch
bloß im Traum an sie dachte und auch noch am hellichten Tag
vor aller Welt Augen könnte man direkt sagen sie hätten glatt
einen Artikel darüber im Chronicle bringen können ich war

richtig wie toll hinterher wie ich die alte Tüte aufgeblasen
habe wo die Kekse drin waren von Benady Bros und platzen
lassen mein Gott was für ein Knall war das sämtliche Wald-
schnepfen und Tauben haben gekrischen wie wir denselben
Weg zurückgingen den wir gekommen waren über den mittleren Berg beim alten Wachthaus vorbei und am Judenfried-
hof wo wir so getan haben wie wenn wir das Hebräisch
dadrauf lesen täten ich wollte so gern mal mit seiner Pistole
schießen aber er sagte er hätte gar keine er wußte überhaupt
nicht woran er eigentlich mit mir war mit seinem spitzen
Käppchen das ihm immer schief auf dem Kopf saß egal wie
oft ichs ihm gradegerückt hab H M S Calypso ich hab meinen
Hut geschwenkt dieser alte Bischof der die lange Predigt hielt
am Altar über die höheren Funktionen des Weibes über die
Mädchen heutzutage die Fahrrad fahren und flotte Käppchen
tragen und die neuen Frauenbloomer Gott schick ihm Verstand
und mir mehr Geld also vielleicht sind die ja sogar nach ihm
genannt ich hab ja nie im Traum daran gedacht daß das mal
mein Name würde Bloom wie ich ihn in Druckbuchstaben
geschrieben hab um zu sehen wie er sich ausnahm auf einer
Visitenkarte oder für den Fleischer geübt wenn Sie bitte so
freundlich sein wollen M Bloom du siehst richtig bloomig aus
sagte Josie immer nachdem daß ich ihn geheiratet hatte na ja
immer noch besser wie Breen oder Briggs oder diese gräß-
lichen Namen mit bottom zum Beispiel Mrs Ramsbottom oder
irgendwas sonst mit bottom hinten Mulvey darauf wäre ich
auch nicht besonders scharf oder mal angenommen ich ließe
mich von ihm scheiden Mrs Boylan also meine Mutter egal
wer sie war die hätte mir ruhig auch einen etwas hübscheren
Namen geben können weiß Gott wo sie selber doch einen so
schönen hatte Lunita Laredo wie lustig das war wie wir die
Willis Road langgelaufen sind zum Europa Point im Zickzack
hin und her ganz rum um die andere Seite von Jersey sie
hüpften und tanzten mir in der Bluse wie Millys kleine Dinger jetzt wenn sie die Treppe raufläuft ich hab immer gern
auf sie runtergesehen bin immer an den Pfefferbäumen hoch-

gesprungen und den weißen Pappeln und hab die Blätter abgerissen und nach ihm geworfen er ist dann nach Indien gegangen wollte mir schreiben die Reisen die doch diese Männer immer machen müssen bis ans Ende der Welt und wieder zurück da ist es doch wirklich nicht zuviel wenn sie mal in die Arme einer Frau möchten solange sie noch können wo sie doch dann weggehen und irgendwo ertrinken oder in die Luft fliegen ich bin den Windmill Hill raufgestiegen zum Plateau an dem Sonntag morgen mit Captain Rubio seinem der gestorben war seinem Fernglas wie die Wache eins hatte er sagte er kriegte bestimmt eins oder zwei von Bord ich trug das Kleid vom B Marche Paris und die Halskette aus Korallen und die Meerenge leuchtete ich konnte rüber bis nach Marokko sehen fast bis zur Bucht von Tanger das ganz weiß war und das Atlasgebirge mit Schnee drauf und das Wasser war wie ein Fluß so klar Harry Molly Liebling ich hab immer an ihn gedacht auf dem Meer hinterher die ganze Zeit bei der Messe wie mein Unterrock auf einmal zu rutschen anfing bei der Wandlung wochenlang noch hatt ich das Taschentuch unter dem Kopfkissen wegen daß es nach ihm roch es war ja kein bißchen anständiges Parfüm aufzutreiben da in Gibraltar bloß dieses billige Peau despagne das ganz schnell fade war und wo man hinterher mehr stank als wie sonst was ich wollte ihm ja so gerne was zum Andenken schenken er gab mir diesen plumpen Claddagh Ring der Glück bringen sollte angeblich den ich dann Gardner geschenkt hab wie er nach Südafrika ging wo diese Buren ihn umgebracht haben mit ihrem Krieg und dem Fieber aber geschlagen worden sind sie dann trotzdem und nicht zu knapp wie wenn er direkt Unglück gebracht hätte wie ein Opal oder eine Perle aber was konnte man in so einem Land schon kriegen diese Sandstürme die immer von Afrika rüberkamen und das kaputte Schiff was in den Hafen einlief Marie die Marie sowieso nein er hatte gar keinen Schnurrbart das war Gardner ja muß aber 16 Karat echtes Gold gewesen sein weil er sehr schwer war ich seh sein Gesicht noch vor mir sauber rasiert Frsiiiiiiiiiiiiiiiiiiiiifrong schon wieder dieser Zug so ein wimmernder Ton einst in jenen teuren tohoten Tagen die nimmerwie derkehrn ich mach die Augen zu atme die Lippen vorgewölbt Kuß trauriger Blick die Augen offen piano eh Nebel auf die Welt sich senkt also dieses ebelauf find ich blöd kommt loves sweet ssoooooong da dreh ich voll auf wenn ich noch mal wieder an die Rampe komme Kathleen Kearney und ihr Klumbatsch Schreihälse Miss Sowieso Miss Siewosie Miss Sowosiewieso nichts wie lauter Spatzenfürze mit ihrem ewigen Gestichel und dem Gequatsche über Politik wo sie so viel von verstehen wie mein Hintern am Abend über Gott und die Welt bloß um sich irgendwie interessant zu machen hausbackene irische Schönheiten ich bin eine Soldatentocher jawoll und was seid ihr Bälger von Schuhmachern und Kneipenwirten och Entschuldigung Miss Kutsche ich dachte Sie wären ein Bollerwagen die würden doch glatt sofort aus den Pantinen kippen wenn die mal die Chance kriegten am Arm eines Offiziers die Alameda runterzuspazieren wie ich an dem Abend wo das Konzert war meine Augen blitzten mein Busen vor was sie nicht haben Leidenschaft die armen Dummköpfchen helf ihnen Gott ich hab schon mehr über Männer gewußt und über Leben wie ich 15 war als wie die alle zusammen wissen werden wenn sie 50 sind die haben ja überhaupt keine Ahnung wie man so ein Lied singt Gardner sagte kein Mann könnte meinen Mund und meine Zähne ansehn wenn ich lächelte so ohne daß er sofort da dran denken müßte ich war immer in Sorge er mag vielleicht meinen Akzent nicht zuerst er war ja selber so englisch war alles was mir Vater hinterlassen hat trotz seinen Briefmarken ich hab aber jedenfalls von meiner Mutter die Augen und die Figur sagte er immer also manche von diesen Stoffeln die sind ja derart rotznäsig eingebildet man glaubt es nicht aber war er kein bißchen war einfach hin von meinen Lippen wie verrückt darauf die sollen sich erstmal einen Ehemann angeln den man auch ansehn kann und eine Tochter kriegen wie meine oder probieren ob sie bei einem stinkfeinen Lackel landen können der Geld hat und sich jede aussuchen kann die er will wie Boylan und der es 4 oder 5 mal schafft aber richtig so mit gegenseitig in den Armen oder auch die Stimme ich hätt ja ohne weiteres Primadonna werden können bloß daß ich ihn geheiratet habe dann kommt looooves old tief unten ansetzen und das Kinn zurück aber nicht zu sehr sonst kriegt man ein Doppel aber My Ladys Bower ist zu lang für ein encore über das Gutsschloß bei Dämmerung mit dem Wallgraben und alles und der Gemächer Wölbung ja ich werd Winde die von Süden wehn singen was er nach der Aufführung auf den Chorstufen gebracht hat ich werde den Spitzenbesatz an meinem schwarzen Kleid ändern daß die Peppen mehr zur Geltung kommen und ich ja bei Gott ich lasse den großen Fächer ausbessern die sollen alle platzen vor Neid mich juckt andauernd das Loch wenn ich an ihn bloß denke ich hab das Gefühl ich muß schon wieder dringend spür einen Wind in mir aber lieber leise machen daß er nicht aufwacht sonst schlabbert er mich gleich wieder voll wo ich mich doch von oben bis unten gewaschen hab hinten Bauch und an der Seite wenn wir doch wenigstens ein Bad hätten oder ich mein eigenes Zimmer jedenfalls ich wünschte er schliefe irgendwo in einem Bett alleine mit seinen kalten Füßen an mir dran dann hätte man wenigstens Platz mal einen Furz zu lassen mein Gott oder sonst was lieber ja vorsichtig halten so ein bißchen nach meiner Seite piano still sweet swiiiii da ist der Zug noch mal weit weg ganz pianissimo iiiiiiii noch einen song

also das war ja doch eine Erleichterung fasse dich kurz laß einen Furz wer weiß vielleicht war das Schweinskotelett was ich gegessen hab mit der Tasse Tee hinterher nicht mehr ganz gut bei der Hitze gerochen hab ich an sich nichts also dieser Mann in dem Metzgerladen der immer so komisch guckt der ist bestimmt ein großer Gauner ich hoffe die Lampe da qualmt nicht krieg sonst die ganze Nase voll Ruß aber immer noch besser wie wenn er die ganze Nacht das Gas an läßt ich hab selbst in meinem Bett in Gibraltar nicht richtig schlafen können weil ich ewig aufstehn mußte um nachzusehn wieso bin ich bloß so verdammt nervös deswegen obwohl im Winter mag ichs eigentlich ganz gerne ist irgendwie gemütlicher oh mein Gott war das lausig kalt in dem Winter damals wie ich erst so zehn war oder war ich ja doch stimmt ich hatte die große Puppe damals mit all den komischen Kleidchen hab sie andauernd angezogen und wieder aus dieser eisige Wind der von den Bergen rüberkam von dieser Dingsbums Nevada Sierra Nevada ich stand immer am Feuer mit dem winzigen bißchen von kurzem Hemd was ich hochgezogen hatte um mich aufzuwärmen ich bin liebend gerne rumgetanzt darin damals und ins Bett zurück das war immer ein richtiges Rennen bestimmt war dieser Kerl von gegenüber jedesmal da die ganze Zeit und hat mich beobachtet bei Licht aus im Sommer und ich im Adamskostüm so rumgehopst ich hab mich immer selber geliebt damals hab nackig am Waschständer gestanden und mich gerieben und gekremt bloß wenn ich auf den Pott mußte bei der Szene hab ich das Licht ausgedreht ja so war das mit uns 2 beiden also mit schlafen ist es heute nacht wieder mal nichts mehr ich hoffe er läßt sich nicht mit diesen Medizinern ein die setzen ihm sonst noch einen Floh ins Ohr daß er sich einbildet er ist nochmal jung wieder also sowas kommt der um 4 am Morgen nach Hause soviel war es doch wenn nicht noch später trotzdem hat er immerhin noch Anstand genug gehabt mich nicht zu wecken was finden sie da eigentlich dran so die ganze Nacht Debatten zu führen Geld zu verplempern und immer betrunkener zu werden könnten sie nicht auch Wasser trinken dabei und dann fängt er an und bestellt großmächtig Eier und Tee und geräucherten Schellfisch aus Findon und heißen gebutterten Toast wahrscheinlich sitzt er eines schönen Tages noch da wie der König des Landes und stochert mit dem falschen Ende seines Löffels in seinem Ei rum also wo er das wohl gelernt hat und wie er dann die Treppe raufgefallen kommt am Morgen mit den klappernden Tassen auf dem Tablett wenn ich das schon höre und dann die Spielchen mit der Katze also die reibt sich an einem weil ihr das angenehm ist möchte wohl wissen ob sie Flöhe hat sie ist

genau so schlimm wie eine Frau andauernd am lecken und
schlecken aber die Krallen find ich widerlich die sie haben also
ob die wohl irgendwas sehen was wir nicht können derart am
starren wie sie immer sind wenn sie zum Beispiel so lange
oben auf der Treppe sitzt und lauscht wie ich immer warte
und was für ein Räuber auch die schöne frische Scholle die ich
gekauft hatte ich glaub ich hol mir etwas Fisch morgen oder
vielmehr heute es ist doch Freitag ja das mach ich mit etwas
Blancmanger mit schwarzer Johannisbeermarmelade wie früher immer nicht diese 2 Pfd Dosen mit Pflaumen und Apfel
gemischt von der London und Newcastle Williams und Woods
reicht zweimal so lange wenn bloß die Gräten nicht wären
deswegen sind mir auch Aale so widerlich Kabeljau ja ich
werd mir ein schönes Stück Kabeljau holen passiert mir
immer noch daß ich genug für 3 erwische vergess immer wieder das ewige Fleischerzeug von Buckley bin ich gründlich
satt Lendenkotelett und Schlegel und Rippensteak und Halsstück vom Hammel und Geschlinge vom Kalb also allein der
Name das reicht mir schon oder ein Picknick mal angenommen wir geben alle 5/- jeder und oder lassen ihn bezahlen
und laden irgendeine andere Frau für ihn ein wen denn mal
gleich Mrs Fleming und fahren raus zur Furry Glen oder zu
den Erdbeerfeldern also da könnten wir ja was erleben sämtliche Hufnägel bei den Pferden würde er erstmal überprüfen
wie ers auch mit den Briefen macht nein nicht mit Boylan dabei
ja mit etwas kaltem Kalbfleisch und Schinken gemischt Butter-
brote paar kleine Häuschen stehen da am hinteren Ufer zu
dem Zweck aber es ist höllisch heiß da er sagt auf keinen Fall
an einem Bankfeiertag ich hasse dies Gedrängel von zickigen
Gesangvereinen die einen Ausflug ins Grüne machen der
Pfingstmontag ist auch so ein Unglückstag kein Wunder daß
diese Biene ihn gestochen hat lieber doch an die See aber nie
im Leben steig ich nochmal in ein Boot mit ihm nach der Sache
damals bei Bray wo er den Bootsleuten erzählt hat er kann
prima rudern also wenn den jemand fragte ob er das Hinder-
nisrennen um den Goldpokal reiten kann er würde ja sagen

ja und dann gings los und wurde stürmisch und der alte Kahn
hopste bloß so rum und lag schief mit dem ganzen Gewicht
nach meiner Seite rüber und er rief mir zu ich soll die Zügel
ziehn rechts jetzt links ziehn und das Wasser schwappte überall massenhaft rein auf der hinteren Seite und sein Ruder
schlüpfte ihm aus der Zwinge ist ein wahres Wunder daß wir
nicht ertrunken sind alle das heißt er kann natürlich schwimmen ich aber nicht absolut kein Grund zur Besorgnis immer
schön die Ruhe bewahren er in seinen Flanellhosen ich hätt sie
ihm am liebsten runtergefetzt vor allen Leuten und ihm das
verabreicht was der Mann da in dem Buch flagellieren nennt
bis er schwarz und blau war eine richtige Tracht das hätt ihm
gefehlt wenn nicht diese Langnase da ich weiß nicht wer er ist
mit dieser andern Schönheit Burke aus dem City Arms Hotel
wenn die da nicht am rumspionieren gewesen wäre wie üblich
immer auf der Schlipphelling wo er nichts zu suchen hatte ob
nicht vielleicht ein Krach imgange war also wenn das Gesicht
bloß halb so widerlich wäre müßte man schon brechen wir
haben uns nie leiden können das ist wenigstens 1 Trost ich
möchte doch wissen was das für ein Buch ist was er mir mitgebracht hat Süße der Sünde ist wohl von irgendeinem Lebemann dieser Mr de Kock wahrscheinlich haben die Leute ihm
den Spitznamen gegeben weil er mit seiner Pfeife von einer
Frau zur andern ist ich konnte nichtmal meine neuen weißen
Schuhe wechseln alles ruiniert vom Salzwasser und der Hut
den ich hatte mit der Feder total ramponiert und verbeult auf
meinem Kopf wie ärgerlich und aufreizend auch weil der
Geruch auf dem Meer mich natürlich erregt hat die Sardinen
und Brassen in der Bucht von Catela im Rücken des Felsens
die waren schön alle richtig silbern in den Fischerkörben der
alte Luigi fast an die hundert hieß es stammte aus Genua und
der lange alte Bursche mit den Ohrringen also ich mag ja
Männer nicht an denen man hochklettern muß um dranzu-
kommen wahrscheinlich sind die alle schon tot jetzt schon
lange gestorben und verdorben also ich mag das gar nicht in
dieser riesigen Kaserne alleine sein des nachts werd mich aber

wohl damit abfinden müssen ich hab doch tatsächlich nie Salz
mitgebracht kein bißchen wenn wir umzogen in dem ganzen
Durcheinander eine Musikakademie wollte er aufziehen im
ersten Stock im Wohnzimmer mit einem Messingschild oder
Privatpension Bloom hat er mal überlegt will sich total ruinieren wie sein Vater gemacht hat unten in Ennis wie überhaupt die ganzen Sachen was er Vater erzählt hat die er alle
machen wollte und auch mir aber ich hab ihn gleich durchschaut was er mir alles ausgemalt hat wo wir hinfahrn könnten in den Flitterwochen die ganzen schönen Gegenden Venedig bei Mondschein mit den Gondeln und der Comer See wo
er ein Bild aus einer Zeitung ausgeschnitten hatte davon und
Mandolinen und Laternen oh wie entzückend hab ich gesagt
also wenn ich was gern mochte egal was dann hat er das
immer gleich machen wollen wenn nicht noch eher willst du
sein mein Mann mußt du feste ran er sollte einen ledernen
Orden kriegen mit einem Rand aus Knetgummi für all die
Pläne die er schmiedet und dann läßt er mich hier den
ganzen Tag allein wo man doch nie weiß was für ein alter
Bettler das sein kann da an der Tür der einen Kanten
Brot haben will mit seiner langen Geschichte kann ja ein
Landstreicher sein der dann den Fuß dazwischen stellt daß
ich nicht zumachen kann wie dieses Bild von dem verstockten Verbrecher wie er in Lloyds Weekly News genannt
wurde 20 Jahre im Zuchthaus und dann kommt er raus und
ermordet eine alte Frau wegen ihrem Geld also man muß sich
mal vorstellen was das für seine arme Frau bedeutet oder
seine Mutter oder egal wen ein Gesicht derart daß man gleich
meilenweit weglaufen möchte ich könnte nicht mehr ruhig
schlafen bis ich nicht sämtliche Türen und Fenster verriegelt
hätte um sicherzugehen aber so eingeschlossen sein wie in
einem Gefängnis oder Irrenhaus ist auch wieder schlimm die
sollten alle erschossen werden oder die neunschwänzige Katze
so ein Unhold wie der der auf eine arme alte Frau losgeht und
sie in ihrem Bett ermordet also ich würd sie ihm abschneiden
das würd ich nicht daß er noch besonders von Nutzen wäre

aber immerhin besser als gar nichts in der Nacht wo ich ganz
bestimmt Einbrecher gehört hatte in der Küche und er im
Hemd runterging mit einer Kerze und einem Schürhaken wie
wenn er auf eine Maus lauern wollte so weiß wie ein Laken
halb tot vor Angst und einen Lärm hat er dabei gemacht soviel er bloß konnte da konnten sich die Einbrecher schön
bedanken aber viel gibts bei uns ja wahrhaftig nicht zu stehlen weiß Gott trotzdem man hat doch ein anderes Gefühl
besonders jetzt wo Milly weg ist also das ist auch so eine
Schnapsidee von ihm daß er das Mädel da runterschickt daß
sie photographieren lernt alles bloß wegen seinem Großvater
statt daß er sie auf Skerrys Akademie schickt wo sie richtig
was lernen würde nicht wie ich die lauter Einser hatte auf der
Schule aber das hat er sowieso bloß wegen mir und Boylan
gemacht deswegen hat er das gemacht ganz bestimmt so wie er
immer alles plant und ausbrütet ich konnte mich ja nicht mehr
umdrehn hier in der Wohnung in letzter Zeit ohne daß ich
vorher die Tür abgeschlossen hatte richtig kribbelig hat mich
das gemacht wie sie immer reinkam ohne erst anzuklopfen
wie ich den Stuhl gegen die Tür gestellt hab grad wie ich mich
untenrum am waschen war mit dem Handschuh das geht
einem ja doch auf die Nerven sowas und dann die gepflegte
feine Dame spielen den ganzen Tag am besten in einen Glaskasten mit ihr wo man sie dann paarweise anschauen kann
wenn er wüßte daß sie der kleinen Nippesstatue die Hand
abgebrochen hat mit ihrer Tolpatschigkeit und Unvorsichtig-
keit bevor sie wegging wo ich dann den kleinen Italiener-
jungen geholt hab daß er sie wieder flickt so daß man die
Stelle überhaupt nicht sehen kann für 2 Schilling die wollte
einem ja nichtmal die Kartoffeln abgießen aber natürlich hat
sie ganz recht daß sie sich nicht die Hände ruiniert ich hab
wohl gemerkt daß er andauernd mit ihr geredet hat in letzter
Zeit bei Tisch und ihr so Sachen aus der Zeitung erklärt und
sie tat ganz so wie wenn sie alles versteht ist durchaus schlau
das kommt aus seiner Linie und wie er ihr in den Mantel
geholfen hat aber wenn mal was nicht stimmte mit ihr dann

hat sie das mir erzählt nicht ihm er kann nicht behaupten daß ich ihm was vormache das kann er wahrhaftig nicht ich bin einfach zu ehrlich dazu ist Tatsache wahrscheinlich denkt er womöglich ich bin schon total am Ende und sitzen geblieben also das bin ich bestimmt nicht nein kein Gedanke dran das wolln wir doch mal sehen das wolln wir doch wirklich mal sehen na und ganz schön aufs flirten ist sie ja auch aus mit Tom Devan seinen beiden Söhnen schlägt ganz nach mir macht alles genauso das Pfeifen zum Beispiel mit diesen Rangen den Murraymädchen die andauernd klingeln nach ihr kann Milly bitte mal rauskommen sie ist schon sehr gefragt die holen schon alles aus ihr raus was sie können drüben in der Nelson Street wo sie spät abends noch mit Harry Devan seinem Fahrrad gefahren ist also vielleicht ist es doch ganz gut daß er sie hingeschickt hat wo sie ist sie war ja allmählich kaum noch zu halten wollte andauernd auf die Schlittschuhbahn und dann daß die schon alle Zigaretten rauchen durch die Nase ich habs an ihrem Kleid gerochen wie ich den Faden abbiß von dem Knopf den ich ihr hinten an der Jacke angenäht hatte vor mir hat sie nicht viel verstecken können das wär ja noch schöner bloß ich hätt ihn ihr nicht anheften sollen während daß sie sie anhatte das bedeutet Trennung und der letzte Plumpudding ist auch in 2 Stücke gebrochen also es geht doch alles in Erfüllung egal was sie sagen ihre Zunge ist ein bißchen zu lang für meinen Geschmack und sowas sagt dann zu mir deine Bluse ist ein bißchen zu tief ausgeschnitten die Pfanne wirft dem Kessel seinen schwarzen Hintern vor und dann mußt ich ihr noch sagen sie soll doch nicht derart die Beine anziehn auf der Fensterbank daß jeder alles mögliche sehn kann sämtliche Leute die vorbeikommen die sehn sich ja alle nach ihr um wie bei mir damals wie ich in ihrem Alter war natürlich sieht man da auch in jedem alten Fetzen schick aus aber zur gleichen Zeit auch ein ganz großes Rührmichnichtan in ihrer Art zum Beispiel beim Only Way im Theatre Royal nehmen Sie gefälligst Ihren Fuß da weg also ich kann ja auch nicht ausstehn wenn Leute so an mir rummachen hatte eine Heidenangst ich könnte ihr den Plisseerock zerknautschen also was sich da so alles tun muß in den Theatern im Gedränge in der Dunkelheit die versuchen doch in einer Tour sich an einen ranzumachen zum Beispiel dieser Kerl hinten auf dem Parkett im Parkett im Gaiety wie ich wegen Beerbohm Tree in Trilby also das war absolut das letztemal daß ich da hingegangen bin ich laß mich doch nicht totquetschen wegen so einer Trilby oder ihrem Bohrbaum alle zwei Minuten hat mich der da angestoßen und dann jedesmal weggeguckt der kann doch nicht ganz bei Trost gewesen sein ich hab ihn dann später nochmal gesehen wie er versucht hat an zwei elegant angezogene Damen ranzukommen vor dem Schaufenster von Switzers genau dasselbe Spielchen ich hab ihn auf der Stelle erkannt wieder das Gesicht und alles aber er hat sich nicht mehr erinnert an mich ja und sie wollte nichtmal daß ich sie küsse am Broadstone wie sie wegfuhr na schön ich hoffe bloß sie findet jemand der um sie herumscharwenzelt wie damals ich wie sie mit Mumps lag die ganzen Drüsen geschwollen wo ist dies und wo ist das natürlich kann sie noch gar nichts richtig tief fühlen aber ich bin ja auch nie richtig gekommen bis ich wie alt eigentlich so um 22 war es ging alles immer daneben bloß die üblichen Mädchenalbernheiten und Kichereien diese Conny Connolly die ihr geschrieben hat mit weißer Tinte auf schwarzem Papier mit Siegelwachs versiegelt obwohl sie dann ja geklatscht hat wie der Vorhang fiel weil er doch gar so hübsch aussah wir hatten Martin Harvey dann zum Frühstück Mittag und Abendessen da ich hab hinterher noch gedacht daß das doch richtige Liebe sein müßte wenn ein Mann derart sein Leben aufgibt für eine so für nichts und wieder nichts solche Männer die gibts heute bloß noch ganz wenige an sich ist das ja auch schwer zu glauben so wenn das einem nicht mal selber passiert ist die Mehrzahl von ihnen hat doch kein Quentchen Liebe in sich so ihrer Natur nach daß man mal zwei Menschen findet heutzutage die so richtig ganz ineinander aufgehen die genau so empfinden wie man selber normalerweise sind die doch alle nicht ganz richtig im Kopf

auch sein Vater also der muß doch auch ein bißchen komisch
gewesen sein geht so einfach hin und bringt sich um mit Gift
nachdem daß sie nicht mehr da war trotzdem der arme alte
Mann er ist sich wahrscheinlich ganz verloren vorgekommen
auf einmal und wie verliebt sie dann auch immer in meine
Sachen war die paar alten Lumpen die ich habe wollte sich
mit 15 schon das Haar hochstecken und dann auch meinen Puder der ihr doch bloß die Haut ruiniert für das alles hat sie später im Leben noch reichlich genug Zeit natürlich ist sie zapplig
weiß ja genau daß sie hübsch ist mit den roten Lippen die sie
hat ein Jammer daß die nicht so bleiben ich war ja auch so
aber es hat keinen Zweck damit hausieren zu gehn also was
sie mir für Antworten gegeben hat wie ein Fischweib wie ich
sie gefragt hab ob sie mal schnell läuft und holt uns ein paar
Pfund Kartoffeln an dem Tag wie wir Mrs Joe Gallaher beim
Trabrennen trafen und sie so tat wie wenn sie uns gar nicht
sieht in ihrer Kutsche mit Friery dem Rechtsanwalt wir waren
ihr nicht vornehm genug bis ich ihr 2 saftige Ohrfeigen verpaßt hab die sich gewaschen hatten so die war für die Antwort die du mir gegeben hast und die für deine Unverschämtheit sie hatte mich derart in Rage gebracht mit ihren
Widerworten und ich war auch schlechter Laune weil wie
war das doch irgendwas schwamm im Tee oder ich hatte die
Nacht vorher nicht richtig geschlafen hatte Käse gegessen das
wars und ich hatte ihr immer und immer wieder gesagt sie
soll die Messer nicht so quer liegen lassen weil sie doch überhaupt keinen hat der sie kommandiert wie sie ja auch selber
gesagt hat also wenn er ihr nicht den Kopf zurechtsetzt dann
werde ich das tun das war jedenfalls das letztemal daß sie auf
die Tränentour durchgekommen ist obwohl ich an sich ja genau so war mir hat auch keiner zu befehlen gewagt im Haus
es ist natürlich seine Schuld daß er uns zwei hier schuften ließ
statt schon lange eine Frau anzuschaffen also ob ich wohl je
noch wieder ein anständiges Dienstmädchen kriege aber dann
würde die ihn natürlich sehen wenn er herkommt und ich
müßte sie einweihen oder sie nützt es aus eine richtige Plage

ist das mit denen die alte Mrs Fleming zum Beispiel bei der
muß man ewig hinterherlaufen ihr alle Sachen direkt in die
Hand geben und dann niest und furzt sie einem in einer Tour
in die Töpfe na ja sie ist natürlich auch schon alt kann eigentlich nichts dafür ein Glück ja bloß daß ich das verrottete alte
stinkige Wischtuch gefunden hab was hinter die Anrichte ge-
rutscht war ich wußte doch da war irgendwas und hab das
Fenster aufgemacht daß der Gestank abzog und da bringt er
dann seine Freunde mit und bewirtet sie wie die Nacht damals wie er mit einem Hund nach Hause kam also man glaubt
es nicht wo der doch ganz leicht hätte tollwütig sein können
besonders Simon Dedalus sein Sohn dem sein Vater ist ja
auch so ein ewiger Nörgler und Kritisierer wie dem schon die
Brille auf der Nase sitzt oder der Zylinder den er aufhatte
beim Kricketmatch und ein dickes großes Loch in der Socke
eins kommt doch immer zum andern und sein Sohn der diese
ganzen Preise gekriegt hat für was weiß ich auf der Mittel-
schule gewonnen also das muß man sich mal vorstellen klettert er da einfach über den Zaun da wenn ihn nun jemand
gesehen hätte der uns kennt ich wundre mich bloß daß er sich
nicht ein großes Loch in seine grandiosen Beerdigungshosen
gerissen hat wie wenn das eine was die Natur uns mitgegeben
hat nicht schon genügte schleift er ihn da runter in die dreckige
alte Küche also ist der denn noch zu retten frag ich schade daß
nicht noch Waschtag war und meine alten Schlüpfer groß und
breit auf der Leine zurschau aber ihm wär das ja egal mit dem
Fleck vom Bügeleisen den mir das alte Trampel da rein-
gebrannt hat er hätte sich wohlmöglich werweißwas gedacht
was das wäre und nichtmal die Talgflecken hat sie mir raus-
gemacht wie ich ihr gesagt hatte und jetzt geht sie einfach weg
so eine wie sie war wegen ihrem gelähmten Mann weil es dem
schlimmer geht irgendwas ist bei denen immer los Krankheit
entweder oder sie müssen sich unter eine Operation ziehen
oder wenns das nicht ist dann trinkt er und schlägt sie und ich
kann jetzt wieder rumhetzen und zusehn wie ich eine andere
kriege jeden Tag praktisch wenn ich aufstehe ist was neues

los ach du guter Gott ach du guter Gott also wenn ich mal
tot in meinem Grabe liege dann werd ich hoffentlich etwas
mehr Ruhe haben ich muß doch mal einen Moment aufstehn
wenn er mich läßt warte mal oh mein Jesus ja nun ist das auch
schon wieder losgegangen bei mir ja soll man da nicht die
Flöhe kriegen natürlich das ganze Bimsen und Rammeln und
Rumsen in mir rum was er gemacht hat was soll ich denn jetzt
bloß machen Freitag Samstag Sonntag da kann man doch
wahrhaftig aus der Haut fahren falls ers nicht grade mag was
ja manche Männer tun weiß Gott irgendwas ist doch immer
bei uns 5 Tage lang alle 3 oder 4 Wochen die übliche monat-
liche Blutspende also da kann man doch wirklich die Krätze
kriegen den Abend damals wie mirs genau so kam das erste
und einzige mal wo wir in einer Loge saßen die Michael Gunn
ihm geschenkt hatte um Mrs Kendal und ihren Mann im
Gaiety zu sehen er hatte irgendwas wegen einer Versicherung
gemacht für ihn bei Drimmie also da war ich total fertig aber
wollte nicht aufgeben wo doch der Lebemann auf mich runter-
starrte mit seinem Operngucker und er dabei auf der andern
Seite von mir und in einer Tour am reden über Spinoza und
seine Seele der doch schon Millionen Jahre tot war ich hab
gelächelt so gut wie ich konnte klitschnaß überall und mich
vorgebeugt wie wenn ich Interesse hätte dran mußte aushalten auf meinem Platz bis zum letzten Stichwort dann also das
vergeß ich nicht Scarlis Frau in einer Hetze ging das war
irgend so ein loses Stück über Ehebruch und dieser Idiot da
auf der Galerie wie der gezischt hat schändliche Ehebrecherin
brüllte er und hinterher ist der dann bestimmt losgezogen und
hat sich irgendeine aufgegabelt auf der nächsten Straße rum-
gerannt in den Hintergassen um sich zu entschädigen also der
hätte mal haben sollen was ich hatte damals dann hätte er
erst richtig buhen können ich wette sogar die Katzen sind
besser dran als unsereins ob wir eigentlich zuviel Blut in uns
haben oder was oh du geduldiger Himmel es fließt aus mir
raus wie ein Sturzbach aber immerhin hat er mich nicht
schwanger gemacht derart stark wie er ist ich hab keine Lust

die ganzen sauberen Laken zu versauen die ich aufgezogen hatte das saubere Zeug was ich anhatte das hats auch mit in Gang gebracht so ein Mist so ein verdammter Mist und die wollen immer einen Fleck auf dem Bett sehen um genau zu wissen daß man noch Jungfrau war bei ihnen was die für Sorgen haben die sind ja solche Narren man könnte Witwe sein oder 40mal geschieden schon ein Klecks rote Tinte wäre genug oder Brombeersaft nein der ist zu violettig ach herrjemine laß mich doch bloß da raus puh Süße der Sünde wer das den Frauen wohl eingebrockt hat so zwischen Kleiderflicken und Kochen und Kindern und dann auch noch dies verdammte alte Bett klingelt wie die Feuerwehr wahrscheinlich hat man uns noch auf der andern Seite vom Park hören können bis ich den Vorschlag gemacht hab wir legen die Steppdecke auf den Fußboden mit dem Kissen mir unter dem Hintern ich weiß gar nicht ob das eigentlich bei Tage schöner ist ich glaub eigentlich schon bloß leise jetzt also ich glaube ich rasier mir doch die ganzen Haare da unten ab machen mich bloß krätzig ich könnt wie ein junges Mädchen aussehen Mann oh Mann wär das ein Lutschbonbon für ihn nächstesmal wenn er mir die Röcke hochhebt ich gäb was drum wenn ich sein Gesicht sehn könnte dabei wo ist denn bloß der Topf wieder mal nicht da bloß leise also ich hab eine schaurige Angst das Ding kracht unter mir zusammen nach der Sache mit dem alten Nachtstuhl ich möcht doch wohl wissen ob ich zu schwer war wie ich auf seinem Knie gesesssen hab ich hab ihn ja mit Absicht auf dem Lehnstuhl sitzen lassen wie ich mir bloß die Bluse und den Rock ausgezogen hab zuerst in dem andern Zimmer er war ja derart amgange wo er eigentlich gar nicht sollte er hat mich nie richtig angefühlt ich hoff bloß mein Atem war auch schön süß nach dem Küßkonfekt leise bloß leise mein Gott ich entsinn mich noch früher mal da konnt ichs rauszischen wie nichts pfeifen wie ein Mann fast leise oh mein Gott macht das einen Krach hoffentlich sind Blasen drauf dann steht ein Haufen Geld ins Haus von irgendeinem Kerl ich muß es mir parfümieren morgen früh bloß nicht vergessen

ich wette solche Schenkel was besseres hat er noch nie gesehen
guck doch mal wie weiß sie sind die weichste Stelle ist grad
mitten dazwischen dies Eckchen hier wie zart und weich grad
wie ein Pfirsich bloß leise mein Gott ich hätt nicht viel dagegen wenn ich mal ein Mann wäre und könnte auf eine
schöne Frau steigen oh mein Gott was machst du für einen
Lärm wie die Jerseylilie etwa leise oh wie die Wasser brausen
bei Lahore

wer weiß vielleicht ist irgendwas innerlich mit mir nicht in
Ordnung oder ich hab ein Gewächs in mir wo ich die Sache
doch praktisch jede Woche derart kriege wann war doch das
letztemal daß ich Pfingstmontag ja das ist doch erst drei Wochen ungefähr ich muß wohl doch mal zum Doktor gehn
bloß es ist vielleicht dasselbe wie bevor ich ihn geheiratet hab
damals wie ich dies weiße Zeug immer am rauslaufen hatte
bei mir und Floey mich zu diesem vertrockneten alten Lu-
latsch Dr Collins geschickt hat für Frauenleiden an der Pembroke Road Ihre Vagina nannte ers immer wahrscheinlich hat
er deswegen die ganzen vergoldeten Spiegel und Teppiche
gehabt weil er diese reichen Ziegen von Stephens Green alle
ausgeplündert hat die in einer Tour zu ihm gerannt sind
wegen jedem kleinen Wehwehchen ihre Vagina und ihr Kot-
schinchina natürlich haben sie Geld also liegen sie richtig den
würd ich im Leben nicht heiraten und wenn er der letzte
Mann auf der Welt wäre und außerdem stimmt irgendwas
mit denen ihren Kindern nicht also wie der so den ganzen Tag
an diesen dreckigen Schlampen rumschnüffelt fragt er mich
doch ob was ich mache einen unangenehmen Geruch hat was
der sich eigentlich gedacht hat was ich da machen soll als wie
immer das gleiche etwa Gold das ist mir vielleicht mal eine
Frage wenn ichs ihm über sein ganzes runzliges altes Gesicht
schmierte ergebenstes Kompriment also dann wüßte er wahrscheinlich bescheid und geht es leicht durch bei Ihnen geht was
also ich dachte doch glatt schon er stellt sich den Felsen von
Gibraltar dabei vor so wie er das rausbrachte das ist auch so
eine allerliebste Erfindung übrigens bloß ich hänge mich

immer ganz tief in die Brille hinterher so weit wie ich mich
quetschen kann und zieh dann die Strippe daß alles wegbraust
ist so hübsch kühl wie prickelnde Nadeln aber irgendwas ist ja
doch wohl dran wahrscheinlich an Milly ihrem wie sie noch
ein Kind war hab ich immer gleich gemerkt ob sie Würmer
hatte oder nicht aber dann auch noch Bezahlung dafür wieviel
macht das Herr Doktor eine Guinee bitte und fragt mich tatsächlich ob ich oft Ausfluß habe wo nehmen diese alten Kerls
bloß diese ganzen Worte her Ausfluß und wie er mich dabei
mit seinen kurzsichtigen Augen angeschielt hat von der Seite
also dem würd ich nicht so weit über den Weg trauen daß ich
mich chloroformieren ließe von ihm oder Gott weiß was
trotzdem irgendwie gefiel er mir dann auch wieder wie er
sich dann hinsetzte und mir das Zeug ausschrieb so richtig
streng die Stirn gerunzelt dabei und mit seiner intelligenten
Nase verdammt sollst du sein du Lügenbeutel oh alles meinetwegen egal wer bloß kein Idiot er war natürlich schlau genug
um draufzukommen das war alles weil ich an ihn dachte und
an seine verrückten irren Briefe meine Teuerste alles was von
Deinem alles unterstrichen herrlichen Körper ausgeht bringt
Schönheit und Freude auf ewig hat er aus irgendeinem albernen Buch abgeschrieben was er hatte ich habs mir ja immer
selber gemacht 4 oder 5 mal am Tag manchmal und sagte ich
hätt es nicht sind Sie da auch ganz sicher oh ja hab ich gesagt
da bin ich ganz sicher auf eine Art daß er nichts mehr sagen
konnte ich wußte was als nächstes kam bloß eine natürliche
Schwäche lag daran daß er mich so erregte ich weiß nicht
wieso den ersten Abend schon wie wir uns begegnet sind
wie ich in Rehoboth Terrace wohnte noch wir standen da
und haben uns ungefähr 10 Minuten lang angestarrt wie
wenn wir uns schon mal irgendwo begegnet wären wahrscheinlich wegen daß ich Jüdin bin und nach meiner Mutter
aussehe er hat mich immer zum lachen gebracht mit was er so
alles sagte mit dem verschmitzten Lächeln um den Mund und
die Doyles sagten alle er will kandidieren daß er Parlaments-
mitglied wird oh bin ich blöd gewesen damals daß ich sein

ganzes Geschwätz geglaubt hab über Homerule und die Land League und wie er mir dieses ellenlange Lied aus den Hugenotten zum singen geschickt hat auf französisch weil das vornehmer wäre O beau pays de la Touraine was ich aber kein einzigesmal gesungen hab und dann dies ewige erklären und salbadern über Religion und Verfolgung er läßt einem doch partout an nichts seine natürliche Freude und dann aber dürfte er vielleicht als ganz große Gunst bei der allerersten Gelegenheit gleich die sich ihm bot in Brighton Square kam er in mein Schlafzimmer gelaufen behauptete er hat Tinte an die Finger gekriegt und wollte sie mit der Albionseife der mit Milch und Schwefel die ich immer nahm abwaschen und dabei war die Gelatine noch drum oh ich hab mich krank gelacht über ihn an dem Tag also ich sollte hier aber wirklich keine ganze Nachtsitzung halten auf diesem Ding wenn die Pötte doch wenigstens ein natürliches Format hätten daß man als Frau auch richtig drauf sitzen kann er kniet ja immer davor wenn er macht also ich glaube in der ganzen Schöpfung gibt es keinen 2ten Menschen mit so Gewohnheiten wie er hat nun seh sich einer doch bloß mal an wie er da schläft am Fußende vom Bett wie kann er das überhaupt so ohne Keilkissen ist ja bloß ein Glück daß er nicht um sich trampelt sonst würd er mir glatt sämtliche Zähne eintreten und wie er atmet überhaupt so mit der Hand auf der Nase wie dieser indische Gott den er mich mal mitgenommen hat mir zu zeigen an einem nassen Sonntag im Museum Kildare Street ganz gelb in so einem Kinderschürzchen lag der da auf der Seite auf der Hand alle zehn Zehen ausgestreckt wo er dann von sagte das wäre eine viel größere Religion als wie von den Juden und Unserm Herrn beides zusammen die ginge über ganz Asien und den macht er jetzt nach wie er überhaupt immer jeden nachmacht wahrscheinlich hat der auch immer am Fußende von seinem Bett geschlafen die riesigen Quanten bei seiner Frau im Gesicht verdammt dieser Stinkpott also jedenfalls wo ist denn wo sind denn also diese Tücher sind doch andauernd ah ja ich weiß na hoffentlich quietscht der alte Kleiderschrank nicht zu sehr ah aber natürlich ich wußt es doch er schläft aber wirklich fest muß sich ja gut amüsiert haben irgendwo das Luder hat was hergegeben für sein Geld weil klar muß er zahlen dafür bei ihr oh was für eine Plage dieses Ding ich kann bloß hoffen sie haben was besseres für uns in der anderen Welt verheddern uns hoffnungslos selber helf uns Gott also das reicht jetzt aber für diese Nacht dieses lumpige alte Klingelbett erinnert mich in einer Tour an den alten Cohen der hat sich wahrscheinlich oft genug einen abgekratzt da drin und er denkt Vater hat es von Lord Napier gekauft den ich immer so bewundert hab wie ich noch ein kleines Mädchen war weil ich ihm gesagt hab bloß leise piano oh ich mag mein Bett mein Gott das haben wir nun erreicht nach 16 Jahren in wieviel Häusern waren wir überhaupt Raymond Terrace und Ontario Terrace und Lombard Street und Holles Street und er läuft jedesmal fröhlich pfeifend durch die Gegend wenn wir wieder mal eine Rutschpartie machen seine Hugenotten oder den Froschmarsch und tut so wie wenn er den Männern groß hilft bei unsern paar Klamotten und Möbeln und dann das City Arms Hotel schlimmer immer schlimmer sagt Warden Daly das reizende Örtchen auf halber Treppe mit andauernd jemand drin ins Gebet vertieft der dann seinen ganzen Gestank hinterläßt man wußte jedesmal wer als letzter drauf gewesen war jedesmal wenn grad alles einigermaßen läuft mit uns passiert irgendwas oder er tritt wieder ganz groß ins Fettnäpfchen Thom und Hely und Mr Cuffe und Drimmie entweder bringt er sich mit Pauken und Trompeten an den Rand des Gefängnisses mit seinen alten Lotterielosen die für uns alle die Rettung sein sollten oder er kriegt die große Klappe und wird frech ich seh schon kommen bald fliegt er auch beim Freeman raus genau so wie früher wegen diesen Sinnern Fein oder den Freimaurern dann werden wir ja sehn ob der kleine Mann den er mir gezeigt hat der da so ganz alleine vor sich hin zockelte im Regen an der Coadys Lane ob der ihm dann viel Trost bringen wird wo er doch sagt daß der so echt irisch offenherzig und zugänglich

wäre also das ist er ja bestimmt der Offenherzigkeit seiner
Hosen nach zu urteilen die ich an ihm gesehn habe Moment
da schlägts von der Georges Church Moment 3 Viertel vor
Moment vor 2 also das ist ja eine schöne Zeit nachts nach
Hause zu kommen und da klettert er auch noch über den
Zaun wenn ihn nun einer gesehen hat also die kleine An-
gewohnheit werd ich ihm aber austreiben morgen werd mir
zuerst mal sein Hemd vorknöpfen und nachsehn oder ich
werd nachsehn ob er den Pariser noch hat in seiner Brieftasche
wahrscheinlich bildet er sich ein ich weiß das nicht sowas Hin-
terfotziges die Männer ihre sämtlichen 20 Taschen reichen
nicht aus für ihre Lügen wieso sollten wir denen wohl was
erzählen eigentlich die glauben uns ja doch nicht selbst wenns
die Wahrheit ist und dann wie er sich da eingewickelt hat im
Bett wie diese Babys in dem Aristokrates seinem Meisterwerk
was er mir ein anderesmal mitgebracht hat wie wenn wir
davon nicht schon genügend hätten im wirklichen Leben auch
ohne irgend so einen alten Aristokrates oder wie der heißt
sowas ekelt einen bloß noch mehr mit diesen widerlichen Bildern drin Kinder mit zwei Köpfen und ohne Beine das sind
so die Schweinereien wo die immer von am träumen sind mit
nichts anderes in ihrem leeren Schädel die sollte man doch alle
langsam vergiften die Hälfte von ihnen und dann aber Tee
und Toast für ihn auf beiden Seiten gebuttert und frisch-
gelegte Eier ich bin ja wohl gar nichts mehr wie ich mich nicht
von ihm lecken lassen wollte in der Holles Street die eine
Nacht Mann Mann Tyrann wie eh und je was das eine betrifft
er schlief die halbe Nacht nackt auf dem Fußboden wie das
die Juden immer machen wenn einer von ihren Angehörigen
stirbt und wollte kein Frühstück essen und sprach kein einziges Wort wollte gehätschelt und getätschelt werden also hab
ich gedacht für das eine Mal hab ich mich jetzt genug gesperrt
und hab ihn gelassen dabei macht ers auch noch ganz falsch
denkt bloß an seine eigene Lust dabei seine Zunge ist zu flach
oder ich weiß nicht was jedenfalls vergißt er daß wir ich aber
nicht ich werd es ihn nochmal machen lassen wenn er sich nicht

selber sperrt dagegen und dann sperr ich ihn runter in den
Kohlenkeller da kann er dann bei den Kellerasseln schlafen
also das möcht ich doch wissen ob sie das war Josie na soll sie
glücklich werden mit was ich abgelegt hab er ist ja auch der
geborene Lügner aber nein den Mut hätt er doch nie und
nimmer daß er mit einer verheirateten Frau deswegen will er
ja grad daß ich und Boylan obwohl was ihren Denis betrifft
wie sie ihn nennt also wie der aussieht so ein jämmerlicher
Anblick als Ehemann kann man den ja doch überhaupt nicht
bezeichnen ja nein irgendein kleines Hürchen ist es wo er sich
mit eingelassen hat sogar wie ich dabei war mit Milly bei den
Collegewettkämpfen dieser Hornblower mit dem Kinder-
käppchen oben auf seinem Dummkopf drauf hat uns hintenrum eingelassen also da mußte er seine Schafsaugen auch
gleich auf diese beiden da werfen Schürzenjäger auf Deubel
komm raus zuerst hab ich ja noch versucht ihm mit den Augen
einen Wink zu geben hatte aber natürlich keinen Zweck und
auf die Tour bringt er nun sein Geld durch das sind die Fol-
gen von Mr Paddy Dignam sowas kommt dann dabei heraus
ja sie warn alle ganz groß in Schale auf der Prachtsbeerdigung
in der Zeitung die Boylan mitbrachte wenn die mal eine
richtige Offiziersbeerdigung sähen das wäre was mit um-
gekehrten Gewehren gedämpfte Trommeln das arme Pferd
hinterher in schwarz L Boom und Tom Kernan das besoffene
kleine Faß von einem Mann der sich ein Stück von der Zunge
abgebissen hat wie er das Männerklo runtergefallen ist irgendwo in einem Lokal total betrunken und Martin Cunningham und die beiden Dedalusse und Fanny MCoy ihr Mann
der weiße Kappskopp so ein dürres Ding die mit ihren ver-
drehten Augen wie sie immer versucht hat meine Lieder zu
singen die sollte sich wünschen sie könnte nochmal ganz neu
geboren werden und ihr altes grünes Kleid mit dem Ausschnitt
ohne sowas täte sich ja auch kein Mensch mehr nach ihr umdrehen wie wenn man einen Rasen bei Regen sprengt ich seh
da völlig klar jetzt und das nennen sie nun Freundschaft
bringen sich um erst und begraben sich dann gegenseitig und

dabei haben sie doch alle Frau und Familie zu Hause besonders Jack Power der sich dieses Barmädchen hält ganz besonders der aber natürlich ist seine Frau ewig krank oder wird grad wieder krank oder es geht ihr grad wieder etwas besser und er sieht ja eigentlich auch noch ganz gut aus als Mann obwohl er schon ein bißchen grau wird über den Ohren ein reizender Verein ist das aber die kriegen mir meinen Mann nicht wieder in die Klauen wenn ich da ein Wörtchen mitzureden habe machen sich ja doch nur über ihn lustig hinter seinem Rücken ich weiß bescheid wenn er loslegt mit seinem blöden Kram weil soviel Verstand hat er ja doch noch daß er ihnen nicht jeden Penny den er verdient durch die Gurgel rinnen läßt und sich um seine Frau und seine Familie kümmert Taugenichtse allesamt der arme Paddy Dignam genauso irgendwie tut es mir ja eigentlich leid für ihn was soll seine Frau nun machen und die 5 Kinder falls er nicht versichert war der komische kleine Brummkreisel hat ewig in irgendeiner Kneipenecke gehockt und sie oder ihr Sohn warn geduldig am warten will Väterchen wohl bittebitte nach Hause kommen jetzt mit ihrer Witwentrauer wird sie wohl auch kaum besser aussehen obwohl an sich steht einem die ja blendend wenn man einigermaßen aussieht was für Männer war er nicht auch ja klar er war auch bei dem Glencree Dinner und Ben Dollard die Baß-Baritonne an dem Abend wo er sich den Schwalbenschwanz geborgt hat um damit in der Holles Street zu singen richtig reinzwängen und quetschen mußt er sich und grinste dabei über sein ganzes dickes Gesicht der Dollkopp wie ein ausgehauener Kinderpopo sah er nicht aus wie ein übergeschnappter Pfaffe also das muß ja auch ein Schauspiel gewesen sein auf der Bühne das muß man sich mal vorstellen da zahlt man 5/– auf den präservierten Plätzen für sowas um ihn zu sehen und Simon Dedalus ebenfalls der kam immer halb besoffen angestolpert sang den zweiten Vers zuerst die alte Liebe rostet nicht war eines von seinen so lieblich klang des Mädchens Sang im Hagedorn er war auch immer zum Courschneiden aufgelegt wie ich Maritana mit ihm gesungen hab in Freddy Mayers Privatoper er hatte aber auch eine phantastische Stimme einfach herrlich Phoebe Liebste lebwohl mein *Sweet*heart so hat er das immer gesungen nicht wie Bartell dArcy Sweet*tart* lebwohl natürlich hatte er auch eine richtige Naturstimme wo gar keine Kunst drin war man kam sich vor dabei wie unter einer warmen Dusche O Maritana du wilde Blume das haben wir herrlich gesungen obwohl es ein bißchen zu hoch war für meine Lage sogar transponiert und er war damals mit May Goulding verheiratet aber dann hat er immer irgendwas gesagt oder getan was alles wieder kaputt machte er ist jetzt Witwer ich möchte wohl wissen was sein Sohn für einer ist er sagt er ist Schriftsteller und wird Universitätsprofessor für italienisch und ich soll Stunden bei ihm nehmen also worauf will er damit nun wieder hinaus daß er ihm auch noch meine Photographie zeigt es ist gar keine gute von mir ich hätt sie in Draperie aufnehmen lassen sollen das sieht nie altmodisch aus und ich seh auch immer noch jung aus darauf ein Wunder direkt daß er sie ihm nicht geschenkt hat und mich gleich dazu schließlich warum nicht ich hab ihn mal gesehn wie er zur Kingsbridge Station fuhr mit seinem Vater und seiner Mutter ich war in Trauer damals 11 Jahre her ist das jetzt ja er wäre jetzt 11 obwohl wozu war das überhaupt gut daß ich in Trauer ging damals für praktisch nichts und wieder nichts aber natürlich er bestand drauf er würde sogar wegen der Katze in Trauer gehn das erste Schreien hat mir schon gereicht und ich hab auch die Totenuhr klopfen hörn in der Wand jetzt dürfte er ein richtiger Mann sein um diese Zeit war ein unschuldiger Junge damals und ein allerliebster kleiner Bursch in seinem Lord Fauntleroy Anzug und mit dem Lockenkopf wie ein Prinz auf der Bühne wie ich ihn bei Mat Dillon sah mochte er mich auch ich entsinn mich das tun sie alle Moment bei Gott ja Moment ja halt mal er war doch sogar in den Karten heute morgen wie ich aufgelegt habe Verbindung mit einem jungen Fremden weder dunkel noch blond den Sie schon früher mal getroffen ich dachte eigentlich er

wäre gemeint aber er ist ja doch kein junger Spunt mehr und
ein Fremder auch nicht außerdem war mein Gesicht in der
anderen Richtung was war denn die 7te Karte danach die Pik
10 das bringt eine Reise zu Lande und dann war noch ein
Brief unterwegs und allerlei Skandal auch die 3 Damen und
die Karo 8 Aufstieg in der Gesellschaft ja Moment es war
tatsächlich alles schon drin und auch die 2 roten 8en die neue
Kleider bedeuten schau mal einer an und hab ich nicht auch
irgendsowas geträumt ja da war irgendwas mit Gedichten
drin ich hoffe ja nur er hat keine so langen fettigen Haare die
ihm ins Gesicht hängen oder ihm abstehn wie bei einem Indianer was laufen die eigentlich derart rum bloß daß man sie
dann auslacht und ihre Gedichte auch ich hab ja Gedichte
immer gemocht wie ich ein Mädchen war zuerst dachte ich
auch er wäre ein Dichter wie Lord Byron ja Pustekuchen kein
Quentchen davon in seiner Naturanlage ich dachte er wäre
ganz anders möchte wohl wissen ob er noch zu jung ist er muß
so um die Moment 88 hab ich geheiratet 88 ja und gestern ist
Milly 15 geworden 89 wie alt war er denn damals bei Dillon 5
oder 6 so um 88 also ist er 20 oder noch mehr da bin ich nicht
zu alt für ihn wenn er 23 oder 24 ist hoffentlich bloß ist er
keiner von diesen blasierten Universitätsstudenten aber nein
dann hätt er sich nicht in die alte Küche gesetzt mit ihm und
Epps Kakao getrunken und geredet er hat natürlich so getan
wie wenn er alles versteht wohlmöglich hat er ihm noch erzählt er wäre mal auf dem Trinity College gewesen also zum
Professor werden ist er ja eigentlich noch sehr jung ich hoffe
bloß er ist nicht so ein Professor wie Goodwin war der war
Spezialprofessor für John Jameson die schreiben doch alle
über irgendeine Frau in ihren Gedichten also da kann ich mich
schon sehen lassen sowas wie mich findet er da nicht alle Tage
wo leis von Liebe die Gitarre seufzt wo Poesie liegt in der
Luft und das blaue Meer und wie der Mond so lieblich schien
damals wie wir mit dem Nachtboot von Tarifa zurückkamen
der Leuchtturm am Europa Point die Gitarre die der Bursche
da spielte war so ausdrucksvoll ob ich da wohl je noch wieder

hinkomme lauter neue Gesichter und hinterm Gitter zweier Augen Glanz das sing ich ihm vor das sind meine Augen wenn er nur ein bißchen ein Dichter ist zwei Augen dunkel glänzend wie der Liebe Stern sind das nicht herrliche Worte wie der jungen Liebe Stern weiß Gott das wird mal eine Abwechslung sein wenn man endlich mal einen intelligenten Menschen hat mit dem man über sich selber reden kann statt ewig ihm zuzuhören mit seinen Annoncen für Billy Prescott und Keyes und Tom den Deubel und dann wenn dann was schief geht im Geschäft bei ihnen dann müssen wir drunter leiden bestimmt ist er ja sehr vornehm so ein Mann käme mir schon recht mein Gott nicht wie dies ganze andere Gesocks und außerdem ist er jung wie diese schönen jungen Männer die ich unten in Margate gesehn hab von der Seite des Felsens am Badeplatz am Strand der eine stand hoch in der Sonne nackt wie ein Gott oder was und tauchte dann mit ihnen ins Meer warum sind nicht alle Männer so das wäre doch immerhin ein Trost für die Frauen wie zum Beispiel diese kleine Statue die er gekauft hat die könnte ich mir den ganzen Tag ansehn den Lockenkopf und die Schultern den Finger gehoben wie wenn man zuhören sollte was er sagt das ist doch mal wirkliche Schönheit und Poesie ich hab oft das Gefühl gehabt ich möcht ihn von oben bis unten abküssen auch seinen allerliebsten kleinen Pimmel da einfach nur so ja ich würd nicht mal was dagegen haben ihn in den Mund zu nehmen wenn grad keiner hinsieht wie wenn er einen am bitten wäre daß man dran saugt so sauber und weiß sah er aus mit seinem Jungengesicht ich würd ihn auch glatt in $1/2$ Minute sogar wenn was rauskäme aber was macht das schon ist doch bloß wie Haferschleim oder wie der Tau und Gefahr ist auch keine dabei außerdem wäre er ja so sauber im Vergleich mit diesen Schweinen von Männern denen nicht mal im Traum einfällt daß sie das Ding waschen von 1 Jahresende zum andern die meisten wenigstens und davon kriegen die Frauen dann den Schnurrbart bloß davon also bestimmt ist das großartig wenn ich mich mit so einem hübschen jungen Dichter einlassen kann

in meinem Alter noch gleich als erstes morgen früh werd ich
auflegen bis ich sehe ob die Wunschkarte kommt oder ich versuchs und paare die Dame selbst und sehe ob er rauskommt
dabei ich werd alles lesen und studieren was ich finden kann
oder auch bißchen was auswendig lernen wenn ich bloß wüßte
wen er so am liebsten hat daß er mich nicht für doof hält
wenn er vielleicht denkt alle Frauen sind gleich und das
andere das kann ich ihm dann beibringen er soll sich fühlen
bei mir daß es ihm durch und durch geht bis er halb ohnmächtig ist unter mir und dann wird er über mich schreiben Liebhaber und Geliebte ganz öffentlich auch mit unsern 2 Photographien in allen Zeitungen wenn er berühmt wird oh aber
was ist dann mit ihm was mach ich dann mit
nein das ist doch keine Art bei ihm er hat überhaupt keine
Manieren und überhaupt kein Benehmen und überhaupt kein
gar nichts in seiner Natur mir derart auf den Hintern zu
klapsen bloß weil ich ihn nicht Hugh nennen wollte dieser
Dummkopf der ein Gedicht nicht von einem Kohlkopf unterscheiden kann das hat man nun davon daß man ihnen ihre
Freiheit läßt zieht er sich doch die Schuhe und Hosen da direkt
vor mir auf dem Stuhl aus so ein Frechling fragt nichtmal um
Erlaubnis und steht da so richtig ordinär in seinem halben
Hemd was sie immer anhaben daß ich ihn wohlmöglich noch
bewundere wie ein Priester oder ein Metzger oder diese alten
scheinheiligen Heuchler zur Zeit von Julius Caesar natürlich
hat er an sich ja ganz recht so wie ers macht daß er sich die
Zeit so lustig wie möglich vertreibt klar aber da könnte man
ja auch gleich mit einem ja was eigentlich ins Bett mit einem
Löwen mein Gott also bestimmt wäre mit dem was besseres
anzufangen so ein alter Löwe der würde na ja schön es lag
wahrscheinlich daran daß sie so rund und zum anbeißen waren in meinem kurzen Unterrock daß er nicht widerstehen
konnte sie regen mich selber manchmal auf die Männer habens
doch gut soviel Lust wie sie aus einem Frauenkörper kriegen
wir sind so schön rund und weiß für sie ich hab mir ja immer
schon gewünscht ich wäre einer zur Abwechslung mal bloß um

zu probieren wie das ist mit dem Ding was sie haben was derart hart anschwillt an einem und zur gleichen Zeit so weich ist wenn man es anfaßt mein Onkel John nicht bang der hat ein Ding sooo lang hab ich mal die Straßenjungen rufen hören wie ich an der Ecke Marrowbone Lane vorbeikam und meine Tante Marian die hat ein Ding mit Haaren dran weil es dunkel war nämlich und sie wußten es kommt ein Mädchen vorbei ich bin nichtmal rot geworden deswegen warum sollte ich auch ist doch bloß die Natur und er steckt sein Ding so lang in Tante Marians undsoweiter jedenfalls lief dann alles darauf hinaus daß der Besenstiel in eine Besenbürste gesteckt wird also das ist doch wieder typisch Männer die können sich raussuchen und auswählen was ihnen paßt eine verheiratete Frau oder eine lustige Witwe oder ein Mädchen jeweils ganz nach Geschmack wie diese Häuser hinter der Irish Street nein aber wir sollen ewig angekettet sein also mich legen sie nicht an die Kette bloß keine Angst wenn ich mal loslege das laßt euch gesagt sein wegen einem stumpfsinnigen Ehemann seiner Eifersucht wieso eigentlich können wir nicht alle Freunde dabei bleiben statt daß immer gleich Streit ausbricht ihr Mann hat rausgekriegt was sie gemacht haben zusammen na schön ganz natürlich und wenn schon kann ers denn ungeschehen machen coronado ist er sowieso egal was er macht und dann geht er ins andere verrückte Extrem wie bei der Frau in Schöne Tyrannen natürlich hat der Mann überhaupt keinen Blick für ob Ehemann oder Ehefrau oder wie es ist einfach die Frau die er will und die kriegt er auch wozu wären uns sonst wohl diese ganzen Wünsche mitgegeben also ich möchte doch wissen ich kann mir nicht helfen wenn ich noch jung bin genug es ist an sich ein Wunder daß ich kein altes runzeliges Reff geworden bin vor meiner Zeit so wie ich mit ihm lebe derart kalt wie er ist er umarmt mich ja überhaupt nicht mehr außer bloß manchmal wenn er im Schlaf ist das falsche Ende von mir weiß dann wahrscheinlich gar nicht wen er vor sich hat also ein Mann der eine Frau auf den Hintern küßt der kann mir gestohlen bleiben der bringt es wohlmöglich dann fertig hinterher und küßt alles mögliche andere Unnatürliche noch wo wir überhaupt keinen Ausdruck drin haben nicht 1 einziges Atom da sind wir doch alle genau gleich 2 Klumpen Speck also bevor ich sowas bei einem Mann täte pfui diese dreckigen Schweine schon der Gedanke daran reicht mir ich küsse Ihnen die Füße Señorita da ist doch irgendwie noch ein Sinn drin hat er nicht sogar die Flurtür bei uns geküßt ja hat er so ein Irrer kein Mensch versteht seine vertrackten Einfälle außer mir aber trotzdem natürlich eine Frau brauchts daß sie 20mal am Tag in die Arme genommen wird fast einfach daß sie jung bleibt egal von wem Hauptsache sie ist verliebt oder wird geliebt von jemand wenn der Bursche den man will nicht da ist manchmal bei Gott ja hab ich schon gedacht ich geh einfach zu den Kais runter an irgendeinem dunklen Abend mal wo keiner mich kennt und gable mir da einen Matrosen auf der grad eingelaufen ist und entsprechend scharf drauf und sich einen Furz schert wem seine ich bin bloß daß er seine Ladung loswird oben in einem Torbogen irgendwo oder einen von diesen Zigeunern in Rathfarnham mit den wilden Gesichtern die ihr Lager ganz nah bei der Bloomfield Wäscherei hatten um uns unsere Sachen zu klauen wenn sie konnten ich hab aber meine bloß paarmal hingeschickt wegen dem Namen weil das doch Musterwäscherei hieß aber jedesmal kamen bloß so alte Klotten zurück einzelne Strümpfe dieser Bursche zum Beispiel mit den schönen Augen der wie ein Gauner aussah der da so amgange war und eine Gerte abschälte so einer könnte mich mal im Dunkeln überfallen und mich gegen die Mauer drücken bloß so ohne ein Wort oder ein Mörder oder überhaupt jeder egal was sie machen die feinen Herren in ihren Zylindern zum Beispiel dieser K C der hier weiter oben irgendwo wohnt kam aus der Hardwicke Lane an dem Abend wo er das Fischessen für uns gab wegen weil er in dem Boxkampf gewonnen hatte natürlich war das nur wegen mir daß er das gab ich hab ihn an seinen Gamaschen erkannt und am Gang und wie ich mich dann mal rumdrehte grad eine Minute später bloß so um mal zu sehen da

kam auch noch eine Frau raus hinterher irgend so eine schäbige
Prostituierte und danach dann geht er nach Hause zu seiner
Frau bloß ist wahrscheinlich wieder die Hälfte von diesen
Matrosen krank und ansteckend oh schieb doch deinen fetten
Kadaver aus dem Weg da Herrgottnochmal nun hör sich das
einer an die Winde die mein Seufzen zu dir tragen ja ja er hat
gut pennen und seufzen der große Spinner Don Poldo de la
Flora wenn er wüßte wie er heut morgen in den Karten rausgekommen ist dann hätt er einen Grund zum seufzen ein
dunkler Mann irgendwie in der Patsche zwischen 2 7en auch
noch im Gefängnis für weiß der Himmel was ich weiß nicht
und da soll ich rumschlurfen unten in der Küche daß seine
Lordschaft sein Frühstück kriegt während er da zusammengerollt rumliegt wie eine Mumie also soll ich das überhaupt
hast du mich schon mal rennen sehn ich würd mich ja eigentlich ganz gerne mal selber dabei sehen wenn man aufmerksam
ist gegen sie behandeln sie einen wie den letzten Dreck mir ist
das doch schnurzegal was die Leute sagen jedenfalls wär es
viel besser für die Welt wenn sie von den Frauen regiert
würde von Frauen hat man noch nie gesehn daß sie sich
gegenseitig umbringen und schlachten wann hat man überhaupt mal gesehen daß Frauen sich besoffen rumtreiben wie
die das machen oder daß sie den letzten Penny den sie haben
im Spiel riskieren und bei Pferdewetten verlieren ja weil
nämlich eine Frau egal was sie macht weil die weiß wann sie
aufhören muß und überhaupt die wären doch nichtmal auf
der Welt wenn wir nicht wären die wissen ja gar nicht was
das heißt Frau zu sein und Mutter wie sollten sie auch wo
kämen sie alle wohl hin wenn sie keine Mutter hätten die sich
um sie kümmert was ich ja nie gehabt hab das ist wahrscheinlich auch der Grund daß er jetzt immer wegrennt des Nachts
von seinen Büchern und Studien und nicht zu Hause wohnt
und lebt weil da wahrscheinlich der übliche Krach ist dauernd
na ja es ist schon ein trauriger Fall das da haben Leute nun so
einen schönen Sohn und sind nicht zufrieden und ich hab keinen ob er das wohl nicht fertiggebracht hat einen hinzukrie-

gen an mir lag es jedenfalls nicht wir sind zusammengekommen damals wie ich die beiden Hunde beobachtet hab ihn hinten in ihr drin einfach so mitten auf der nackten Straße mich hat das ja doch total entmutigt ich glaube vielleicht hätt ich ihn doch nicht in dem kleinen Wolljäckchen beerdigen sollen wo ich so geweint hab beim Stricken sondern es irgendeinem armen Kind schenken aber ich hab gleich genau gewußt ich krieg nie wieder eins unser erster Todesfall war das auch es war nicht mehr wie früher mit uns seitdem oh ich will mich nicht mehr in trübsinnige Gedanken verlieren deswegen möchte wohl wissen wieso er eigentlich nicht über Nacht bleiben wollte ich hatte die ganze Zeit das Gefühl es ist jemand Fremdes den er mitgebracht hat statt durch die Straßen zu streifen wo ihm Gott weiß wer begegnen kann lichtscheues Gesindel und Taschendiebe seine arme Mutter sähe das gar nicht gern wenn sie noch am Leben wäre er kann sich ins Unglück stürzen für immer trotzdem an sich ist das eine schöne Tageszeit nachts wenn alles so still ist ich bin auch immer so gerne heimgelaufen nach dem Tanzen die schöne Nachtluft und alles die haben Freunde mit denen sie reden können wir haben keine entweder will er was er doch nicht kriegt oder es ist irgendeine Frau die einem jeden Moment das Messer in den Leib stoßen kann ich hasse das bei Frauen kein Wunder daß sie uns so behandeln wie sies tun wir sind schon gräßliche Luder wahrscheinlich kommt das von den ganzen Schwierigkeiten die wir haben die machen uns so böse und bissig aber ich bin ja gar nicht so er hätte ruhig auf dem Sofa drüben schlafen können in dem andern Zimmer aber wahrscheinlich war er schüchtern wie ein Junge wo er ja auch noch so jung ist kaum 20 wegen mir wo ich doch dann im Zimmer direkt nebenan wäre er hätte mich hören können auf dem Topf ach was wär auch nicht weiter schlimm Dedalus das klingt wie die Namen in Gibraltar immer Delapaz Delagracia ganz verteufelt komische Namen hatten sie da Pater Vilaplana von Santa Maria der mir den Rosenkranz geschenkt hat Rosales y OReilly in der Calle las Siete Revueltas und

Pisimbo und Mrs Opisso in der Governor Street oh weiowei
was für ein Name ich würde sofort gehn und mich im nächst-
besten Fluß ertränken wenn ich so hieße wie die nein sowas
und dann die ganzen Straßen alle Paradise Ramp und Bedlam
Ramp und Rodgers Ramp und Crutchetts Ramp und die
Devils Gap Steps na jedenfalls eigentlich kann man mir nicht
groß zum Vorwurf machen daß ich ein bißchen halsüberkopf
bin doch doch ich weiß das bin ich ein bißchen aber ich erkläre
vor Gott ich fühl mich noch keinen Tag älter als wie damals
also das möcht ich jetzt direkt wissen ob ich das Spanisch wohl
noch hinkriege ohne daß ich mir die Zunge zerbreche dabei
como esta usted muy bien gracias y usted siehmalan alles hab
ich doch noch nicht vergessen wie ich erst dachte wegen der
Grammatik ein Dingwort bezeichnet eine Person einen Platz
oder eine Sache schade daß ich nie versucht hab diesen Roman
zu lesen den mir die rechthaberische Mrs Rubio lieh von Valera
mit den Fragen drin alle verkehrtrum so und so ich wußte ja
immer daß wir am Ende dann doch wieder weggehen würden
aber ich kann ihm Spanisch beibringen und er mir Italienisch
dann wird er schon sehen daß ich nicht so unwissend bin wie
schade daß er nicht dageblieben ist der arme Kerl war ja bestimmt todmüde und brauchte ganz dringend einen festen Schlaf
ich hätte ihm das Frühstück ans Bett bringen können mit ein
bißchen Toast zum Beispiel das heißt solange wie ichs nicht
am Messer gemacht hab weil das Unglück bringt oder wenn
die Frau mit der Wasserkresse vorbeikam und irgendwas
schönes und leckeres in der Küche sind noch paar Oliven die
er vielleicht mag ich selber hab sie ja nie riechen können in
Abrines ich könnte die criada machen das Zimmer sieht ja
ganz ordentlich aus seit ich die Sachen umgestellt hab siehst
du ich hab doch irgendwie was geahnt die ganze Zeit ich hätte
mich vorstellen müssen weil er mich ja nicht schon seit Adam
kennt das wär direkt lustig gewesen ich bin seine Frau oder
so tun wie wenn wir in Spanien wären und er wird langsam
wach und hat keinen blassen Schimmer wo er ist dos huevos
estrellados señor mein Gott manchmal fallen mir wirklich die

verrücktesten Sachen ein aber ein großer Spaß wär es schon
mal angenommen er bliebe bei uns ja warum eigentlich nicht
die Kammer oben steht leer und Millys Bett im Hinterzimmer er könnte was er so schreibt und seine Studien an dem
Tisch drinnen machen alles was er so kritzeln muß und wenn
er morgens im Bett lesen will wie ich also wenn er das Frühstück für 1 macht dann kann ers ebenso gut auch gleich für
2 machen ist doch klar ich nehm doch nicht irgendwelche
Untermieter von der Straße auf wegen ihm wenn er so einen
großen Kasten von Haus nimmt wie dieses ich würd mich gern
mal mit einem richtig intelligenten gebildeten Menschen unterhalten ich müßte mir ein schönes Paar rote Pantoffeln
anschaffen wie diese Türken mit dem Fez immer verkauft
haben oder gelbe und einen schönen halbdurchsichtigen Mor-
genrock den ich ganz dringend brauche oder auch eine pfirsich-
blütene Matinee wie die damals bei Walpole für bloß 8/6
oder 18/6 also ich geb ihm sogar noch mehr Gelegenheit ich
werd ganz früh aufstehn morgens das alte Bett von diesem
Cohen bin ich sowieso satt ich könnte rüber auf den Markt
gehen und mir das ganze Gemüse ansehn und den Kohl und
Tomaten und Möhren und alle möglichen Sorten herrliches
Obst was alles so schön frisch reinkommt da und wer weiß
wer mir dann als erster Mann über den Weg liefe die liegen
doch schon in aller Herrgottsfrühe auf der Lauer wie Mamy
Dillon immer gesagt hat recht hat sie gehabt und bis spät in
die Nacht das war ihr Kirchgang also jetzt gäb ich was drum
wenn ich eine große saftige Birne hätte die einem auf der
Zunge zergeht wie immer wenn ich in der Hoffnung war
dann könnten mir seine Eier gestohlen bleiben und der Tee
in der Schnurrbarttasse die sie ihm geschenkt hat wo ihm bloß
das Maul immer größer von wird wahrscheinlich würd er
auch meine Sahnecreme gern mögen ich weiß was ich tue ich
werd immer ziemlich fröhlich rumlaufen nicht zu viel allerdings und ein bißchen singen von Zeit zu Zeit mi fa pietà
Masetto und dann zieh ich mich langsam an zum Ausgehn
presto non son più forte ich zieh mein bestes Hemd an und

Schlüpfer und seh zu daß er auch ordentlich was mitkriegt
davon daß ihm sein Pimmel hübsch zum stehen kommt und
das soll er dann auch ruhig alles erfahren wenn es das ist was
er gewollt hat daß seine Frau gefickt wird jawohl und zwar
verdammt gut gefickt bis rauf an den Hals nicht von ihm so
5 oder 6 mal in einer Tour da ist doch noch der Fleck von
seinem Samen auf dem sauberen Bettuch wär mir viel zu viel
Arbeit extra auszubügeln also das sollte ihn doch eigentlich
befriedigen wenn du mir nicht glaubst fühl doch meinen
Bauch an falls ich ihn nicht so weit gekriegt habe daß er steht
und ihn mir reinschiebt ich hab direkt eine tolle Lust ihm alles
haarklein zu erzählen und ihn dann vor mir machen zu lassen
geschieht ihm nur recht ist alles seine eigene Schuld wenn ich
eine schändliche Ehebrecherin bin wie dieser Doofmann auf
der Galerie gerufen hat oh also wenn das alles ist an Schlim-
mem was wir in diesem Jammertal getan haben weiß Gott
dann ist das nicht viel und sowieso tut das doch jeder bloß
daß es alle bloß heimlich machen und nicht zugeben und
wahrscheinlich ist es das ja auch wozu eine Frau überhaupt da
ist sonst hätte Er uns ja wohl nicht so gemacht wie Er hat so
anziehend für Männer und wenn er dann meinen Hintern
küssen will dann zieh ich meine Schlüpfer auf und pflatsch es
ihm direkt ins Gesicht in Lebensgröße und dann kann er mir
seine Zunge 7 Meilen weit ins Loch stecken so wie er da ist
mein Scheidegruß haha und dann werd ich ihm auch einfach
sagen ich brauch £ 1 oder vielleicht 30/- ich sag ich muß mir
dringend Unterwäsche kaufen und wenn er mir das dann gibt
also ja dann wär er gar nicht so schlecht ich will ihm ja nicht
alles aus dem Kreuz leiern wie andere Frauen das machen ich
hätt mir schon oft für mich selber einen schönen Scheck aus-
stellen können und seinen Namen draufschreiben über ein
paar Pfund mehrmals schon wo er vergessen hatte es einzu-
schließen außerdem würde ers ja gar nicht ausgeben von mir
aus kann ers mir auch hinten drauf machen ich laß ihn das
heißt wenn er mir nicht meine ganzen guten Schlüpfer voll-
schmiert oh aber wahrscheinlich geht das gar nicht anders ich

werd einfach die Gleichgültige spielen so 1 oder 2 Fragen
dann weiß ich schon aus den Antworten wenn ihm danach ist
er kann ja doch nichts vor mir zurückhalten ich merk jeden
noch so kleinen Stimmungswechsel bei ihm sofort ich klemm
einfach die Backen fest zusammen und also na ja und laß ein
paar schmutzige Worte raus so Arschschnüffler oder leck mir
die Scheiße oder jedenfalls das erstbeste verrückte Zeug was
mir in den Sinn kommt und dann aber dann komm ich mit
meinem Vorschlag ja oh Moment mal jetzt Schätzchen jetzt
komm ich erstmal an die Reihe ich werd ganz heiter und
freundlich sein dabei oh aber jetzt hab ich ganz diese Bluts-
schweinerei vergessen pfui die ich habe man weiß wahrhaftig
nicht ob man lachen oder weinen soll so ein Gemisch aus
Scheiße und Reis was wir sind nein ich werd doch die alten
Klamotten tragen müssen na umso besser das ist dann noch
deutlicher und er weiß hinterher nicht ob er das da gemacht
hat oder nicht ist noch immer gut genug für dich überhaupt
jeder alte Fetzen und dann wisch ich ihn ab von mir ganz
einfach so wie ein Geschäft seinen Ausfluß und dann geh ich
aus und er kann dableiben und an die Decke starren wo ich
wohl hingegangen bin das soll er das will ich ich will daß er
mich braucht das ist die einzige Möglichkeit was Viertel nach
schon was für eine unheimliche Zeit wahrscheinlich stehn sie
in China jetzt grade auf kämmen sich ihre Zöpfe aus für den
Tag bei uns läuten die Nonnen jetzt bald das Angelus die
haben keinen der bei ihnen reingestolpert kommt und ihnen
die Nachtruhe verdirbt außer bloß gelegentlich mal ein Priester oder zweie wegen seinem Nachtgottesdienst der Wecker
nebenan bei Hahnenschrei schrillt sich einen ab wie wenn er
sich selber um Sinn und Verstand bringen wollte laß mal
sehn ob ich noch wieder etwas eindämmern kann 1 2 3 4 5
was sind das eigentlich für Blumen die sie da erfunden haben
wie die Sterne die Tapete in der Lombard Street war viel
schöner die Schürze die er mir geschenkt hat die war so ähnlich gemustert ich hab sie aber bloß zweimal getragen lieber
die Lampe bißchen runterdrehn und nochmal versuchen daß

ich früh auch aus den Federn komme ich werde zu Lambe gehn da neben Findlater daß sie uns paar Blumen schicken die ich in der Wohnung aufstellen kann für den Fall daß er ihn morgen mit nach Hause bringt heute meine ich nein nein Freitag ist ein Unglückstag zuerst will ich mal etwas saubermachen in der Wohnung ich glaube der Staub wächst sogar während ich am schlafen bin dann können wir etwas musizieren und Zigaretten rauchen ich kann ihn begleiten aber zuerst muß ich noch die Tasten vom Klavier säubern mit Milch was zieh ich denn an soll ich eine weiße Rose tragen oder haltmal diese schönen Kuchen bei Lipton also ich liebe ja diesen Duft in einem reichen großen Laden zu 7½ d das Pfund oder die andern mit den Kirschen drin und der rosa Zucker 11d das Kilo und natürlich eine schöne Topfpflanze für mitten auf den Tisch die krieg ich doch billiger bei Moment wo war das doch ich hab sie doch kürzlich erst gesehn noch ich liebe ja Blumen am liebsten hätt ich die ganze Wohnung täte in Rosen schwimmen Gott im Himmel es geht doch nichts über die Natur die wilden Berge dann das Meer und die Wellen wie sie am rauschen sind und das schöne Land mit Hafer und Weizenfeldern und allen möglichen Sachen und das ganze schöne Vieh am weiden das täte einem so richtig gut mal wieder Flüsse zu sehen und Seen und Blumen alle möglichen Formen und Düfte und Farben sogar in den Gräben sprießen die überall Schlüsselblumen und Veilchen das ist die Natur und wenn die sagen es gibt keinen Gott dann kann ich bloß sagen ich pfeif auf ihre ganze Gelehrsamkeit wieso gehn sie nicht hin und schaffen selber mal was hab ich ihn oft schon gefragt diese Atheisten oder wie die sich nennen solln doch erstmal vor ihrer eigenen Haustür kehren aber dann heulen sie nach dem Priester wenns ans sterben geht und warum ja warum weil sie Angst vor der Hölle haben wegen ihrem schlechten Gewissen ah ja mir machen die nichts vor wer war denn das erste Wesen im Weltenraum bevor daß sonst jemand da war der alles geschaffen hat wer denn ah das wissen sie nicht genau so wenig wie ich da sitzen sie da sie könnten ebenso gut versuchen daß sie die Sonne am aufgehn hindern morgen früh die Sonne die scheint für dich allein hat er damals gesagt an dem Tag wo wir unter den Rhododendren lagen oben auf dem Howth in dem grauen Tweedanzug und mit dem Strohhut an dem Tag wo ich ihn so weit kriegte daß er mir den Antrag gemacht hat ja zuerst hab ich ihm ein bißchen von dem Mohnkuchen aus meinem Mund gegeben und es war Schaltjahr wie jetzt ja vor 16 Jahren mein Gott nach dem langen Kuß ist mir fast die Luft ausgegangen ja er sagte ich wäre eine Blume des Berges ja das sind wir alle Blumen ein Frauenkörper ja da hat er wirklich mal was Wahres gesagt in seinem Leben und die Sonne die scheint für dich allein heute ja deswegen hab ich ihn auch gemocht weil ich gesehn hab er versteht oder kann nachfühlen was eine Frau ist und ich hab auch gewußt ich kann ihn immer um den Finger wickeln und da hab ich ihm die ganze Lust gegeben die ich konnte und hab ihn so weit gebracht daß er mich gebeten hat ja zu sagen und zuerst hab ich gar keine Antwort gegeben hab bloß so rausgeschaut aufs Meer und über den Himmel ich mußte an so viele Sachen denken von denen er gar nichts wußte Mulvey und Mr Stanhope und Hester und Vater und der alte Captain Groves und die Matrosen die alle Vögel fliegen hoch und ich ruf bückt euch und Geschirrspülen wie sie das nannten spielten am Pier und die Wache vor dem Haus des Gouverneurs mit dem runden Ding um den weißen Helm der arme Teufel halb gebraten war er und die spanischen Mädchen wie sie immer am lachen waren in ihren Schals und mit den großen Kämmen und die Versteigerungen morgens immer die Griechen und Juden und Araber und weiß der Teufel wer sonst noch alles von allen Enden Europas und die Duke Street und der Geflügelmarkt wie da alles am gackern war vor Larby Sharon und die armen Eselchen wie die halb im Schlaf da langschlichen und die Gammelbrüder mit den Mänteln die auf den Treppenstufen schliefen im Schatten und die großen Räder der Ochsenkarren und das alte Schloß tausende von Jahren alt schon ja und die hübschen Mauren alle ganz in weiß und mit Turbanen wie Könige wie sie einen baten man soll doch Platz nehmen in ihren winzig kleinen Lädchen und Ronda mit den alten Fenstern der posadas hinterm Gitter zweier Augen Glanz für ihren Liebhaber daß er das Eisen küßt und die Weinhandlungen die immer halb offen hatten nachts und die Kastagnetten und an dem Abend wo wir das Fährschiff in Algeciras verpaßt hatten der Wächter wie er so heiter und alles in Ordnung herumging mit seiner Laterne und oh der reißend tiefe Strom oh und das Meer das Meer glührot manchmal wie Feuer und die herrlichen Sonnenuntergänge und die Feigenbäume in den Alamedagärten ja und die ganzen komischen kleinen Straßen und Gäßchen und rosa und blauen und gelben Häuser und die Rosengärten und der Jasmin und die Geranien und Kaktusse und Gibraltar als kleines Mädchen wo ich eine Blume des Berges war ja wie ich mir die Rose ins Haar gesteckt hab wie die andalusischen Mädchen immer machten oder soll ich eine rote tragen ja und wie er mich geküßt hat unter der maurischen Mauer und ich hab gedacht na schön er so gut wie jeder andere und hab ihn mit den Augen gebeten er soll doch nochmal fragen ja und dann hat er mich gefragt ob ich will ja sag ja meine Bergblume und ich hab ihm zuerst die Arme um den Hals gelegt und ihn zu mir niedergezogen daß er meine Brüste fühlen konnte wie sie dufteten ja und das Herz ging ihm wie verrückt und ich hab ja gesagt ja ich will Ja.

Triest-Zürich-Paris, 1914–1921

Inhalt

Das letzte Kapitel
Englisch
7

Das letzte Kapitel
Übersetzt von Georg Goyert
65

Das letzte Kapitel
Übersetzt von Hans Wollschläger
131

Suhrkamp Verlag GmbH
Torstraße 44, 10119 Berlin
info@suhrkamp.de
www.suhrkamp.de